Stefan Wo.

Friesenauge

Friesenauge

In der Reihe erschienen bereits:

Friesenkunst

Friesenklinik

Cover: Steve Cotten

ISBN-13: 978-1548344955

ISBN: 1548344958

1. Einkaufstüte

Es soll helfen, ein Tagebuch zu führen. Heute will ich damit anfangen, ich werde aufschreiben, was ich denke und fühle. Liebes Tagebuch, bitte behalte all meine Geheimnisse für dich! Jeder, der dieses Buch ohne Erlaubnis liest, möge verflucht sein; Blindheit soll ihn treffen und der Tod soll ihn holen.

*

Frühling lag in der Luft. Nur kleine Wolken zogen über den weiten Himmel und wenn man die Augen schloss und den Kopf hob, wurde einem warm ums Herz. Jenny konnte sich nicht daran erinnern, dass es am ersten Märzwochenende schon einmal so viel Sonne gegeben hatte, aber sie war ja erst neunzehn Jahre alt.

Guido kläffte. Auch der Pittbullterrier genoss den Tag. Nur Edlef, Jennys Freund, zeigte wenig Verständnis dafür, dass er an einem Sonntag schon um 8:00 Uhr aufstehen sollte. Besonders, weil er am Abend zuvor bis spät in die Nacht am Computer gezockt hatte.

Edlef war der letzte Fan der Kleidungsmarke Ed Hardy. Aber solange sein T-Shirt das neue „*Bop* Dylan"-Tattoo verdeckte, war es Jenny recht. „Ich habe die Rechtschreibung überprüft", hatte Edlef behauptet. „*Dylan* schreibt man so."

Die drei gingen den Hollsandweg entlang ins Naturschutzgebiet. Schon beim ersten Baum wühlte Guido den Boden auf, so dass der weiße Sand zum Vorschein kam. Hollesand war das größte Binnendünengebiet Ostfrieslands. Hier wuchsen vor allem Kiefern, doch man fand auch Birken und Eichen. Das Gelände war nicht sonderlich groß, trotzdem hatte man das Gefühl, durch einen richtigen Wald zu gehen, was für Ostfriesland sehr ungewöhnlich war.

„So, Guido war auf dem Klo, jetzt können wir wieder zurückgehen", sagte Edlef.

„Unsinn. Die Bewegung tut uns allen gut." *Und das warme Wetter.* Hoffentlich blieb es so, dann konnten sie nachher zur Nordsee fahren. Jenny hakte Edlef unter. „Komm schon. Noch bis zum Kugelberg."

Missmutig stimmte Edlef zu. Guido rannte begeistert voraus, stolperte über sich selbst und freute sich so sehr darüber, dass er es gleich noch einmal probierte.

Nach ein paar hundert Metern hatten sie ihr Ziel erreicht. Ohne das Hinweisschild würde man die leichte Erhöhung wohl kaum für einen Berg halten, aber eine größere Steigung wäre mit Edlef auch nicht möglich gewesen. „Mensch, Jenny, ich will mein frisches T-Shirt nicht gleich vollschwitzen."

„Frisch ist relativ." Jenny seufzte. „Nach drei Tagen kann man seine Klamotten auch mal wechseln."

Edlef hörte nicht zu, denn etwas anderes fesselte seine Aufmerksamkeit. An einem Baum hing die Plastiktüte eines Discounters. Sie war ausgebeult und der Inhalt wirkte dick und schwer. Guido bellte aufgeregt. Er lief unter der Tüte hin und her und schnupperte daran.

Jenny rümpfte die Nase. Der Frühlingsduft war verschwunden, stattdessen irritierte etwas Süßliches die Sinne. Fliegen schwirrten um die Tüte und auch Edlef wirkte fasziniert.

„Was da wohl drin ist?"

„Das ist doch egal." Jennys Herz klopfte schneller. „Lass uns wieder nach Hause gehen."

„Ich will erst wissen, was in der Tüte ist."

„Bitte, Edlef. Nicht dass du schon wieder irgendeinen Mist mitnimmst. Es wird schon einen Grund dafür geben, dass jemand das loswerden wollte."

„Auf ebay findet man für alles einen Käufer", entgegnete Edlef. „Guido ist auch neugierig."

„Guido ist hier bei mir!" Der Hund hatte sich hinter Jennys Beinen verkrochen. Sie hatte nicht zum ersten Mal den Eindruck, dass der Pitbull klüger als ihr Freund war.

„Angsthasen." Edlef nahm die Tüte vom Baum.

Jenny wollte weggehen, doch ihre Füße bewegten sich nicht.

Edlef schaute nach, was er erbeutet hatte, und sein Gesicht verlor jede Farbe. Die Tüte fiel auf den Boden und Jenny rollte etwas entgegen. Ihr Verstand registrierte, dass es sich um einen menschlichen Kopf handelte, dann setzte der Würgereflex ein.

*

Kriminalhauptkommissarin Diederike Dirks lag regungslos im Bett und beobachtete Jendrik. Der Sportjournalist der *Ostfriesen-Zeitung* schnarchte noch, im Gegensatz zu ihr brauchte er eine Tasse Kaffee, um wach zu werden. Sein Haar war durcheinander, die Nase war schief und selbst wenn er sich ordentlich rasierte, konnte man seine Wange als Nagelfeile benutzen. Er war muskulös, denn er hatte mal professionell Handball gespielt, er besaß jedoch auch einen weniger sportlichen Bauch aus den Tagen danach. Dirks ahnte, dass es attraktivere Männer gab als ihn, aber sie würde niemals tauschen wollen.

Drei Monate waren sie jetzt zusammen, seit Weihnachten. Sie hatten es langsam angehen lassen. Sie waren beide zu lange Singles gewesen, und mit Anfang dreißig musste man sich erst wieder daran gewöhnen, mit einem anderen Menschen das Leben zu teilen. Aber es war schöner, als sie es sich vorgestellt hatte. Mit jedem weiteren Tag wurde ihr Jendrik wertvoller. Sie war noch niemals jemandem so nahe gewesen.

Dirks schlug die Bettdecke beiseite und stand leise auf. Ihre Kleidung lag auf dem Boden verstreut und sie verschwand damit im Badezimmer. Sie spülte sich den Mund und zähmte ihr straßenköterblondes Haar, dann zog sie sich an.

In der Küche setzte sie Kaffee auf, mittlerweile wusste sie genau, wie Jendrik ihn mochte. Auf dem Tisch stand ein Tablett und Dirks begann die Zutaten für ein ausgedehntes Sonntagsfrühstück zusammen zu sammeln.

Am Kühlschrank klebten schwer verständliche Kinderzeichnungen in allen Farben des Regenbogens. Jendrik war das älteste von sechs Geschwistern und einige von ihnen hatten bereits ihrerseits fleißig für Nachkommen gesorgt. Außerdem hing dort ein Foto von Bente zusammen mit der Trauerkarte. Dirks hätte es am liebsten abgenommen. Für sie selbst war der Mordfall Bente Bleeker abgeschlossen, aber Jendrik und seine Familie trauerten noch um seine jüngste Schwester. Besonders seine Mutter hatte der Verlust getroffen, von ihr gab es ebenfalls ein Bild in der Küche.

Dirks nahm das Foto in die Hand und betrachtete die Frau, deren Gesicht zugleich Güte und Sorgen ausstrahlte. Sie hatte taubengraue Augen und das lange dunkle Haar schimmerte schon an vielen Stellen silbern.

Wie klang wohl ihre Stimme?

Dirks hatte Jendriks Mutter noch nicht persönlich kennengelernt. Er hatte seiner Familie bisher verschwiegen, dass er eine Freundin hatte. *„Sie sind noch nicht so weit"*, hatte er gesagt. *„Sie werden es nicht verstehen, dass ich ausgerechnet mit der Kommissarin zusammen bin, die Bentes Mord untersucht hat."* Obwohl Dirks anderer Meinung war, hatte sie nicht mit Jendrik darüber diskutiert. *Solange er mich nicht seiner Großfamilie präsentiert, muss ich ihm auch nicht meinen Vater vorstellen.*

Die Kaffeemaschine gurgelte die letzten Wassertropfen und Dirks bemerkte erst jetzt den wohligen Duft. Doch sie goss sich keine Tasse ein, sondern schaltete das Gerät aus. Im Flur schlüpfte sie in die Schuhe und nahm ihre Jacke und Tasche. Sie öffnete die Wohnungstür und schloss sie leise hinter sich.

An der Straßenecke gab es einen Bäcker. Die lange Schlange machte Dirks nichts aus, sie ließ sogar noch jemanden vor, der es besonders eilig hatte. Als sie an der Reihe war, bestellte sie keine Brötchen, wie sie es eigentlich vorgehabt hatte, sondern ein ganzes Frühstück mit einer Kanne Ostfriesentee. Dann setzte sie sich in die Ecke, wo sie alle Leute im Blick hatte.

Was tue ich hier? Jendrik wird sich Sorgen machen. Sie hätte ihm wenigstens eine Nachricht hinterlassen können. In seiner Wohnung hatte sie allerdings noch gar nicht gewusst, dass sie zum Bäcker gehen würde.

Die Bäckereiverkäuferin brachte die Teekanne. Dirks umfing das warme Porzellan mit ihren Händen. Die Croissants und den Aufschnitt ignorierte sie. Es tat gut, einfach so die Zeit verstreichen zu lassen.

Irgendwann klingelte ihr Smartphone. „Hallo, Schatz." Dirks versuchte zu lächeln. „Ich bin gerade beim Bäcker, um Brötchen zu holen."

„Bringst du mir einen Donut mit?", erwiderte Oskar Breithammer. „Ich hatte heute noch kein richtiges Frühstück."

Dirks brauchte einen Moment, um zu begreifen, dass sie nicht mit Jendrik, sondern mit ihrem Assistenten bei der Kriminalpolizei telefonierte. „Was gibt's, Oskar?"

„Eine Leiche. Beziehungsweise einen Kopf."

Plötzlich saß Dirks aufrecht und ihr ganzer Körper war von neuer Energie erfüllt. „Wo?"

„Auf dem Kugelberg im Naturschutzgebiet Hollesand."

„Kannst du mich in der Nähe von Jendrik abholen? Ich bin beim Bäcker."

„Bin schon unterwegs."

2. Hollesand

Dirks und Breithammer fuhren von Aurich in Richtung Uplengen. Dieser Teil Ostfrieslands war eine Geestlandschaft mit sandigem, nährstoffarmem Boden. Hohe Wallhecken, die *Knicke*, prägten die Umgebung. Sie begrenzten die Felder und erschufen eine Atmosphäre von Ordnung und Bodenständigkeit. Auch neben der Straße standen Bäume und das Fahrzeug bewegte sich durch einen beständigen Wechsel von Licht und Schatten.

Dirks' Telefon klingelte erneut, und diesmal schaute sie auf das Display, bevor sie abnahm.

„Wo bist du?" Jendrik klang verunsichert. „Zum Bäcker dauert es keine fünf Minuten."

„Es gab einen Mord." *Wenn man einen Kopf in einer Plastiktüte findet, kann man wohl alle anderen Todesursachen ausschließen,* dachte Dirks. „Ich wollte dich ausschlafen lassen."

„Wegen so etwas kannst du mich auch gerne wecken. Weißt du schon, wann du wiederkommst?"

„Das kann ich wirklich nicht sagen. Es hängt davon ab, was sich so ergibt. Wahrscheinlich wird es eher spät werden."

„Ja, klar", antwortete Jendrik verständnisvoll. „Ich bin gespannt, was du mir nachher erzählst."

Dirks legte auf.

„Echt blöd, dass so etwas gerade am Wochenende passiert", sagte Breithammer. „Ich wollte heute auch mit Folinde raus und das schöne Wetter genießen."

Hinter Neufirrel bogen sie auf eine schmale Straße ein. Bald sahen sie einen Streifenwagen an der Seite stehen. Es war ein kleiner Parkplatz mit einem großen Übersichtsplan vom Naturschutzgebiet.

Ein Polizist mit gepflegtem Walross-Schnauzbart begrüßte sie. „Moin."

„Moin."

„Der Kopf wurde genau auf dem Kugelberg gefunden." Der Polizist zeigte auf den Übersichtsplan.

„Kugelberg?", fragte Breithammer.

„Das ist die höchste natürliche Erhebung Ostfrieslands", erklärte der Polizist. „Achtzehn Meter. Ich hoffe ihr seid schwindelfrei."

„Ich dachte immer, die höchste Erhebung wäre im Bereich der Weißen Düne auf Norderney", korrigierte ihn Breithammer. „Mit über vierundzwanzig Metern."

„Das ist aber eine Düne. Auf dem Festland ist der Kugelberg am höchsten."

„Aber der Hollesand ist eigentlich auch eine Düne", entgegnete Breithammer.

„Trotzdem heißt er *Berg*", beharrte der Polizist.

„Vielleicht kann man diese Diskussion später fortführen", schaltete sich Dirks ein. „Ich würde gerne zum Fundort."

Für den Weg brauchten sie keine fünf Minuten.

„Das sollen achtzehn Meter sein?", beschwerte sich Breithammer. „Da hat mein Laufband eine höhere Steigung."

„Das ist die Geest", verteidigte sich der Polizist. „Das ganze Waldstück liegt schon ziemlich hoch." Er grüßte seinen Kollegen, der neben einem jungen Pärchen und einem Pittbullterrier stand. „Das sind die Zeugen. Jenny und Edlef aus Neufirrel."

Dirks lächelte den Hund an, der sich über die Aufmerksamkeit freute. Dann ging sie den Hügel hoch und kniete sich neben dem Kopf nieder. Sie schluckte den Ekel hinunter, den der Anblick der verkrusteten Augenhöhlen in ihr hervorrief. Wie konnte man jemandem nur die Augäpfel entfernen? Die Hauptkommissarin versuchte, sachlich zu bleiben. „Der Kopf ist bereits ausgeblutet, der Mord ist also nicht hier geschehen. Der Täter hat ihn nur hierher gebracht", sagte sie. „Das ist aber wahrscheinlich noch nicht lange her, er sieht nämlich noch recht frisch aus." Dirks schätzte, dass der Mord keine vierundzwanzig Stunden zurücklag, aber den genauen Todeszeitpunkt würden die Gerichtsmediziner in Oldenburg eingrenzen. „Der Tote ist männlich und zwischen dreißig und vierzig Jahre alt." Sie stand auf und wandte sich an die anderen. „Gibt es irgendeinen Anhaltspunkt, um wen es sich handelt?"

„Da ist nur noch die Einkaufstüte, die an dem Baum dort hing." Edlef zeigte zu der Stelle, an der er die Plastiktüte in die Hand genommen hatte. „Ich habe nicht geguckt, ob noch etwas darin war, sondern wir haben gleich die Polizei angerufen."

Dirks holte Latexhandschuhe aus ihrer Handtasche und zog sie über. Sie ging zur Tüte und schaute vorsichtig hinein. „Kommst du mal bitte, Oskar?"

Breithammer war gerade damit beschäftigt Fotos vom Kopf und vom Fundort zu machen, unterbrach diese Tätigkeit aber sofort..

„Siehst du das?" Dirks wollte nicht, dass Edlef und Jenny erfuhren, was sich noch in der Plastiktüte befand, der Kopf war Schock genug für einen Tag.

„Zwei Finger", flüsterte Breithammer. Er machte ein Foto vom Inhalt der Tüte.

„Wir sperren den gesamten Wald ab", ordnete Dirks

an. „Es gibt ja nur zwei Zugänge, den kleinen Parkplatz, auf dem wir stehen, und den größeren bei der Motorradfahrergaststätte. Die Spurensicherung soll auch beide Parkplätze untersuchen. Der Täter muss ja irgendwie hergekommen sein, um die Tüte an den Baum zu hängen." Sie erhob sich und holte tief Luft. „Außerdem soll sich unsere Psychologin das hier ansehen. Ich will eine Erklärung dafür, wie jemand so etwas tun kann."

*

Liebes Tagebuch.

Als Erstes will ich dir von Tante Neri erzählen und wie sehr ich sie bewundere. Ich wohne bei ihr in ihrer kleinen Dachgeschosswohnung. Meine Mutter ist gestorben, als ich noch sehr jung war, und Neri hat versprochen, sich um mich zu kümmern. Sie muss sie sehr geliebt haben, um das zu tun. Jeden Tag steht sie um 5:00 Uhr morgens auf und geht zur Arbeit, ich sehe sie erst am Abend wieder. Das Leben ist für sie ein harter Kampf. Ich will, dass sie es irgendwann einmal besser hat.

Dazu muss ich lernen, um ein gutes Abitur zu machen, denn ich will unbedingt auf die Universität. Nur so kann ich einen guten Job bekommen, bei dem ich auch Tante Neri etwas zurückgeben kann. Die Prüfungen sind nächste Woche. Ich lerne bis in die Nacht und Neri fragt mich ab. Aber ob das ausreicht, um unter den Besten zu sein? Wir können uns keine Nachhilfestunden leisten.

Es muss reichen.

3. Symbole

Am Montagmorgen hatte Dirks in den Besprechungsraum der Polizeiinspektion Aurich geladen, um die vorläufigen Ergebnisse zu diskutieren. Außer den Spezialisten der Fachabteilungen waren auch Staatsanwalt Lothar Saatweber und die Psychologin Doktor Alina Ehrenfeld anwesend. Die Ärztin war eine passionierte Reiterin und hatte ihre naturblonden Haare passenderweise zu einem Pferdeschwanz zusammengebunden. Saatweber, Mitte fünfzig und Familienvater, versuchte sie zu beeindrucken, indem er seinen Bauch einzog, was unter dem ausgeleierten grauen Pullover nur wenig Effekt zeigte.

Dirks übergab zuerst dem bleichen Vertreter der Gerichtsmedizin das Wort. Er warf ein Bild an die Wand, auf dem fein säuberlich der Kopf und daneben die beiden Finger zu sehen waren. Es fehlten zwar noch ein paar Körperteile, trotzdem fühlte sich Dirks an *Die Kunst, aufzuräumen* von Ursus Wehrli erinnert. „Das Opfer ist männlich und Mitte dreißig", berichtete der Experte in einem monotonen Tonfall. „Bei den beiden Fingern handelt es sich um die Ringfinger der rechten und linken Hand. Sie wurden mit einer Zange abgetrennt, für den Kopf hat der Täter ein Beil benutzt. Es lässt sich nicht sagen, ob das Abtrennen des Kopfes Ursache des Todes war oder ob das Opfer vorher schon getötet worden ist. Der Todeszeitpunkt liegt am Samstag zwischen 10:00 Uhr und 13:00 Uhr." Der Gerichtsmediziner zeigte ein eingeübtes Lächeln, aber glücklicherweise bedankte er sich nicht bei seinen Zuhörern für ihre Aufmerksamkeit.

Als Nächstes stand Andreas Altmann auf. Die Markenbrille des Leiters der Spurensicherung leuchtete heute in einem erfrischenden Orange. „Leider haben wir weder am Fundort noch in der näheren Umgebung irgendwelche Spuren gefunden, die sich dem Täter zuordnen lassen. Auf den beiden Parkplätzen konnten wir keine spezifischen Fahrzeugspuren isolieren. Der wichtigste Anhaltspunkt ist die Plastiktüte. Daran ließen sich jedoch keine anderen Genspuren außer denen des Opfers nachweisen, der Täter hat bei seiner Arbeit offenbar Handschuhe getragen. Die Tüte selbst stammt von einem Discounter, aber die Seriennummer lässt sich keinem speziellen Markt zuordnen. Sie könnte in ganz Norddeutschland verkauft worden sein." Altmann setzte sich wieder.

„Das kann doch wohl nicht wahr sein", regte sich einer der Kollegen auf. „Wir wissen also überhaupt nichts. Weder über das Opfer noch über den Täter."

„Doch", sagte ein anderer. „Wir wissen, dass der Täter verrückt ist. Max Mustermann hängt keine Plastiktüte mit Kopf an einen Baum."

„Das ist das Stichwort für Frau Doktor Ehrenfeld." Dirks nickte der Psychologin zu.

Doktor Ehrenfeld stand auf und räusperte sich. „*Verrückt* ist eine Stigmatisierung, die uns nicht weiterhilft. Jede Tat beruht auf einer Logik, auch wenn diese von außen nur schwer nachvollziehbar ist. Trotzdem müssen wir uns um das Verstehen dieser Logik bemühen." Auch sie projizierte ein Bild an die Wand. Es handelte sich um ein großes Ausrufezeichen und ein großes Fragezeichen. Das Ausrufezeichen war durchgestrichen. „Wer von mir absolute Antworten erwartet, den muss ich leider enttäuschen. Was ich sage, beruht auf Erfahrungen und Wahrscheinlichkeiten, aber es handelt sich dabei nur um Möglichkeiten. Bitte begreifen Sie meine Ausführungen als Anregungen, nicht als Lösungen. Es ist eine Gesprächsgrundlage, kein Ergebnis. Herauszufinden, wie es sich in diesem speziellen Fall verhält, bleibt Ihre große Herausforderung." Doktor Ehrenfeld blickte in die Runde, ob sie jeder verstanden hatte. Zumindest hatte sie die Aufmerksamkeit von allen.

Sie warf eine zweite Folie an die Wand. Diese zeigte vier Grafiken nebeneinander: einen Smiley, ein Auge, einen Ring und einen Berg. „Das Außergewöhnliche an diesem Fall ist, dass man nicht nur ein, sondern gleich vier Symbole in der Tat findet. Der abgetrennte Kopf, die Entfernung der Augen, die beiden Ringfinger und die Exposition des Kopfes auf dem Kugelberg."

Die Psychologin zeigte auf den Smiley. „Erstens: die Abtrennung des Kopfes. Das bedeutet, es geht um etwas Intellektuelles, um eine Idee oder einen Machtanspruch. Der Täter hat *nicht* die Hände abgetrennt oder das Geschlechtsteil, was auf körperliche Gewalt oder etwas Sexuelles hindeuten würde. Zweitens: die Augen. Der Täter fühlt sich nicht einfach nur beobachtet. Er fühlt sich bloßgestellt, gedemütigt, nackt. Er hat eine andauernde Verletzung erlebt, die mit Scham zu tun hat. Drittens: die Ringfinger. Daran trägt man erst den Verlobungs- und später den Ehering. Das deutet auf enttäuschte Liebe hin. Vielleicht hat das Opfer den Täter zurückgewiesen oder das Opfer war ein Konkurrent um dieselbe Frau oder denselben Mann."

Doktor Ehrenfeld hustete. Ein Schluck Wasser beruhigte sie wieder. „Viertens: die öffentliche Ausstellung des Kopfes am höchsten natürlichen Punkt

Ostfrieslands. Das bedeutet Kommunikation. Der Täter will sich erklären. Er hat keine Befriedigung darin gefunden, den Kopf abzutrennen, die Augen und die Ringfinger zu entfernen. Die größte Erleichterung besteht für den Täter darin, sein Werk öffentlich auszustellen.“ Sie trank ihr Wasserglas aus. Offenbar war ihr Vortrag zu Ende.

„Wie soll man sich das vorstellen?“, fragte Saatweber. „Was hat der Täter genau erlebt? Eine beständige intellektuelle Demütigung durch jemanden, der ihm gleichzeitig die große Liebe wegschnappt? Scham verbinde ich mehr mit Sexualität als mit Intellektualität.“

Die Psychologin nickte. „In der Tat scheinen sich die Symbole eher zu widersprechen als zu ergänzen. Hätte der Täter nur die Augen entfernt, dann würde ich auf eine Abhängigkeitsbeziehung mit einem Autoritätsgefälle tippen, etwa zwischen Eltern und Kind oder Lehrer und Schüler. Bei den Ringfingern geht es aber eher um eine Beziehung auf gleicher Ebene wie zwischen Freunden oder Partnern.“

„Ich verstehe noch nicht genau, worin der Zusammenhang zwischen dem Täter und dem Opfer besteht“, meldete sich Breithammer zu Wort. „Ist das Opfer nun derjenige, der den Täter gedemütigt hat? Das Motiv ist also Rache?“

Doktor Ehrenfeld schüttelte den Kopf. „Das Opfer muss nichts mit dem Peiniger zu tun haben. Er kann ihm zufällig begegnet sein und der Mord wurde durch irgendetwas an ihm ausgelöst. Trigger können zum Beispiel ein Geruch oder ein Körpermerkmal des Opfers sein. Oder es gab ein Ereignis im Leben des Täters, das ihn dazu animiert hat, sich den nächsten Mann als Opfer auszusuchen. Das Motiv liegt nicht in der Rache, sondern in der Artikulation. Der Täter hat durch die Tat und ihre öffentliche Präsentation eine Art gefunden, sich selbst auszudrücken. Sein Schweigen hat ein Ende. Alles, was er bisher in sich eingeschlossen und niemandem gezeigt hat, bricht auf einmal hervor wie die angestaute, zerstörerische Energie bei einem Vulkanausbruch."

„Wem will er sich erklären?", fragte Breithammer. „An wen ist diese Botschaft gerichtet?"

„Es reicht dem Täter zunächst aus, sich auszudrücken. Bei einem Tagebuch gibt es auch keinen Adressaten."

„*Zunächst?*", fragte Andreas Altmann. „Soll das bedeuten, dass wir mit einem weiteren Toten rechnen müssen?"

Doktor Ehrenfeld nickte. „Ich halte das für sehr wahrscheinlich. Wer eine Botschaft hat und nicht gehört wird, spricht beim nächsten Mal lauter und deutlicher. Es wird interessant sein, zu sehen, ob der Täter beim nächsten Opfer dieselben Symbole verwendet, oder ob er eines davon weglässt."

Dirks trommelte nervös mit dem Kugelschreiber auf dem Tisch. Eigentlich hielt sie große Stücke auf Doktor Ehrenfeld, doch dieser Vortrag verwirrte sie eher, als dass er zur Klarheit beitrug. Die Psychologin hatte allerdings selbst gesagt, dass es bei ihrem Vortrag nur um Anregungen und Möglichkeiten ging. „Es wird kein zweites Todesopfer geben", sagte Dirks bestimmt. „So weit werden wir es nicht kommen lassen." Ihr Smartphone vibrierte, aber natürlich nahm sie jetzt keinen Anruf entgegen. „Letztlich müssen wir ganz normal vorgehen. Zuerst klären wir die Identität des Opfers, das führt uns zum Tatort und dort finden wir weitere

Spuren."

„Wie machen wir das?", fragte ein junger Kollege. „Wie finden wir heraus, wer der Tote ist?"

„Einerseits haben wir alle Polizeistationen angewiesen, die passenden Vermisstenmeldungen an uns weiterzugeben", erklärte Dirks. „Das Opfer wird ja Angehörige und Freunde haben, die sich irgendwann Sorgen machen. Viel mehr erhoffe ich mir allerdings von den Zähnen. Wir haben die Aufnahmen seines Gebisses an die Zahnärzte der Region gesendet und veröffentlichen sie in Fachzeitschriften, falls er von weiter weg kommt. Viele Zahnärzte verfügen in Bezug auf Zahnprofile über eine Art fotografisches Gedächtnis und können sofort sagen, ob jemand ihr Patient ist." Dirks beendete die Sitzung.

Sie blickte auf ihr Handy, um zu sehen, wer sie angerufen hatte, aber die Nummer war ihr unbekannt.

„Was ist mit der Pressemeldung?", fragte Saatweber. „Ich halte es nicht für sinnvoll, Details über den Kopf zu veröffentlichen. Ich möchte nicht, dass in der Bevölkerung Angst vor einem Serienmörder umgeht."

Dirks nickte. „Wir sollten die Öffentlichkeit erst mal zurückhaltend informieren. Einfach nur die Meldung, dass eine Leiche im Hollesand gefunden wurde. Offiziell ist das korrekt, denn wenn ein Körperteil gefunden wird, das zum Leben notwendig ist, gilt es als Leiche." Dirks drückte die Rückruftaste auf ihrem Telefon.

„Moin", meldete sich Polizeiobermeister Sven Holm aus der Polizeistation in Emden.

„Moin." Dirks wurde immer nervös, wenn sie Holms Stimme hörte. Er war zwar ein guter Kerl, aber er besaß auch das Talent, sie mit seinen unpassenden Bemerkungen und seltsamen Aktionen in den Wahnsinn zu treiben. Im Hintergrund hörte sie Verkehrsgeräusche, offensichtlich war er gerade mit dem Auto unterwegs. „Was gibt's?“

„Wann spielen wir mal wieder Doppelkopf?“

Dirks seufzte. „Im Moment reicht mir der einzelne Kopf, mit dem ich zu tun habe.“ Sie massierte sich die Stirn. Eigentlich war es ja ganz nett, dass er deswegen anrief. Seitdem sie mit Jendrik zusammen war, hatte sie nicht mehr mit den Kollegen Karten gespielt. „War das alles, was du wissen wolltest?“

Holm schlürfte an irgendeinem Getränk. „Ich habe gesehen, dass du wissen willst, wenn jemand vermisst wird. Vorhin kam ein nettes Ehepaar, um eine Meldung zu machen, deswegen habe ich angerufen.“

„Sehr gut. Kannst du mir die Daten faxen?“

„Nicht nötig.“ Holm schlürfte sein Getränk aus und eine Hupe ertönte. „Ich bin mit Herrn und Frau Dreyer gerade auf dem Weg zu dir.“

*

Liebes Tagebuch.

Die Abiturprüfungen sind vorbei. Ich bin zufrieden mit meiner Note, damit werde ich es auf die Universität schaffen.

Meine Klassenkameradin hat es allerdings nicht geschafft, obwohl sie sonst immer zu den Besten gehört hat. Als sie ihre Arbeit zurückbekommen hat, waren die meisten Seiten unbeschrieben und das, was beschrieben war, war in einer fremden Handschrift. Die Vermutung ist naheliegend, dass ihre Arbeit mit der einer anderen Schülerin vertauscht worden ist, deren Familie sehr einflussreich ist und dafür bezahlt hat. Ist die Korruption in unserem Land etwa schon so weit? Ich hoffe für meine Klassenkameradin, dass sich der Vorfall klärt, denn die Beweise sind eindeutig. Aber Neri sagt, sie glaube das nicht.

4. Vermisst I

Holm strahlte über das ganze Gesicht, als er Dirks sah. Neben ihm stand eine Frau in einer weiten korallenfarbenen Jacke und mit buntem Halstuch, der Mann trug einen dunkelblauen Blouson, der ihn dicker machte, als er war. Beide waren etwa Ende vierzig.

„Das hier sind Antje und Jelto Dreyer", stellte Holm die beiden vor.

„Moin", sagte Antje Dreyer unsicher und ihr Mann verzichtete auf eine Begrüßung.

„Gehen wir doch in mein Büro." Dirks ging vor.

Während sich die Dreyers vor Dirks' Schreibtisch setzten, schaute sich Holm interessiert um. Mitleidig betrachtete er die Büropflanze. „Dein Ficus braucht dringend Sonne."

„Du kannst ihm gerne den Hof zeigen."

„Ich bleibe lieber hier."

Dirks widmete sich den Dreyers. Sie wollte das Opfer möglichst schnell identifizieren, andererseits wünschte sie niemandem, mit solch einem schrecklichen Todesfall konfrontiert zu werden. Wenn Antje und Jelto die Eltern des Toten waren, dann hatten sie das Kind sehr jung bekommen. „Wen vermissen Sie denn?"

„Unsere Tochter Imke." Antje Dreyer legte ein Foto von einer jungen blonden Frau auf den Schreibtisch. „Wir wollten gestern Abend zusammen essen gehen. Jelto hatte Geburtstag, wissen Sie?" Ihre Stimme zitterte. „Wir haben eine Tischreservierung im Steakhaus *Hacienda* gemacht. Aber Imke kam nicht. Wir haben sie angerufen, doch sie ist nicht ans Telefon gegangen. Danach sind wir bei ihrer Wohnung vorbeigefahren, dort war sie allerdings auch nicht. Als wir sie heute früh immer noch nicht erreicht haben, sind wir zur Polizei gefahren."

„Wie alt ist Imke?"

„Achtundzwanzig."

Dirks zuckte zusammen. „Bitte entschuldigen Sie mich." Dirks packte Holm am Uniformkragen und zog ihn in den Nebenraum. Sie nahm das Fax in die Hand, das sie heute Morgen an die anderen Polizeistationen gesendet hatte und hielt es ihm unter die Nase. „Was steht hier drin?"

„Na, dass wir alle Vermisstenmeldungen an dich weitergeben sollen", erwiderte Holm überrascht.

„Das ist nur die erste Hälfte des Satzes."

Der Polizist fischte seine Lesebrille aus der Tasche und las den ganzen Text vor. „Es muss die Leiche eines dreißig- bis vierzigjährigen Mannes identifiziert werden."

Er blickte auf. „Und?"

Dirks fasste es nicht, dass sie ihm das auch noch erklären musste. „Herr und Frau Dreyer vermissen ihre achtundzwanzigjährige Tochter! Wahrscheinlich ist sie einfach nur im Urlaub und hat das Datum vergessen. Aber dafür hättest du die Dreyers nicht extra herfahren müssen."

„Trotzdem ist das ein seltsamer Zufall, oder nicht?", erwiderte Holm trotzig.

Du bist ein seltsamer Zufall. „Wir müssen uns um einen Mordfall kümmern, Holm. Nimm die beiden wieder mit nach Emden und überprüfe die Unfallmeldungen von gestern."

Sie gingen zurück und Dirks verabschiedete sich von den Dreyers. „Tut mir leid, dass Sie hergekommen sind.

Machen Sie sich keine Sorgen, Imke wird sich bestimmt bald bei Ihnen melden."

Antje und Jelto Dreyer standen auf. „Glauben Sie wirklich?"

„Ich kann natürlich nur aus meiner Erfahrung sprechen. Aber Imke ist ja schon erwachsen. Es wird sicher eine ganz einfache Erklärung dafür geben, dass sie sich nicht bei Ihnen gemeldet hat."

Jelto blickte Dirks kritisch an, aber seine Frau lächelte beruhigt. „Wenn Sie das sagen, dann glaube ich Ihnen", sagte Frau Dreyer. „Imke wollte uns ihren neuen Freund vorstellen, wissen Sie? Ich war schon ganz gespannt."

Dirks hielt inne. „Sie wollte zusammen mit ihrem Freund kommen?" Ihr Puls beschleunigte sich. „Wieso haben Sie das nicht gleich gesagt?"

Frau Dreyer war verwirrt. „Sie haben uns doch nur gefragt, wen wir vermissen. Und vermissen tun wir nur unsere Tochter. Ihren Freund kennen wir ja noch gar nicht."

Sven Holm grinste unpassend.

„Bitte setzen Sie sich doch wieder hin." Dirks deutete auf die Stühle. „Wissen Sie zufällig, wie alt der Freund ist?"

„Imke sagte, er wäre acht Jahre älter als sie", sagte Antje verunsichert. „Aber mit achtundzwanzig bedeutet solch ein Altersunterschied natürlich nicht so viel wie bei einem Teenager."

„Bitte erzählen Sie mir alles, was Imke noch über ihn gesagt hat. Auch wenn es Ihnen unbedeutend erscheint."

„Das ist aber nicht viel."

„Er besitzt ein Fahrradgeschäft", sagte Jelto. „In Wilhelmshaven."

„Ja, er wohnt in Wilhelmshaven", bestätigte Antje, „dort hat sie ihn kennengelernt."

„Ich habe mir überlegt, ein Elektrofahrrad zu kaufen", berichtete Jelto. „Ich wollte ihn fragen, was er mir empfehlen kann. Man wird ja nicht jünger und der Gegenwind nimmt auch nicht ab."

„Und ich?", empörte sich Antje. „Ich soll mit meinem alten Hollandrad neben dir herstrampeln?"

„Du kriegst natürlich auch eins."

Dirks unterbrach den Disput. „Hat Imke zufällig den Namen ihres Freundes erwähnt?"

„Sein Vorname ist Mark." Frau Dreyer lächelte. „Das fand ich witzig. Wegen des Euro."

„Was du alles witzig findest!", spottete ihr Mann. „Ehrlich gesagt will ich endlich wieder über Imke reden."

Dirks blickte ihn ernst an. „Ich möchte Sie noch um etwas Geduld bitten." Sie erhob sich. „Um die Situation von Imke einschätzen zu können, müssen wir erst einmal überprüfen, ob mit ihrem Freund alles in Ordnung ist."

5. Fahrradladen

Dirks entschuldigte sich bei Sven Holm und bat ihn, sich um die Dreyers zu kümmern. Dann ging sie mit Breithammer in einen anderen Raum, um nach weiteren Informationen zu Imkes Freund zu suchen.

„Vom Alter her könnte Imkes Freund das Mordopfer sein", sagte Breithammer. „Aber wenn das so ist, was hat das mit der Vermisstenmeldung von Imke zu tun?"

„Ein Schritt nach dem anderen", mahnte Dirks an.

Die Internetsuche nach „Fahrräder - Wilhelmshaven - Mark" führte als erstes zu *Zweirad Mascher* im Norden der Stadt. Dirks klickte auf den Link und gelangte zu einem hochprofessionellen Internetshop, der bundesweit lieferte. Man konnte sich interaktiv sein Wunschfahrrad zusammenstellen oder alle möglichen Einzelteile bestellen. Die Preise erschienen Dirks nicht gerade günstig, aber offenbar handelte es sich um hochqualitative Markenware für Menschen, die wussten, was sie wollten. Dirks klickte auf den Reiter „Kontakt". Es erschienen Telefonnummer, E-Mailadresse und einige weitere Informationen. Dirks Aufmerksamkeit wurde jedoch vor allem von einem Foto gefesselt. *Mark Mascher, Geschäftsführer.* Er lächelte freundlich und selbstbewusst und seine blauen Augen strahlten Vertrauenswürdigkeit aus.

„Das muss Imkes Freund sein", bemerkte Breithammer.

Dirks verglich das Foto mit einer Aufnahme des Kopfes aus Hollesand. Sie war sich nicht hundertprozentig sicher, aber die Wahrscheinlichkeit erschien ihr sehr hoch, dass es sich bei dem Fahrradhändler um das Opfer handelte.

Dirks wählte die Telefonnummer, die auf der Webseite angegeben war.

Nach zweimaligem Klingeln meldete sich eine freundliche Frau. „Zweirad-Mascher, der Spezialist für Pedelecs. Sie sprechen mit Frau Konrad. Was kann ich für Sie tun?"

„Mein Name ist Diederike Dirks von der Kriminalpolizei. Ich müsste dringend mit dem Geschäftsführer Herrn Mark Mascher sprechen."

„Kriminalpolizei?" Frau Konrad klang irritiert. „Herr Mascher ist gerade nicht im Haus."

„Wissen Sie, wo er ist? Wann kommt er denn wieder?"

„Ich weiß es nicht. Er sitzt auch nicht im Büro. Normalerweise ist er Montags immer als erster da." Sie legte den Hörer kurz beiseite. „Der Kollege weiß auch nicht, wo er ist."

„Herr Mascher hat eine Freundin, Frau Imke Dreyer. Haben Sie sie schon einmal kennengelernt?"

„Ach ja, die wunderhübsche Frau Dreyer." Frau Konrad kicherte. „Wahrscheinlich ist Mark ihretwegen noch nicht da. Das Wetter ist ja auch zu schön, um nichts zusammen zu unternehmen. Wahrscheinlich ruft Mark im Laufe des Vormittags an, und sagt Bescheid, ob er noch kommt."

„Bitte melden Sie sich sofort bei mir, sobald er das tut." Dirks gab der Frau ihre Telefonnummer durch und legte auf.

„Zumindest wissen wir jetzt sicher, dass Mark Mascher der Freund von Imke ist", stellte Breithammer fest.

„Schicke das Zahnprofil des Kopfes per E-Mail an alle

Zahnärzte in Wilhelmshaven", wies Dirks Breithammer an. „Mach deutlich, dass es dringend ist. Ich will möglichst schnell eine Bestätigung dafür haben, ob es sich bei dem Opfer um Mark Mascher handelt oder nicht. Und dann müssen wir Imkes Foto an die Krankenhäuser der Region mailen. Außerdem soll ein Kollege die Meldungen vom Wochenende durchgehen und überprüfen, ob Imke an einem Unfall beteiligt war."

Dirks ging zurück ins Büro zu Antje und Jelto Dreyer. Holm hatte glücklicherweise zwei Tassen mit Tee für die Eheleute organisiert. Sie guckten Dirks unsicher an.

„Und?", fragte Sven Holm.

„Wahrscheinlich ist Imkes Freund Mark das Opfer eines Verbrechens geworden. Inwieweit das mit Imkes Verschwinden zu tun hat, müssen wir als Nächstes herausfinden."

„Ein Verbrechen?" Antje Dreyer stellte ihre Tasse mit zitternden Händen auf dem Schreibtisch ab.

Dirks reichte ihnen einen Zettel und einen Stift. „Ich benötige Imkes Handynummer und ich muss wissen, welches Fahrzeug sie fährt."

„Sie besitzt einen dunkelblauen Opel Adam mit weißem Dach." Jelto Dreyer schrieb das Kennzeichen auf und Antje Dreyer notierte darunter Imkes Telefonnummer.

„Wann haben Sie Imke das letzte Mal gesehen oder mit ihr gesprochen?", fragte Dirks.

„Das war am Donnerstag - nein, am Mittwochnachmittag haben wir telefoniert", antwortete Antje Dreyer. „Ich habe ihr mitgeteilt, welche neue Post sie bekommen hat und sie hat mich gefragt, ob sich Jelto irgendetwas Besonderes zum Geburtstag wünschen würde. Und sie hat mir erzählt, dass sie ihren Freund mitbringen wollte und gefragt, ob das in Ordnung für uns wäre."

„Was ist denn mit Mark passiert?", fragte Jelto Dreyer.

Dirks antwortete nicht, sondern verließ das Büro. Auf dem Flur wählte sie Imkes Telefonnummer. Es ging sofort die Mailbox ran. Also hatte sie ihr Telefon ausgestellt oder jemand hatte es zerstört. *Verdammt.* Natürlich drängte sich die Befürchtung auf, dass der Mörder nicht nur Mark getötet hatte, sondern auch Imke. Hing ihr Kopf etwa auch irgendwo in einer Plastiktüte an einem Baum?

Dirks ging zu einem Kollegen und setzte die Fahndung nach Imkes Auto in Gang. Als sie zu Breithammer zurückkehrte, war dort auch Saatweber.

„Zwei Zahnarztpraxen haben schon geantwortet", berichtete Breithammer.

„Eine davon hat bestätigt, dass das Zahnprofil das von Mark Mascher ist. Doktor Kim behandelt ihn schon seit Jahren."

„Wie passt nun diese Imke Dreyer in die Geschehnisse?", fragte Saatweber.

„Der Mord geschah am Samstagvormittag, Imke wird aber erst seit gestern Abend vermisst", sagte Breithammer. „Vielleicht ist sie einfach nur unterwegs, um ihn zu suchen."

Dirks schüttelte den Kopf. „Imkes Eltern rufen sie ja nur am Sonntagabend an, weil sie nicht ins Restaurant kommt. Das bedeutet aber nicht, dass Imke schon am Samstag nicht erreichbar war. Vielleicht war sie auch am Samstag mit Mark zusammen."

„Also ist sie auch tot?", folgerte Saatweber.

„Bisher haben wir nur Marks Kopf gefunden."

Breithammer erinnerte sie an die Fakten. „Mehr wissen wir noch nicht."

„Richtig." Dirks schnappte sich ihre Jacke. „Wir müssen zuerst herausfinden, ob Imke zur Tatzeit mit Mark zusammen war oder ob er alleine war. Dazu müssen wir nach Wilhelmshaven fahren."

*

Liebes Tagebuch.

Als ich heute nach Hause komme, erwartet mich Neris Freundin. Neri hat einen Unfall gehabt und liegt im Krankenhaus! Dieser verdammte Verkehr! Auch Fahrradfahrer und Eselskarren benutzen die Autobahn und wenn es einen Stau auf der Autobahn gibt, drehen die Autos einfach um und fahren in die falsche Richtung. Normalerweise passt man auf. Aber wenn man nach einem langen Arbeitstag unterwegs ist, ist man häufig zu erschöpft. Und manchmal hat man selbst dann keine Chance, wenn man ein Superheld ist.

Neris Freundin bringt mich zum Krankenhaus. Arztbesuche meidet man am besten genauso wie öffentliche Toiletten. Im Krankenhaus sehe ich wieder, warum: In den Gängen liegen die Kranken auf dem Boden neben geronnenem Blut, es gibt Müllberge und auf den einzelnen Stationen laufen Tiere herum.

Glücklicherweise ist Neris Verletzung nicht so schlimm. Wir fahren zusammen nach Hause. Und morgen muss sie die Arbeit von heute aufholen.

Ich will, dass es ihr besser geht.

*

Laut Navigationsgerät sollten sie um 11:06 Uhr beim

Fahrradgeschäft von Mark Mascher ankommen.

Unterwegs rief Dirks bei der Kriminalpolizei Wilhelmshaven an, um sich anzukündigen und um Unterstützung zu bitten. Der Kollege versprach, bei Zweirad Mascher auf sie zu warten. Sie legte auf und sofort machte sie sich Sorgen um Imke und Vorwürfe, dass sie so leichtfertig Imkes Eltern gegenüber gewesen war. Dirks wusste, dass das auch nichts an der Situation veränderte, also versuchte sie, an etwas anderes, als den Fall zu denken. „Jendrik hat VIP-Karten für das DFB-Pokalfinale besorgt", sagte sie zu Breithammer. „Ich werde mit ihm im Mai also einen schönen Kurzurlaub in Berlin verbringen."

„Du Glückliche. So ist das also, wenn man mit einem Sportjournalisten zusammen ist."

„Jendrik ist eben ein sehr kommunikativer Typ. Er hat überall seine Kontakte. Aber ich glaube, das hat er über einen seiner Brüder eingefädelt."

„Was machen seine Geschwister denn?"

„Bei so vielen kann man sich das so schwer merken."

Breithammer lachte.

„Hat Folinde eigentlich Geschwister? Hast du ihre Eltern mal kennengelernt?"

„Zu Weihnachten habe ich ihre Familie getroffen. Sie hat noch einen Bruder und eine Schwester. Zuerst kam ich mir etwas fremd vor unter all den Rothaarigen. Aber Folindes Eltern sind echt nett. Auch wenn ihre Ansichten teilweise etwas gewöhnungsbedürftig sind. Als Weihnachtsgeschenk haben alle einen Gutschein für einen Beate-Uhse-Laden bekommen."

So wie Dirks Breithammers Freundin kennengelernt hatte, wunderte sie das eigentlich nicht.

Breithammer lächelte seltsam.

„Was ist?“

„Bisher hast du mich noch nie etwas Persönliches über Folinde gefragt. Ich meine, von dir aus. Erzählt habe ich dir trotzdem von ihr.“

„Und?“

„Nichts und. Ich habe nur den Eindruck, dass ich ab und an neue Seiten an dir entdecke, seit du mit Jendrik zusammen bist.“

„Ach ja?“

„Ja. Du wirkst offener.“

Dirks schaltete das Radio ein.

Um 11:01 Uhr kamen sie bei *Zweirad Mascher* an. Es handelte sich um ein modernes Gebäude mit großzügigem Anbau. Unten war das Geschäft, darüber befanden sich Wohnungen. Dirks hatte den Eindruck, dass alles erst vor Kurzem erneuert worden war, als der Laden erweitert wurde.

Gegenüber parkte ein dunkelblauer Opel Adam. Breithammer überprüfte das Kennzeichen. „Das ist Imkes Auto“, stellte er fest.

„Also war sie bei ihm.“ Dirks schluckte. „Wir sollten möglichst schnell in Marks Wohnung. Vielleicht ist Mark dort ermordet worden und wir finden bei ihm auch Imkes Leiche. Ich wundere mich nur, wo der Kollege Birnbaum von der Kripo Wilhelmshaven ist.“ Sie parkte auf dem Firmenparkplatz hinter dem Haus neben einem dunkelgrauen Volvo. Auch hier gab es einen Eingang zum Fahrradladen.

Zu ihrer Linken wurden die unterschiedlichsten Fahrradtaschen präsentiert, zu ihrer Rechten gab es Mäntel, Schläuche, Sättel und Pumpen. Kassiert wurde hinter einer runden Theke in der Mitte des Geschäfts. Dort stand ein bulliger Kerl, dessen Kopfbehaarung sich auf seine buschigen Augenbrauen konzentrierte. Hinter ihm kauerte eine zierliche, dunkelhaarige Frau auf dem Boden. Sie schniefte und ihre Augen waren vom Heulen fast so rot wie das Tuch, das sie in den Haaren trug. Ansonsten gab es noch einen drahtigen Mitarbeiter, der sich beim Haupteingang mit einem Kunden unterhielt.

„Moin!“ Der Mann mit den voluminösen Augenbrauen hatte eine warme Bassstimme. „Was kann ich für Sie tun?“

Dirks zeigte ihm ihren Dienstausweis. „Kriminalhauptkommissarin Dirks aus Aurich. Ich habe einige Fragen wegen Ihres Geschäftsführers.“

„Ach, die werten Kollegen.“ Der Mann streckte ihnen die Hand entgegen. „Hannes Birnbaum, Kripo Wilhelmshaven. Wir haben vorhin telefoniert.“

Dirks schüttelte ihm verwirrt die Hand.

„Ich stehe hier nur aushilfsweise.“ Birnbaum deutete mit dem Kopf zu der Frau auf dem Boden. „So lange, bis sich Frau Konrad wieder etwas gefasst hat. Die Nachricht von Herrn Maschers Tod hat die Mitarbeiter sehr getroffen.“

Frau Konrad schluchzte laut auf.

„Meine Kollegin unterrichtet gerade seine Eltern, die etwas außerhalb wohnen.“

„Aber Marks Wohnung befindet sich in der Nähe?“

„Direkt über dem Laden. Oberstes Stockwerk. Ich kann Ihnen sofort einen Schlüsseldienst rufen.“

„Tun Sie das. Wir brauchen außerdem Zugriff auf den blauen Opel, der gegenüber vor dem Geschäft parkt.“

„Wird gemacht.“ Birnbaum zog sein Telefon aus der Tasche.

Dirks blickte zu Frau Konrad und bezweifelte, dass es der jungen Frau bald wieder besser gehen würde. Ihr

Kollege am Haupteingang sprach bereits mit den nächsten Kunden, während die vorigen auf Birnbaum zugingen, um einen Fahrradhelm zu bezahlen. Sie beschloss, die Angestellten erst nach der Untersuchung von Marks Wohnung zu befragen.

Sie mussten nicht lange auf den Schlüsseldienst warten. Weil Mark Mascher seine Wohnungstür nicht ordentlich abgeschlossen hatte, musste der Handwerker keine Gewalt anwenden, sondern konnte die Tür mit einem schmalen Metallstreifen öffnen, den er geübt durch den Rahmen zog. Dirks verabschiedete den Mann wieder, ihn hatte schließlich nicht zu interessieren, weshalb sie hier waren.

„Dass er nicht richtig abgeschlossen hat, ist kein gutes Zeichen", mutmaßte Breithammer.

Dirks wusste, was er meinte. Es könnte sein, dass Mark Mascher in seiner Wohnung ermordet worden war. Irgendwo musste ja der Körper sein, der zum Kopf gehörte. Außerdem mussten sie sich darauf einstellen, hier die Leiche von Imke Dreyer zu finden.

Dirks drückte die Tür auf.

Der Flur machte keinen außergewöhnlichen Eindruck. Es roch normal. Dirks fuhr mit dem Finger über die Kommode. Es könnte mal wieder Staub gewischt werden, aber ansonsten wirkte es sehr sauber und aufgeräumt.

Der Eindruck bestätigte sich im Wohnzimmer. Die Möbel waren zwar von IKEA, aber von der edelsten Modellreihe. Am meisten hatte Mascher jedoch in einen großen Flachbildfernseher investiert. Außerdem stand auf dem Schreibtisch in der Ecke ein großer Monitor mit einem futuristisch wirkenden Spiele-PC und einem Stuhl, der des Vorstandsvorsitzenden eines DAX-

Konzernes würdig gewesen wäre. Der Balkon hingegen wirkte verwaist, obwohl die Sonne dort herrlich schien.

„Nichts." Breithammer gesellte sich zu ihr. „Ich habe nirgendwo Anzeichen für eine Bluttat gefunden. Offenbar zieht Mark seine Wohnungstür immer einfach nur zu, wenn er rausgeht."

„Ein vertrauensseliger Mensch." Dirks ging zum Bücherregal, das man wohl eher DVD- beziehungsweise Computerspiele-Regal nennen musste. An einer Stelle entdeckte sie doch ein paar Hardcover. Es handelte sich um eine Sammlerausgabe der *Herr-der-Ringe*-Trilogie. Daneben stand ein Comicroman mit dem verheißungsvollen Titel *Blood City*.

„Im Schlafzimmer gibt es einen Koffer, der Imke Dreyer gehört", berichtete Breithammer. „Und im Bad stehen ein Damenparfüm und Pinsel und sowas."

„Also hat sie bei ihm gewohnt." Dirks zog den Comicroman aus dem Regal und schaute sich das Cover an. Es zeigte ein Pärchen, das von einer Horde Zombies verfolgt wurde, die Stadt im Hintergrund stand in Flammen. Die Frau war vom Typ Pamela Anderson, nur waren Pamelas Brüste kleiner. Ihr Freund war blond und athletisch. Anstelle von normalen Augen hatte er künstliche Maschinenaugen à la Terminator. Dirks schlug das Buch auf, dabei fiel etwas aus dem Buch auf den Boden.

Offenbar handelte es sich dabei um eine Glückwunschkarte. Dirks hob sie auf und las den Text. *Alles Gute zum dreißigsten Geburtstag. Du bist mein bester Freund. Freddie.* Sie realisierte, dass es sich nicht um eine normale Glückwunschkarte handelte, sondern um ein Foto. Auf der Vorderseite zeigte es Mark Mascher und einen jungen Mann mit einem unsicheren, fast Mitleid erweckenden Lächeln. Dem Doppelkinn nach zu urteilen, brachte er wohl einiges an Gewicht auf die Waage und der versetzte Winkel hinter dem Brillenglas deutete auf starke Kurzsichtigkeit hin. *Freddie.*

Wo war dieses Foto aufgenommen worden? Im Hintergrund waren eine große Halle zu sehen und so etwas wie Messestände. Mark und Freddie trugen ein Schlüsselband um den Hals, an dem wahrscheinlich ihr Besucherausweis hing. Dirks kniff die Augen zusammen, um zu erkennen, welches Logo auf dem Schlüsselband aufgedruckt war. „Gamescom 2011". *Zwei Freunde auf der Computerspielmesse.*

Dirks packte das Foto in einen Plastikbeutel und steckte ihn ein. „Fällt dir irgendetwas auf, Oskar?"

„Ich denke schon", entgegnete Breithammer. „Hier fehlt etwas." Er stand vor einem Bereich des Regals, in dem einige Actionfiguren ausgestellt wurden. Ein Platz schien für ein besonderes Exponat reserviert zu sein. Dort war allerdings nur noch ein schmales Gebilde aus Acrylglas.

„Ist das etwa das, was ich denke?", fragte Dirks erstaunt.

Breithammer zog seine Dienstwaffe und stellte sie darauf. „Ein Waffenständer für eine Pistole. Für Sammlerstücke."

„Wenn dort eine Pistole war - wo ist sie jetzt?"

„Vielleicht besitzt er sie schon länger nicht mehr, weil er sie verkauft hat."

„Aber den Ständer hat er behalten?"

Breithammer verstand, was sie meinte. War hier die Tatwaffe ausgestellt worden? War Mark Mascher erschossen worden, bevor ihm der Kopf abgetrennt worden war?

„Wir müssen herausfinden, wo Mark und Imke am Samstagvormittag waren. Hast du dazu einen Hinweis gefunden?"

„Nein. Aber vielleicht willst du dir noch mal die anderen Räume ansehen?"

Dirks ging zunächst in die Küche. Es standen zwei Teller auf dem Tisch und zwei Tassen. Außerdem lag dort eine Zeitung, sie datierte von Freitag. *Nicht Samstag.* „Stehen im Badezimmer ihre Zahnbürsten auf dem Waschtisch?", rief Dirks Breithammer zu.

„Warte mal." Wenig später meldete er sich wieder. „Nein. Es gibt keine Zahnbürsten und keine Zahncreme."

„Dann haben sie am Wochenende wohl eine kleine Reise unternommen. Das Wetter war ja auch perfekt. Wir fragen mal unten im Laden nach, ob jemand etwas darüber weiß."

Als sie zurück ins Geschäft gingen, führte Hannes Birnbaum gerade jemandem ein Fahrrad vor. Hinter der Kasse stand Frau Konrad. Die Mascara um ihre Augen war verlaufen, aber sie lächelte tapfer. So war sie auch in der Lage, einige Fragen zu beantworten. Allerdings verzichtete Dirks auf Fragen zur Person von Mark Mascher. Wäre er ein schlechter Chef gewesen, würde ihm niemand nachtrauern. „Wie lange arbeiten Sie schon in diesem Laden?"

„Acht Jahre sind das bestimmt. Erst für den Vater und seit 2012 für Mark. Der Senior hatte damals einen Herzinfarkt. Aber jetzt geht es ihm zum Glück wieder gut. Ist ganz stolz darauf, was sein Sohn aus dem alten Geschäft gemacht hat."

Die Augen der Verkäuferin glänzten wieder feucht, also wechselte Dirks das Thema. „Haben Sie schon einmal Marks neue Freundin getroffen?“

„Nur ganz kurz. Aber ich war auch eine Woche lang nicht hier. Grippe. Die anderen sagen, sie wären ein hübsches Paar gewesen und Mark habe sehr glücklich gewirkt.“ Frau Konrad schniefte.

„Und diese Person hier?“ Dirks zeigte ihr das Foto von Mark und Freddie. „Haben Sie diesen Mann schon mal gesehen?“

„Nein, noch nie. Wer soll das sein?“

„Mark und seine Freundin haben am Wochenende einen Kurztrip unternommen. Wissen Sie etwas darüber?“

Die Verkäuferin schüttelte den Kopf.

Breithammer schaltete sich in die Befragung ein. „Was für ein Fahrzeug fuhr Herr Mascher?“

„Dunkelgrau.“

„Und die Marke?“

Frau Konrad war überfordert. „Es steht auf dem Hof. Ich kann es Ihnen zeigen.“

Überrascht wandte sich Breithammer an Dirks. „Wenn Imkes Auto vorne parkt und Marks Auto hinten, wie waren sie dann unterwegs?“

„Wir wissen, dass Mark und Imke zu Imkes Eltern nach Emden wollten. Allerdings hatten sie erst am Sonntagabend die Verabredung.“

„Und?“

„Schau dich doch mal um! Und denke daran, wie gut das Wetter am Wochenende war.“ Dirks drehte sich zu Frau Konrad. „Wahrscheinlich konnte sich Mark jedes Fahrrad in diesem Laden ausleihen?“

„Jeder kann sich bei uns ein Fahrrad mieten“, antwortete Frau Konrad eifrig. „Einige Elektrofahrräder verleihen wir auch über das Wochenende, damit die

Kunden sie ausprobieren können." Sie bückte sich und erschien wieder mit einem Ordner. „Ich schau mal nach, ob Mark etwas für sich notiert hat." Sie brauchte nicht lange, um das herauszufinden. „Freitag, 11:00 Uhr. Zweimal *Flyer*, Damen- und Herrenmodell und dazu eine Gepäcktasche."

„Sehr gut." Dirks war aufgeregt. „Wir brauchen die genaue Modellbezeichnung der Fahrräder und am besten Fotos. Auch von der Tasche."

„Aber kommt man damit wirklich bis Emden?", fragte Breithammer. „Sie sind erst Freitagmittag losgefahren!"

„Das passt schon, sie haben sich sehr gute Elektrofahrräder ausgeliehen." Frau Konrad zog eine Faltkarte aus einem Aufsteller hervor. „Auf dem *Nordseeküstenradweg* kommt man von hier bis Emden." Sie schlug die Karte auf. „Also, sie fahren Freitag um 11:00 Uhr los. Mittag essen sie in Hooksiel. Am Nachmittag kommen sie mindestens bis Carolinensiel, vielleicht sogar bis Bensersiel." Sie fuhr mit einem Kugelschreiber die Route entlang. „Am Samstag könnten sie in Greetsiel übernachten. Sonntagnachmittag sind sie dann in Emden und können sich noch etwas frisch machen. Und wenn sie am Montag nicht zurückradeln wollen, nehmen sie einfach den Zug."

Breithammer studierte die Karte. „Könnte man ab Bensersiel nicht auch den *Ostfriesland-Wanderweg* nehmen?"

„Stimmt, der Weg ist auch für Fahrräder nutzbar." Frau Konrad nahm eine zweite Karte aus dem Aufsteller. „Gerade die Strecke von Bensersiel bis Aurich ist sehr hübsch, da fährt man auf einer ehemaligen Bahntrasse. Der Weg führt bis nach

Papenburg, aber um nach Emden zu kommen, fährt man am besten in Leer ab."

„Sehr gut. Wir kaufen beide Fahrradkarten." Dirks gab Breithammer Anweisungen für die nächsten Schritte. „Wir müssen eine Ortung nach Marks und Imkes Smartphones durchführen. Außerdem müssen wir ihre Kontodaten überprüfen, denn ein Hotel bezahlt man normalerweise mit Kreditkarte."

Hannes Birnbaum kam zu ihnen, sein Verkaufsgespräch war nicht von Erfolg gekrönt gewesen.

„Bitte geben Sie mir die Adresse von Maschers Eltern", bat Dirks den Kollegen.

„Soll ich mitkommen?", fragte er.

Dirks schüttelte den Kopf. „Wir werden sie später besuchen. Priorität hat im Augenblick nicht Mark Mascher, sondern seine Freundin Imke Dreyer. Wir müssen möglichst schnell herausfinden, was mit ihr passiert ist. Deshalb müssen wir den Tatort finden. In welchem Hotel haben Mark und Imke am Freitag übernachtet? Um welche Uhrzeit haben sie gefrühstückt? Wo sind sie am Samstagvormittag entlanggefahren?"

„Glaubst du denn nicht, dass mit Imke dasselbe passiert ist wie mit Mark?", fragte Breithammer überrascht. „Sie waren schließlich zusammen!"

„Und warum hat der Täter dann nicht auch ihren Kopf an den Baum gehängt?" Dirks' Stimme war fest. „Solange wir keinen gegenteiligen Beweis finden, müssen wir davon ausgehen, dass Imke noch lebt."

6. Hafenblick

Dirks und Breithammer setzten sich ins Auto. Dirks faltete die Fahrradkarte auf und schaute auf den Bereich, den Frau Konrad als Zielpunkt für Freitag markiert hatte. Sie wollte nicht auf die Ergebnisse der Kreditkartenüberprüfung warten, um zu erfahren, in welchem Hotel Mark und Imke übernachtet hatten. „Wo würdest du deinen ersten Halt bei solch einer Radtour einlegen?", fragte sie Breithammer.

„Ich würde gucken, ob mir meine Hotel-App ein Schnäppchen in der Region vorschlägt. Vier Sterne strahlen heller als drei."

Dirks verzog den Mundwinkel. „Und wenn du mit Folinde unterwegs wärst? Es geht schließlich um den Wochenendtrip eines glücklich verliebten Pärchens, da guckt man nicht zuerst aufs Geld."

Breithammer schaute auf die Orte, die zur Auswahl standen. „Am romantischsten ist natürlich Neuharlingersiel. Der Blick auf den Kutterhafen ist einmalig."

„Das würde ich auch behaupten." Dirks überließ es Breithammer, die Karte zusammenzufalten. „Dann fragen wir zuerst in den Hotels dort nach."

Während der Fahrt telefonierte Dirks mit Saatweber und informierte ihn über die neuesten Entwicklungen. Der Staatsanwalt teilte Dirks' Einschätzung, dass man Imke Dreyer auf keinen Fall aufgeben durfte. Sie war eine vermisste Person und sie mussten alles dafür tun, sie zu finden. „Sobald du den Tatort noch genauer einkreisen kannst, werden wir eine Suchaktion durchführen", entschied er. „Vielleicht finden wir ja irgendwo die Fahrräder oder irgendeine andere Spur.

Ich werde auch einen Hubschrauber organisieren, manche Dinge sieht man von oben besser." Dankbar legte Dirks auf.

„Was genau ist unsere Theorie?", fragte Breithammer. „Ist der Täter jemand, der Mark und Imke nur zufällig begegnet ist? Eigentlich kenne ich die Ostfriesen nur als äußerst gastfreundliches Volk."

„Gastfreundlich und fahrradfreundlich." Dirks dachte an den Vortrag von Doktor Ehrenfeld heute Morgen. „Irgendetwas hat den Täter gereizt."

„Und dann? Er tötet Mark. Aber was ist mit Imke? Will sie Mark helfen? Wehrt sie sich? Rennt sie weg?"

„Das können wir im Moment noch nicht sagen", gab Dirks zurück. „Vielleicht haben sich Mark und Imke auch vorher gestritten und waren zur Tatzeit gar nicht zusammen."

„Und warum erreichen ihre Eltern Imke dann nicht? Wenn der Täter sie nicht getötet hat, was hat er dann mit ihr gemacht? Hat er sie entführt? Oder liegt sie irgendwo verletzt herum?"

Dirks klopfte nervös auf dem Lenkrad herum. „Spekulieren bringt uns nicht weiter. Wir müssen Schritt für Schritt vorgehen."

In Neuharlingersiel fuhren sie durch das Hafenportal auf den großen Parkplatz. Zu ihrer Linken gelangte man zum Strand. Vor ihnen erstreckte sich die Nordsee und man konnte bis Spiekeroog sehen. Rechts kam man zum alten Fischerhafen. Auf der Dachterrasse des *Café Störmhuus* saßen Leute hinter dem gläsernen Windschutz.

Die Kutter lagen dicht an dicht im Hafenbecken. Ihre bunten Farben hoben sich hübsch von den roten Backsteinbauten im Hintergrund ab. Vorne prangte die

Registrierungsnummer, die in Neuharlingersiel immer mit den drei Buchstaben „NEU“ begann, hinten stand der eigentliche Name des Schiffs. Die Fangnetze verströmten den Geruch von Fisch. Eine Möwe jammerte, ließ sich auf einem Pfahl nieder und beobachtete einen Jungen, der in ein Brötchen biss. Dirks merkte, dass auch sie eine Mahlzeit nötig hatte. Es war aber auch schon kurz nach eins.

„Das Hotel dort sieht gut aus.“ Breithammer zeigte auf ein großes Gebäude mit zwei markanten dreieckigen Giebeln am Ende des Hafenbeckens.

„Alles klar, probieren wir es da.“

Über dem Eingang des Hauses stand: *Mingers Hotel, seit 1816.* Sie hatten allerdings ein neues Logo machen lassen. Das goldene „M“ auf weinrotem Grund erinnerte stark an das „M“ vom Langnese-Magnum-Eis.

Die Lobby war recht klein, aber hell und freundlich eingerichtet, der rote Teppich gab dem Raum eine edle und gemütliche Atmosphäre. Die Rezeption war nicht besetzt. Im Moment wurden alle Arbeitskräfte im Restaurant gebraucht, aus dem man einen großartigen Blick auf den Hafen hatte. Gegenüber vom Empfangstresen gab es einen Tisch mit Informationsmaterial aus der Region. Da lagen Flyer für die Nordseetherme in Bensersiel, die Skatehalle in Aurich, mehrere Anbieter für Wattwanderungen, aber auch die Visitenkarten einer Astrologin mit dem geheimnisvollen Namen *Graia.* Breithammer steckte eine davon ein.

Dirks hob verwundert die Augenbrauen. „Willst du dir etwa Hilfe beim Universum für unsere Ermittlungen suchen?“

„Natürlich nicht“, antwortete Breithammer etwas verschämt. „Die ist für Folinde. Sie glaubt, wenn man die Meinung von möglichst vielen Astrologen einholt, dann wird die Aussage genauer."

„Das ist auch eine Art von Objektivität."

Eine Frau, die ein Namensschild an der Bluse hatte, kam aus dem Restaurant. „Herzlich willkommen!" Die Frau eilte hinter die Rezeption. Sie hatte dickes blondes Haar, das sie in einen französischen Zopf gezwungen hatte, in einem Ohr trug sie einen kleinen Schmuckstein, am anderen baumelte eine weiße Feder. „Was kann ich für Sie tun? Möchten Sie ein Zimmer mieten?"

Dirks schaute auf das Namensschild. „Moin, Frau Peters." Sie stellte Breithammer und sich selbst vor. „Können Sie sich an diese beiden Personen erinnern?" Sie legte der Hotelangestellten die Fotos von Mark und Imke vor.

„Ja. Die waren hier. Eine Nacht, ich glaube von Freitag bis Samstag. Er hatte eine Fahrradtasche als Gepäckstück."

Breithammer strahlte begeistert darüber, dass sie auf Anhieb das richtige Hotel gefunden hatten, dabei waren sie ja nicht zufällig hierhergekommen.

„Gibt es einen besonderen Grund, warum Sie sich an die beiden erinnern?", fragte Dirks Frau Peters. Diese zuckte mit den Schultern. „Die Saison beginnt gerade erst, da haben wir noch nicht so viele Gäste."

„Sonst nichts?"

Frau Peters zögerte.

„Es geht um einen Mord, da ist Diskretion fehl am Platz."

„Sie waren einfach ein Paar, das in Erinnerung bleibt. Er war höflich, sie nicht. Sie hat sich über das Essen beschwert, er hat viel Trinkgeld gegeben. Außerdem haben sie eine Flasche Champagner mit aufs Zimmer genommen. Offenbar hatten sie eine Menge Spaß. Die Putzfrau hat mir erzählt, dass eine Bluse im Mülleimer lag, aber die Knöpfe musste sie überall vom Boden aufsammeln."

„Waren die beiden am Samstag immer noch ein Herz und eine Seele?"

„Mir ist nichts anderes aufgefallen. Sie haben gemeinsam gefrühstückt und sind zusammen mit ihren Fahrrädern losgefahren."

„Wissen Sie noch, um welche Uhrzeit das war?"

Frau Peters musste das erste Mal nachdenken. „Sie haben ziemlich früh ausgecheckt. So etwa um neun."

„Welches Zimmer hatten sie?"

Frau Peters blätterte zwei Seiten in ihrem Reservierungsbuch zurück. „Einundzwanzig. Das ist das schönste, ganz oben mit Hafenblick."

„Wohnt dort gerade jemand?"

„Nein."

„Bitte sorgen Sie dafür, dass das so bleibt. Die Spurensicherung muss das Zimmer untersuchen. Außerdem würden wir gerne persönlich mit der Person reden, die den Raum gereinigt hat." Dirks ließ sich den Zimmerschlüssel geben.

„Wurde der Müll vom Wochenende schon abgeholt?", fragte Breithammer.

„Nein, das geschieht erst morgen."

„Dann brauche ich den Schlüssel vom Müllraum."

Frau Peters gab Breithammer auch einen Schlüssel.

„Stehen im Müllraum zufällig Gummistiefel, Größe 46?"

„Schauen wir uns erst mal das Zimmer an, Oskar." Dirks ging mit Breithammer hinauf in die zweite Etage.

Das Zimmer war modern eingerichtet, es gab einen

Holzfußboden und graue Möbel.

„Schick." Breithammer ging zum Fenster und testete die Aussicht. „Ich hoffe, Jendrik hat für eure Berlin-Reise mindestens solch ein Hotel gebucht."

„Hauptsache, es ist so sauber wie das hier. Hoffentlich kann Altmann hier überhaupt noch etwas finden." Dirks zog ihr Smartphone aus der Tasche. Sie war nicht nur hier hochgegangen, um das Zimmer zu sehen, sondern auch, um in Ruhe mit der Zentrale telefonieren zu können. Nachdem sie die Spurensicherung angefordert hatte, ließ sie sich mit Saatweber verbinden.

„Moin, Diederike."

„Hat die Ortung der Handys von Mark und Imke etwas ergeben?"

„Leider nicht. Offenbar hat der Täter die Telefone zerstört."

Das wäre auch zu einfach gewesen. „Dafür sind wir weitergekommen", berichtete Dirks. „Wir stehen gerade in dem Zimmer, in dem Mark und Imke am Freitag übernachtet haben."

„*Mingers Hotel,* Neuharlingersiel", entgegnete der Staatsanwalt.

„Woher weißt du das?"

„Ich sehe mir gerade Maschers Kreditkartendaten an. Er hat seine Rechnung am Samstag um 9:08 Uhr bezahlt. Danach hat er die Karte nicht mehr eingesetzt."

Dirks überlegte. „Wenn sie um 9:08 Uhr bezahlt haben, sind sie etwa um 9:30 Uhr von hier losgefahren. Dann waren sie gegen 10:00 Uhr mindestens in Bensersiel."

„Auch wenn es knapp wird, sollten wir heute noch eine Suchaktion durchführen", sagte der Staatsanwalt.

„Ich habe schon mit der Rettungshundestaffel vom DRK telefoniert. Kannst du eine Duftprobe von Imke Dreyer besorgen?"

„Ihre Bluse."

„Das müsste reichen. Wir treffen uns um 14:00 Uhr auf dem Parkplatz der Nordseetherme."

*

Liebes Tagebuch.

Ich gehe mit meiner Freundin nach Hause und auf der Brücke gaffen uns die Männer unverhohlen an und pfeifen uns nach. Wieso ist mir das vorher nicht aufgefallen? Meine Freundin sagt, alle Männer würden sie so behandeln. Warum?

Neri sagt, die Männer seien frustriert und würden ihre Wut an denen auslassen, die schwächer sind, und das sind nun mal die Frauen.

Warum nehmen das alle einfach so hin? All die Jahre nehmen sie alles einfach nur hin, den Dreck, die Ungerechtigkeiten, die Korruption. Man redet nicht über Politik, sondern flüchtet sich in den Sarkasmus.

Ich ertrage das nicht mehr. Es tut mir gut, mein Tagebuch zu schreiben, das macht mich innerlich frei. Aber ich will auch äußerlich frei sein! Ich will vollständig frei sein.

Meine Freundin hat mir einen Blog gezeigt, in dem jemand die Zustände offen anprangert. Das will ich auch machen! Ich will nicht nur für mich selbst schreiben, sondern meine Gedanken und Bilder mit anderen teilen. Ich will nicht so radikal sein und jemanden anklagen, aber vielleicht kann ich auf diese Weise Menschen Mut machen, die genauso denken wie ich.

7. Suchaktion

Die Zeit reichte noch für ein Mittagessen im Hotelrestaurant. Nachdem sich Dirks und Breithammer etwas aus der Karte mit ostfriesischen und maritimen Spezialitäten ausgesucht hatten, stellte Frau Peters ihnen das Zimmermädchen vor. Außerdem wollte die Inhaberin persönlich mit ihnen sprechen.

Die Vernehmung des Zimmermädchens war so erhellend wie eine kaputte Glühbirne. Danach gingen sie zum Müllraum. Breithammer stieg in die Restmülltonne und brauchte nicht lange, um einen Müllsack, der eine Bluse ohne Knöpfe enthielt, zu finden. Als er wieder aus dem schwarzen Container stieg, prangte auf seiner hellen Jeans ein dunkler Fleck Tomatensauce. Dirks steckte die Bluse in eine extra Tüte und hinterlegte den restlichen Müllsack für Altmann an der Rezeption. Mit vollem Magen brachen die Kommissare um 13:50 Uhr nach Bensersiel auf.

Der Parkplatz der Nordseetherme war ein idealer Treffpunkt. Um diese Jahreszeit war hier noch nicht viel los und er lag nicht so offen wie der Parkplatz im Hafen. Hinten standen bereits zwei Polizeieinsatzfahrzeuge und die Kollegen waren gerade dabei, ein paar Mountainbikes auszuladen. Dirks parkte daneben und sah dabei im Rückspiegel zwei Kleintransporter des DRK auf das Gelände fahren. Das war die Rettungshundestaffel aus Aurich.

Sie stiegen aus.

Saatweber befand sich im Gespräch mit einem Thermalbadbesucher. „Tagesausflug?“, fragte der Mann und grinste übertrieben. Entweder hatte er Bluthochdruck oder er war zu lange in der Sauna gewesen.

Der Staatsanwalt grinste künstlich zurück. „Genau. Tagesausflug."

„Na dann: Viel Spaß." Der Mann schlenderte zu seinem Auto.

Saatweber drehte sich zu ihnen um. Irritiert betrachtete er den Tomatenfleck auf Breithammers Hose. „Guten Appetit."

Einer der DRK-Transporter parkte quer, denn er hatte noch einen Anhänger. Ein Mann und eine junge Frau stiegen aus. Ein anderer Mann öffnete den Anhänger und ein recht großer schwarzer Hund sprang heraus. Zu ihm gesellte sich ein Border Collie, der aus dem anderen Transporter gekommen sein musste. Beide Hunde hüpften ungeduldig umher und ihre Augen blitzten vor Arbeitseifer.

Der Mann, der den Anhänger geöffnet hatte, stellte die Hunde und ihre Rettungshundeführer vor. „Das sind Katharina und Toby." Er zeigte auf die junge Frau und den Border Collie. „Und das sind Robert und Basko. Er ist ein Bouvier des Flandres." Basko wusste genau, dass man über ihn sprach, und freute sich doppelt.

Dirks breitete die Fahrradkarten auf der Kofferraumhaube ihres Autos aus. „Wie schnell kommt man mit einem Elektrofahrrad voran? Durchschnittlich etwa fünfzehn Kilometer pro Stunde?" Sie deutete auf die Karten. „Mark Mascher wurde am Samstag zwischen 10:00 Uhr und 13:00 Uhr ermordet. In diesem Zeitraum befanden sich Imke und er entweder auf der Strecke zwischen Bensersiel und Norden oder auf dem *Ostfriesland-Wanderweg* zwischen Bensersiel und Aurich. Unser primäres Ziel ist es, Imke Dreyer zu finden oder zumindest eine Spur von ihr." Sie nickte den Hundeführern zu. Der Mann blickte skeptisch und Dirks verübelte es ihm nicht. Rettungshunde waren schließlich dazu da, lebende Personen zu finden und nicht Leichen. Bei Verbrechen wurde die Hundestaffel normalerweise nicht eingesetzt. „Außerdem halten wir nach allem Ausschau, was mit dem Fall zu tun hat", fuhr Dirks fort. „Das sind insbesondere die beiden Elektrofahrräder sowie die Satteltasche." Sie verteilte Fotos von Imke und Mark und der beiden Fahrräder an die umstehenden Polizisten. „Vielleicht fällt euch auch eine ungewöhnliche Stelle am Wegesrand auf, die als Tatort gedient haben könnte. Wenn das der Fall ist, schaut euch diese Stelle genau an. Und wenn ihr an einem Café vorbeikommt, dann erkundigt euch, ob Imke oder Mark dort eingekehrt sind."

Die Beamten murmelten mehr oder weniger verständlich ihre Zustimmung.

„Ich habe auch einen Hubschrauber angefordert", sagte Saatweber. „Er wird bis Bensersiel über den Wanderweg fliegen und von Bensersiel dann in Richtung Westen. Wenn er irgendwo in einem Feld zwei Fahrräder sieht oder sonst irgendetwas Auffälliges entdeckt, wird er die entsprechenden Koordinaten an uns weitergeben."

„Wir bilden zwei Teams", verkündete Dirks. „Breithammer, drei Beamte, Robert und Basko fahren den *Ostfriesland-Wanderweg* entlang. Ich leite das Team mit Katharina und Toby, das an der Küste radelt. Es besteht keine Notwendigkeit, zusammenzubleiben. Es ist sogar sinnvoll, in unterschiedlichen Gebieten zu arbeiten, wir müssen die Routen bis Sonnenuntergang schaffen."

Dirks riss die Bluse in zwei Hälften und übergab sie

Robert und Katharina. Auch die Hundeführer bekamen Fahrräder. Für sie war dieser Einsatz genauso ungewöhnlich wie für die Hunde. Normalerweise suchten sie nicht auf ausgebauten Fahrradstrecken nach vermissten Personen, sondern in unwegsamem Gelände. Aber vielleicht wurde diese Fähigkeit ja auch noch gebraucht.

Dirks hätte nicht gedacht, dass sie heute noch auf dem Fahrrad sitzen würde. Die beiden Kollegen radelten vor, sie selbst blieb bei Katharina und Toby. Sie fuhren am Polder entlang. Die Nordsee konnte man von hier aus nicht sehen, aber der Wind brachte das Meer trotzdem zu ihnen. Nach einigen hundert Metern sah man auf der linken Seite einen großen Gulfhof, das alte Gebäude sah eindrücklich aus.

„Da sind jetzt Luxusferienwohnungen drin", sagte die Hundeführerin. „Ich habe mir das mal im Internet angesehen. Richtig edel."

Toby rannte vor, wartete aber an der nächsten Weggabelung auf sie. Man konnte seine Anspannung spüren. Hatte er etwas gefunden?

„Er will am Anfang nur sichergehen, dass wir nicht zu weit weg sind." Katharina hatte Dirks' aufkeimende Hoffnung offenbar bemerkt. „Später wartet er nicht mehr."

„Was macht Toby denn, wenn er Imke findet?", fragte Dirks. „Bleibt er bei ihr und bellt, bis wir kommen?"

„Nein, Toby ist nicht aufs *Freibellen* trainiert, sondern aufs *Freiwinseln*", antwortete die Hundeführerin. „Das bedeutet, er kommt zu mir und zeigt mir an, dass er die vermisste Person gefunden hat. Dann bringt er mich zu ihr. Basko, der Hund, der mit Ihrem Kollegen unterwegs ist, macht es noch mal anders. Er nimmt einen Gegenstand des Vermissten auf und bringt ihn zu

Robert. Das nennt man *Bringsel.*"

Sie waren jetzt nah genug bei Toby, so dass er seine Suche wieder voller Energie fortsetzte. *Wird Toby etwas finden, oder wird Basko erfolgreich sein?*, dachte Dirks. *Ist Oskar auf der richtigen Route, oder bin ich es?*

*

Breithammer fuhr mit seinem Team zum *Ostfriesland-Wanderweg*. Die ehemalige Kleinbahntrasse begann östlich der Brücke, die über das Benser Tief führte, und folgte dem Binnenland-Entwässerungskanal landeinwärts. Der Weg war landschaftlich äußerst reizvoll und es war herrlich, nirgendwo ein Auto zu sehen.

Es tat gut, mal wieder im Sattel zu sitzen. Früher war Breithammer öfter aufs Rad gestiegen. Er sollte dieses Jahr zusammen mit Folinde ein paar Touren unternehmen. Dafür war diese Route ja ideal.

„Dort!" Einer der Kollegen zeigte in den Himmel.

Breithammer hörte den Polizeihubschrauber, bevor er ihn sah. In geringer Höhe flog er einhundert Meter links neben dem Weg. Breithammer hatte nicht erwartet, ihn so schnell zu sehen. Er drückte eine Taste auf seinem Funkgerät, um die Verbindung mit dem Piloten herzustellen. „Hier ist Team eins. Habt ihr schon etwas entdeckt?"

„Negativ", meldete sich der Pilot. „Bisher haben wir noch nichts Außergewöhnliches gesehen. Aber wir fliegen die Strecke ja noch mehrmals. Beim nächsten Mal überprüfen wir die andere Seite des Weges."

„Bis dahin hat Basko schon längst angeschlagen", behauptete Breithammer zuversichtlich. „Weiter so, Kollegen!"

*

Dirks spürte einen Kloß im Hals. Vor ihr lag Accumersiel. Sie schaute nach links, und obwohl Westeraccumersiel kaum zu sehen war, bildete sich Dirks trotzdem ein, das Haus mit der Eisenkatze auf dem Dach sehen zu können. Als Kind war sie diesen Weg häufig geradelt. Alleine und zusammen mit ihrer Freundin Iba, wenn sie zum Schwimmbad gefahren waren. Dieser Teil des Weges hatte sich stets dunkel und kalt angefühlt, während es auf der anderen Seite des Schöpfwerks immer hell und freundlich gewesen war.

Bis jetzt war Toby nicht zu Katharina zurückgekehrt, aber noch lag der größte Teil der Strecke ja vor ihnen.

*

Breithammer schaute auf die Uhr. *15:47 Uhr*. Bisher hatten sie noch nichts weiter entdeckt. Basko kam ab und zu zu Robert gerannt, aber er trug nie etwas im Maul. Breithammer mochte den Hund mit seinem langen schwarzen Fell. Ob Folinde etwas dagegen hatte, wenn er sich solch einen Hund zulegte? Aber seine Freundin mochte alle Tiere, sogar Spinnen.

Er hörte den Hubschrauber hinter sich und drehte sich schon gar nicht mehr um, wenig später kam die blau glänzende Flugmaschine sowieso in sein Sichtfeld. Der Helikopter flog rechts über das Feld und schreckte ein Reh auf. Zweihundert Meter weiter machte der Hubschrauber eine Rechtskurve. Offensichtlich nahm er eine kleine Baumgruppe unter genauere Beobachtung. Seine Kreise wurden enger und er näherte sich dem

Boden so weit, dass die Erde auf dem Feld aufgewirbelt wurde.

„Achtung!“

Breithammer drückte die Bremshebel mit voller Kraft, trotzdem fuhr er dem Kollegen hinten rein. Alle hatten angehalten, um den Hubschrauber zu beobachten.

Breithammers Funkgerät rauschte auf. „Luftüberwachung an Team eins“, meldete sich der Pilot. „Hier ist etwas, was Sie sich ansehen sollten.“

Breithammer stieg ab, hob sein Rad über den kleinen Graben am Wegrand und fuhr über das holprige Feld. Der Helikopter gewann wieder an Höhe und die Rotorengeräusche wurden erträglich.

„Dort unter dem Gebüsch“, sagte der Pilot durch das Funkgerät. „Das sieht mir wie ein Fahrrad aus.“

„Es ist ein Fahrrad“, bestätigte Breithammer aufgeregt. Er ließ sein Mountainbike auf dem Feld liegen und ging dichter heran. Am Lenker ließ sich das Rad leicht unter dem Busch hervorziehen.

„Es ist rot“, stellte Breithammer enttäuscht fest. „Und es ist kein Pedelec, sondern ein Hollandfahrrad.“

*

Auf Dirks wirkte es noch hell, doch in den angrenzenden Häusern gingen die Lichter an.

Hätten sie die Suchaktion nicht lieber auf den kommenden Morgen verschieben sollen? Dann hätten sie den ganzen Tag über Zeit gehabt. Doch es ging auch um die Geschwindigkeit. Je mehr Tage vergingen, desto geringer wurde die Wahrscheinlichkeit, Imke zu finden, und auch die Spuren am Tatort würden verschwinden. Wenn es überhaupt noch welche gab.

Toby kehrte zu Katharina zurück, in seinen Augen zeigte sich Müdigkeit. Auch sie selbst war erschöpft nach dem langen Tag. Saatweber würde entscheiden, ob sie noch einmal die Strecken absuchten. Aber wenn sie heute nichts gefunden hatten, dann würden sie wahrscheinlich auch morgen erfolglos bleiben.

Dirks meinte, den Hubschrauber hinter sich zu hören, und drehte sich um. Auch am Helikopter blinkten mittlerweile Lichter und er hatte einen Suchscheinwerfer eingeschaltet. Es knackte in ihrem Funkgerät. „Luftüberwachung an Team zwei. Das war unsere letzte Tour, wir kehren zur Basis zurück."

„Alles klar", meldete Dirks zurück. Der Hubschrauber drehte um.

Es war ein wichtiger Versuch gewesen.

Der Schiffsanleger in Norddeich-Mole kam in Sicht. Zuvor fuhren sie aber noch am Yachthafen vorbei und die Masten der Fischkutter schwankten im dunkelgrauen Himmel.

In Norddeich wartete Saatweber mit den Einsatzfahrzeugen und den Kleintransportern der Hundestaffel. Breithammers Team war ohnehin nach Aurich unterwegs gewesen und brauchte nicht abgeholt zu werden.

Saatweber nahm ihr das Fahrrad ab. „Morgen ist ein neuer Tag", versuchte er sie aufzumuntern.

„Aber was ist mit Imke?" Es fühlte sich so an, als ob sie sie aufgeben würden.

„Wir haben alles getan, was wir konnten." Saatweber sprach die bittere Wahrheit aus. „Wenn Imke noch lebt, dann nur, weil der Mörder sie am Leben haben will."

8. Erinnerungen

Dirks ließ sich von Saatweber zurück nach Bensersiel zu ihrem Auto fahren. „Hast du eigentlich was von Altmann gehört? Hat er irgendwas im Hotelzimmer gefunden?“

„Du hast jetzt Feierabend, Diederike. Ruh dich aus.“

Dirks nickte und verabschiedete sich. Ihr Auto stand alleine in der Reihe, aber der Parkplatz war noch lange nicht leer. Die Therme hatte noch geöffnet und vom Eingang her drangen einladendes Licht und Lachen zu ihr.

Ich sollte zu Jendrik fahren. Heute Morgen hatte sie zu ihm gesagt, dass sie kommen würde. Sie schaute auf ihr Telefon und sah, dass sie eine Nachricht von ihm bekommen hatte. „Ich freue mich auf dich. Es gibt Lasagne, die magst du doch so gerne.“ Jendrik benutzte noch seltener als sie Emoticons, aber diese Botschaft enthielt gleich zwei.

Dirks stieg in ihr Auto und fuhr los. Sie nahm allerdings nicht den Weg in Richtung Aurich, sondern fuhr auf der Küstenstraße nach Westen. In Westeraccumersiel bog sie ab und kam vor einem Haus zum Stillstand. Am Himmel gab es kaum Wolken und im fahlen Mondlicht sah die Eisenkatze auf dem Dach fast lebendig aus.

Dirks ging zum Eingang und klingelte.

Nach einer Weile öffnete ein Mann die Tür. Er hatte eine Schiffermütze auf dem Kopf und eine *Friesenkrause*, einen Bart, der an Abraham Lincoln erinnerte. Sein Gesicht war wettergegerbt, aber auf der Stirn hatten sich auch zwei tiefe Sorgenfalten eingegraben. Er duftete nach Pfeifentabak, was vor allem an seiner Kordweste lag, die er noch nie gewaschen hatte, weil sie noch niemals einen Fleck gehabt hatte.

„Hallo, Diederike." Der Mann verzog keinen Mundwinkel. „Du warst doch gerade erst zu Weihnachten hier."

„Darf ich trotzdem reinkommen, Papa?"

Deddo Dirks trat beiseite und ließ seine Tochter hinein. Sie zog die Schuhe aus und hängte ihre Jacke an denselben Haken, wie sie es schon als Kind getan hatte.

„Willst du Tee?", fragte Deddo.

„Gerne. Ich war heute lange draußen. Wir haben in der Nähe eine vermisste Person gesucht."

Deddo ging in die Küche, Diederike ins Wohnzimmer. Die Vorhänge waren alle selbst genäht. Sie waren aus demselben Stoff, mit dem auch das Sofa bezogen war. Die Zierkissen hatten die Form einer Katze. Immer wieder konnte man in diesem Haus eine Katze entdecken. Sogar auf der Kuckucksuhr saß eine Stoffkatze, die darauf wartete, dass sich der Kuckuck zeigte. Erst jetzt fiel Diederike auf, dass das offenbar als Witz von ihrer Mutter gemeint gewesen war.

Sie setzte sich steif auf das Sofa. In diesem Haus konnte sie sich nicht entspannen. Obwohl es warm war, fror sie und egal, was sie im Leben draußen erreicht hatte, hier fühlte sie sich immer schwach.

„Wer wird denn vermisst?" Deddo stellte die Teekanne auf den Beistelltisch.

„Eine blonde Frau. Sie ist achtundzwanzig."

Deddo hob die rechte Augenbraue. „Habt ihr sie gefunden?"

Dirks schüttelte den Kopf. „Ihr Freund wurde brutal ermordet. Der Täter hat ihm den Kopf abgeschlagen und die Augen entfernt. Ich hoffe nicht, dass er dasselbe mit ihr gemacht hat." Sie tat sich ein Stück Kandis in die Tasse und goss den Tee darüber. „Zum Glück hat sie keine kleine Tochter." Dirks achtete nur darauf, wie sich die Sahne im Tee verteilt hatte, und nicht darauf, ob ihre spitze Bemerkung zu ihrem Vater durchgedrungen war. *Warum habe ich das gesagt? Was will ich überhaupt hier?* Sie bemühte sich, ein normales Gespräch mit Deddo zu führen. „Der Winter ist vorbei. Bist du schon rausgefahren?"

„Nein. Wäre erst heute möglich gewesen, aber montags darf niemals die erste Fahrt des Jahres sein. Sonst gibt es Unglück."

Dirks nickte so, als ob ihr diese Fischerweisheit nur allzu geläufig wäre. Wenn sie sich richtig besann, dann hatte sie das Großvater Dietrich auch schon einmal sagen hören. „Wie geht es Dietrich und Grete?"

Deddo zuckte mit den Schultern. „Muss ja. Ich glaube, mit dem Haus wird es ihnen allmählich zu viel. Mal sehen, wie lange sie es noch behalten können." Er goss sich auch eine Tasse Tee ein.

Dirks wünschte sich, dass sie noch etwas fragen könnte, aber leider hatten sie schon alle gemeinsamen Themen abgehakt. Also saßen sie einfach da und tranken Tee, doch daran waren sie gewöhnt. Schweigen gehörte zu dieser Familie dazu, die Konversation eines Jahres gedruckt passte auf einen Milchkarton. *Schweigen ist ehrlicher als Reden.*

Das feine Porzellangeschirr hatten Deddo und Ava einst zur Hochzeit geschenkt bekommen. Eigentlich war Diederike ihrem Vater dankbar dafür, dass er nichts im Haus verändert hatte. So verschwamm nach einer Weile das Zeitgefühl und sie gewann den Eindruck, als ob ihre

Mutter jeden Moment durch die Wohnzimmertür kommen könnte.

Dirks erinnerte sich an einen Abend im Januar, als sie acht Jahre alt war. Damals hatte sie in diesem Raum noch nicht gefroren. Sie hatte sogar ihre Strickjacke ausgezogen, weil ihr so heiß gewesen war. Die ganze Familie hatte in diesem Wohnzimmer gesessen zum Geburtstag von Deddo. Großvater Dietrich und Großmutter Grete standen damals noch mitten im Leben und Großmutter hatte nach Blumen geduftet. Außerdem war auch noch Peet da gewesen, der Helfer von Dietrich. Zum Fischen brauchte man immer zwei Personen auf einem Kutter. Oft blieb ein Helfer nur eine Saison und wenn Ende Herbst abgemustert wurde, musste man sich im Frühjahr einen neuen suchen. Peet fuhr jedoch schon mehrere Jahre auf Dietrichs Kutter und Diederike mochte ihn sehr. Was Dietrich und Deddo an Worten einsparten, machte Peet mit seiner Redseligkeit wieder wett. Er las gerne Bücher über die Seefahrt und konnte wundervolle *Döntjes* erzählen. Bevor er bei Dietrich angefangen hatte, war er als Matrose durch die Welt gereist und seine Geschichten klangen manchmal so fremd, dass Dirks sicher war, er hatte sie sich ausgedacht. Auch später, nach Avas Tod, hatte Peet weitaus mehr Verständnis für sie gezeigt als Deddo, allerdings war er bald danach wieder auf Große Fahrt gegangen.

Dirks spürte, wie ihr Smartphone vibrierte, aber sie ignorierte es. Sie versuchte, in ihrer Erinnerung zu bleiben und sich Ava vorzustellen, wie sie Deddo einen Geschenkkarton mit großer Schleife überreichte. Welches Kleid hatte ihre Mutter damals angehabt? Ava sah immer großartig aus, ihre Kleidung war stets außergewöhnlich gewesen. Sie trug ohne besonderen Anlass Lippenstift und Schmuck und gab sich Mühe mit ihrer Frisur. Außerdem blieb sie im Gegensatz zu den anderen Fischerfrauen schlank und wirkte sowieso ganz anders als sie. Doch an diesem Abend damals im Winter? Diederike konnte sich nicht an Ava erinnern. Sie war da gewesen, doch Dirks konnte ihre Mutter weder sehen noch hören. *Wahrscheinlich ist es besser so.*

Die Uhr schlug und der kleine Vogel foppte die Katze. Als ob das ein Signal gewesen wäre, griff Deddo seine Pfeife und stopfte sie. Das hatte etwas Feierliches an sich und im Laufe der Jahre hatte Dirks den Eindruck bekommen, dass er das nur tat, wenn er besonders zufrieden war. Er lehnte sich entspannt zurück und ein süßlich-würziger Duft verbreitete sich im Raum.

Immer wenn die Menschen erfuhren, dass ihr Vater Krabbenfischer war, beneideten sie sie. Auch Jendrik war begeistert gewesen. Es sei bestimmt interessant, auf einem Kutter mitzufahren, außerdem habe sie stets frischen Granat. Dirks hatte nur genickt. In Wahrheit hatte sie es gar nicht als schön erlebt. Im Sommer war Deddo zu lange weg gewesen und im Winter zu lange zuhause. Der Aufsatz über den Beruf ihres Vaters war der schlechteste ihrer Schullaufbahn gewesen, denn sie war niemals auf dem Kutter mitgefahren. So war das eben, wenn man nur ein Mädchen war.

Deddo und sie saßen noch eine Weile da und starrten vor sich hin. Irgendwann merkte Diederike, dass sie auf Toilette musste. Das war für sie immer das Zeichen, aufzubrechen.

Deddo begleitete sie zur Tür und sah zu, wie sie in ihr Auto stieg.

Wo könnte sie jetzt möglichst schnell auf die Toilette

gehen? Es war nicht weit bis Neuharlingersiel. Dirks fuhr zu *Mingers Hotel* zurück und beschloss auch, dort zu Abend zu essen. Sie bestellte Granat auf Schwarzbrot mit Spiegelei. Davon hatte sich Großvater Dietrich jeden Tag ernährt.

Während des Essens vibrierte ihr Telefon wieder, aber auch diesmal ignorierte sie es. Erst danach schaute sie nach, ob es dienstlich war, doch alle Anrufe stammten von Jendrik.

Sie ging zur Rezeption und buchte Zimmer 22.

Von oben sahen die Kutter noch eindrücklicher aus als unten vom Restaurant aus. Nach dem Schulabschluss hatte Dirks nichts dagegen gehabt, aus Ostfriesland wegzuziehen. Und als sie die Stelle als Hauptkommissarin in Aurich angeboten bekommen hatte, hatte sie nichts dagegen gehabt, in die Heimat zurückzukehren. Aurich war fremd genug gewesen, um ein neues Leben aufzubauen.

Ihr Smartphone vibrierte und diesmal nahm Dirks ab.

„Wo bist du?“, fragte Jendrik. „Du wolltest doch zu mir kommen. Ich habe extra deinen Lieblingswein gekauft.“

„Ich will mich auf den Mordfall konzentrieren, Jendrik. Er ist kompliziert.“

„Willst du vielleicht auswärts essen gehen? Im *Nuevo*?“

„Wir ermitteln an der Küste“, entgegnete Dirks. „Ich übernachte bei meinem Vater und esse auch bei ihm.“

„Und morgen?“

„Ich weiß noch nicht.“

„Du bist gestern Abend schon einfach so nach Hause gefahren, weil du zu müde warst. Was ist los? Ehrlich gesagt mache ich mir etwas Sorgen.“

Ihr Verstand sagte, dass es schön war, wenn sich jemand um einen sorgte.

„Habe ich irgendetwas gemacht?"

Dirks wollte etwas Versöhnliches sagen, aber es fiel ihr nichts ein.

„Bitte erkläre mir, was los ist, Diederike."

Dirks legte auf. Dann schaltete sie den Fernseher an, um sich abzulenken.

*

Liebes Tagebuch.

Meine Freundin hat ein Treffen zwischen dem Blogger und mir eingefädelt. Er hat mir genau gesagt, wie ich vorgehen muss, und mir wertvolle Tipps gegeben. Man muss sehr vorsichtig sein und bestimmte Sicherheitsregeln einhalten. Die Situation sei angespannt und die Geheimpolizei würde verstärkt Journalisten und Aktivisten verhaften. Natürlich befolge ich all seine Ratschläge und mein Blog wird unter einem anderen Namen erscheinen. Ich bin aufgeregt!

Es macht Spaß! Ich sitze alleine zuhause und tippe einen Text in meinen Computer, aber es fühlt sich an, als ob ich die Hände von anderen Menschen greifen würde. Ich werde Teil einer Menschenkette, die aufsteht, um Veränderung einzufordern. Ich fühle mich stark.

Mein Blog ist online und ich komme mir wieder schwach vor. Wie werden die Leute darauf reagieren? Ich habe nichts Besonderes geschrieben, meine Sprache ist unbeholfen und holperig. Der Text enthält keine große Botschaft. Ich wollte den Leuten zulächeln und Mut machen, mehr nicht.

9. Neuansatz

Folinde liebte es, Zerealien zum Frühstück zu essen, am liebsten Froot Loops. *Vielleicht verstärkt das ja ihre intensive rote Haarfarbe.* Breithammer lauschte andächtig dem Frühstücksknuspern. Ab und an war er immer noch davon überwältigt, dass diese Traumfrau mit ihm zusammen war. Sie war ein Energiepaket. Selbst im finstersten Winter begann sie den Tag mit einem Sonnengruß. Heute Morgen hatte sie selbstverständlich schon die Zeitung geholt.

„Ist das der Fall, an dem du gerade arbeitest?“, fragte Folinde mit vollem Mund.

Breithammer nahm sich einen Kaffee und ging zu ihr. Auf der ersten Zeitungsseite prangte die detailreiche Zeichnung eines Kopfes ohne Augen. „Horrorfund in Hollesand“ stand als Überschrift darüber und nur wenig kleiner konnte man lesen: „Wen tötet der Schlächter als Nächstes?“ Offensichtlich war ihre Suchaktion am Vortag doch nicht unbemerkt geblieben. Irgendwie hatte der Reporter die beiden Zeugen, die den Kopf gefunden hatten, aufgespürt. Oder hatten sich Jenny und Edlef selbst bei ihm gemeldet? Jedenfalls dürfte Diederike über diesen Artikel nicht erfreut sein. Breithammer hoffte außerdem, dass die Eltern von Imke Dreyer keine Zeitungsleser waren.

„Kann ich meinen Schülern etwas Exklusives erzählen, wenn sie mich danach fragen?“ Folinde schüttete sich eine zweite Portion Obstkringel in die Schale.

„Deine Schüler gehen in die zweite Klasse. Ich nehme nicht an, dass sie Zeitung lesen.“

„Aber manchmal lese ich ihnen etwas daraus vor. Besonders wenn es mit meinem Prachtfreund von der Kriminalpolizei zu tun hat."

„Prachtfreund", grunzte Breithammer und freute sich über diesen Titel.

„Ich habe übrigens bei der Astrologin angerufen. Die Nummer existiert nicht mehr, aber zum Glück stand ja noch eine E-Mailadresse auf der Karte." Folinde gab ihm die Visitenkarte aus dem Hotel zurück.

„Das wirkt ja nicht sonderlich vertrauenerweckend, wenn man keine aktuelle Telefonnummer auf seiner Geschäftskarte stehen hat."

Folinde zuckte mit den Schultern. „Jedenfalls habe ich heute um 12:00 Uhr einen Termin bei ihr. Weil ich erwähnt habe, dass ich die Karte aus einem Hotel habe, dachte sie wohl, ich wäre eine Touristin und hätte es eilig."

„Bist du denn um 12:00 Uhr nicht mehr in der Schule?"

„Dienstags habe ich immer schon um 11:00 Uhr Schluss." Es klang so, als hätte er das wissen müssen. „Ich würde mich übrigens freuen, wenn du auch kommen könntest. Dann könnten wir uns ein Partnerschaftshoroskop erstellen lassen."

„Leider arbeite ich gerade an einem sehr komplizierten Fall." Er hielt die Zeitung hoch.

„Okay. Aber wenn sie gut ist, können wir noch einmal gemeinsam einen Termin machen."

Breithammer lächelte liebevoll, während er hoffte, dass sie nicht gut war.

*

Der Verkehr von Neuharlingersiel nach Aurich war stärker, als vermutet, und so kam Dirks das erste Mal nach Breithammer im Büro an.

„Alles klar bei dir?“, fragte er, während sie ihre Jacke aufhängte.

Dirks nickte und setzte sich an ihren Schreibtisch.

„Hast du die Zeitung gesehen?“

„Sie wissen nichts von den Ringfingern. Also haben wir immer noch einen Ermittlungsvorsprung.“

„Mit dem wir nichts anfangen können. Wie machen wir heute weiter?“

„Hat die Spurensicherung etwas im Hotelzimmer gefunden?“

Als ob er auf das Stichwort gewartet hätte, klopfte es an der Tür und Altmann trat in den Raum. Mit ihm verbreitete sich ein leichter Geruch von Minze. Parfümierte er sich jetzt etwa passend zu seiner Brillenfarbe?

„Und?“, fragte Dirks.

Altmann räusperte sich. „Zuerst möchte ich feststellen, dass dieses Hotelzimmer eines der saubersten ist, die ich je untersucht habe. Und bei meinen Reisen untersuche ich jedes Hotelzimmer genau. Das ist der Vorteil an meinem Beruf, dass ich auch das sehen kann, was anderen verborgen bleibt. Was schon zu manch hitziger Diskussion mit einem Hoteldirektor geführt hat.“

„Also hast du nichts gefunden.“ Dirks hatte das schon erwartet. Aber wäre Altmann dafür persönlich zu ihnen gekommen?

„Das Bett in dem Zimmer besteht zwar aus einem Gestell, aber es hat zwei getrennte Matratzen. Und das hier befand sich zwischen beiden Matratzen.“ Altmann reichte Dirks einen Plastikbeutel mit einem kleinen metallischen Gegenstand.

„Eine Munitionspatrone?“

„Neun Millimeter. Und darauf befinden sich die Fingerabdrücke sowohl von Imke Dreyer als auch Mark Mascher.“

„Die Patrone sieht alt aus“, bemerkte Breithammer.

Altmann reichte Dirks einen Zettel. „Das Ergebnis der Analyse kam gerade: Die Patrone wurde vor achtzig Jahren produziert. Sie müsste aber noch funktionstüchtig sein.“

Dirks wandte sich an Breithammer. „Erinnerst du dich an den leeren Waffenständer in Marks Bücherregal? Offenbar hat er die Pistole auf die Radtour mitgenommen.“

„Warum das denn? Nur damit Imke und er damit im Hotelbett herumalbern können?“

„Du bist doch der Spezialist für Rollenspiele.“

„Wenn Folinde und ich irgendwelche Requisiten benutzen, dann bestimmt nicht mit scharfer Munition.“

„Ich gehe dann mal“, verabschiedete sich Altmann und verließ das Büro.

Dirks merkte selbst, dass ihre Rollenspiel-Bemerkung unpassend gewesen war. „Tut mir leid. Dieser Fall kratzt irgendwie an meinen Nerven. Ich bin enttäuscht, dass die Suchaktion gestern kein Ergebnis gebracht hat. Wobei ich auch froh bin, dass wir nicht Imkes Leiche gefunden haben. Dadurch besteht immerhin die Möglichkeit, dass sie noch lebt.“

„Wenn wir keine Spuren gefunden haben, dann bedeutet es, dass der Täter die Spuren entfernt hat“, sagte Breithammer. „Er hat die Smartphones zerstört und die Fahrräder und das Gepäck mitgenommen oder versteckt. Wir haben es also mit aller Wahrscheinlichkeit nicht mit einem Täter zu tun, der einfach nur zufällig auf seine Opfer gestoßen ist und bei dem irgendetwas getriggert wurde."

„Was ist, wenn wir gestern doch nicht an den richtigen Stellen gesucht haben?"

„Wo sollen sie denn sonst langgefahren sein?"

Dirks zuckte mit den Schultern. „Vielleicht sollte es nur ein kurzer Trip werden und sie sind wieder zurück nach Wilhelmshaven gefahren."

„Wir müssen den Tatort also noch weiter eingrenzen. Wie machen wir das?"

„Indem wir uns stärker mit Imke und Mark beschäftigen." Dirks ging zur Flipchart und riss die letzten Blätter ab. „Fangen wir noch einmal ganz bei null an." Sie zeichnete eine vertikale Linie auf die leere Seite und schrieb über die linke Spalte „Mark Mascher" und über die andere „Imke Dreyer". „Mark wurde ermordet, aber bei Imke wissen wir nicht, was mit ihr passiert ist." Unter Mark malte sie ein großes Kreuz und unter Imke ein großes Fragezeichen.

„Im Grunde genommen haben wir also zwei Verbrechen", stellte Breithammer fest. „Vielleicht ist es am besten, sie erst mal getrennt zu betrachten."

Dirks schrieb auf Marks Seite „Mord", aber bei Imkes Seite zögerte sie. „Wie nennen wir das Verbrechen, dem sie zum Opfer gefallen ist?"

„Entweder sie wurde auch ermordet, oder der Täter hat sie mitgenommen - dann würde es sich um eine Entführung handeln."

Dirks schrieb: „Mord? Entführung?"

„Aber muss nicht eines von beiden Verbrechen im Vordergrund stehen?", überlegte Breithammer. „Bedingt nicht der Mord an Mascher die Entführung von Imke?"

„Und was ist, wenn es genau andersrum ist?"

Breithammer blickte sie verdutzt an.

Dirks war selbst überrascht. „Bisher sind wir davon ausgegangen, dass es dem Täter darum ging, Mark zu ermorden und Imke war zufällig bei ihm. Aber könnte es sich nicht auch genau andersherum verhalten? Der Täter hat es eigentlich auf Imke abgesehen und Mark ist zufällig zum falschen Zeitpunkt am falschen Ort?"

„Vielleicht wollte Mark Imke beschützen und er wurde deshalb ermordet."

Dirks zeichnete ganz oben ein „X" auf den Flipchart und gestrichelte Pfeile zu Mascher und Imke, daneben schrieb sie „Motiv?".

„Der Täter kann sich also sowohl im Umkreis von Mark befinden als auch im Umkreis von Imke", stellte Breithammer fest. „Wie gehen wir nun vor? Konzentrieren wir unsere Ermittlungen auf Mark Mascher oder Imke Dreyer?"

Dirks trat zurück und betrachtete die Grafik noch einmal mit etwas Abstand. „Wir dürfen keinen von beiden vernachlässigen." Deshalb werden wir uns aufteilen. Du wirst dich mit Imke Dreyer beschäftigen, während ich mich um Mark Mascher kümmere."

*

Liebes Tagebuch,

Ich kann es nicht fassen, wie viele meinen Blog lesen! Sie schreiben, dass ich ihnen aus dem Herzen spreche. Sie schreiben, ihnen würden die Fotos gefallen, die ich poste, und dass sie sich auf meinen nächsten Beitrag freuen.

Ich habe Hoffnung, dass sich die Dinge verändern.

10. Scrimshaw

Breithammer betrachtete noch einmal das Foto von Imke Dreyer. Ihr Blick hatte etwas Entschlossenes. Sie wirkte wie jemand, der gut alleine zurechtkam.

Er legte einen neuen Ordner für Imke Dreyer an und heftete darin die wenigen Papiere ab, die sie zu ihr besaßen. Das waren die Vermisstenmeldung der Eltern, die Adresse von Imkes Wohnung in Emden und der Bericht der Spurensicherung zur Untersuchung ihres Autos, die nichts ergeben hatte.

„Wo sind eigentlich die Verbindungsdaten für Imkes Handy?“, fragte er den Kollegen, der dafür zuständig war.

„Tut mir leid, aber die Telefongesellschaft stellt sich quer“, antwortete er. „Offiziell liegt bei Frau Dreyer kein schweres Verbrechen vor, sondern sie gilt nur als vermisst.“

Breithammer telefonierte mit Saatweber, damit er sich dahinter klemmte und der Telefongesellschaft den Sachverhalt klarmachte. Danach rief er Imkes Eltern an, um ihnen mitzuteilen, dass er gleich vorbeikommen würde.

*

Ein Mann Mitte fünfzig öffnete die Tür. Sein Gesicht war schmal und die Augen ausdruckslos, aber Dirks meinte, die Ähnlichkeit zu Mark zu erkennen.

„Guten Tag, Herr Mascher. Mein herzliches Beileid.“

Er nickte. „Kommen Sie herein, Frau Dirks.“

Sie folgte Marks Vater in die Stube.

„Das ist meine Frau Sabine."

Frau Mascher saß steif am Wohnzimmertisch. Sie versuchte, höflich zu lächeln, aber ihre Augen konnten nur schwer die Tränen halten. Auf dem Tisch standen eine Porzellankanne auf einem Teewärmer, *Kluntje*, Sahne und ein Teller mit Rosinenbrot.

„Sie hätten sich doch nicht solche Mühe geben müssen." Dirks drückte auch gegenüber Marks Mutter ihre Anteilnahme aus.

„Ich bin doch froh, wenn ich etwas tun kann", entgegnete Sabine Mascher dankbar.

Es befand sich noch eine dritte Person im Raum. Auf dem Sofa saß ein untersetzter Mann mit Brille, der in einem Katalog blätterte. Er trug einen dunkelblauen Rollkragenpullover und eine beige Outdoorweste mit einer Vielzahl an Taschen.

„Das ist mein Bruder Norbert", stellte Frau Mascher ihn vor. „Er ist gekommen, um uns mit allem zu helfen. Harald muss ja jetzt wieder den Fahrradladen führen."

„Kein Problem", sagte Norbert in einem lauten, fast militärischen Ton. Er stierte Dirks an. Die Gläser seiner Brille waren genauso rund wie sein Kopf. „Lassen Sie mich bitte wissen, wenn ich Ihnen auch helfen kann, Fräulein. Es wird mir eine Freude sein, der Bestie, die Mark den Kopf abgeschnitten hat, eine Ladung Blei zu verpassen." Er tat so, als würde er eine Flinte anlegen und zielen und schließlich rief er laut „Bähm".

Marks Mutter verdrehte die Augen. Wahrscheinlich war ihr Bruder keine Erleichterung, sondern erzeugte mehr Arbeit, als er ihr abnahm.

„Ich möchte Ihre Zeit nicht zu sehr beanspruchen." Dirks setzte sich Frau Mascher gegenüber. „Bitte erzählen Sie mir etwas über Mark. Was war er für ein

Mensch? Hatte er Freunde? Hatte er Feinde?“ Sie gab ein Stück Kandis in die Tasse und Sabine Mascher goss ihr Tee ein. Dirks lauschte dem vertrauten Knistern des Kluntje.

„Er war ein guter Mensch.“ Harald Mascher setzte sich zu ihnen. „Sie haben ja gesehen, was er aus dem Geschäft gemacht hat. Der Fahrradladen lief nie besser. Mit seinen Computerkenntnissen hat er ihn sogar um einen äußerst erfolgreichen Online-Shop erweitert. Ich weiß gar nicht, wie ich das machen soll, wenn ich nachher wieder im Geschäft stehe.“

Sabine Mascher strahlte genauso stolz wie ihr Mann. „Ich hätte niemals gedacht, dass Mark das Geschäft wirklich übernimmt. Als Teenager hat er sich überhaupt nicht für Fahrräder interessiert.“

„Wofür hat er sich denn interessiert?“

„Er hat immer nur vor dem Computer gesessen und gespielt“, antwortete Harald Mascher. „Damals hat man die Spiele ja noch im Laden gekauft und nicht online heruntergeladen. Und für jedes neue Programm musste er bei seinem PC noch ein neues Stück Hardware einbauen.“

Dirks trank ihren Tee aus. „Frau Konrad hat gesagt, dass Mark den Laden 2012 übernommen hat. Was hat er denn vorher gemacht?“

„Er hatte eine eigene Firma.“ Marks Vater lächelte. „Schon beim Abitur hat er davon getönt, dass er später mal ein erfolgreiches Computerspiel herausbringen würde, aus dem man sogar einen Hollywoodfilm machen würde. Er hat Informatik studiert und BWL-Kurse belegt. Schon vor seinem Abschluss hat er die Firma *MarkMascherCom* gegründet. Ich habe ihm natürlich das Startkapital dafür gegeben. Leider hat er niemals einen großen Hit gelandet, aber ein Flop war die Firma nicht. Am Ende konnte er sie für eine ordentliche Summe verkaufen. Mit dem Geld hat er später den Fahrradladen modernisiert und die Wohnungen darüber gebaut." Er grinste. „Mein Investment hat sich also gelohnt."

Dirks machte sich Notizen. „Kennen Sie diesen Mann?" Sie zeigte Marks Eltern das Foto aus dem Comicroman. Zuerst konnte Frau Mascher nur auf ihren Sohn sehen. Schließlich schaute sie sich aber auch Freddie an.

„Nein." Sabine Mascher schüttelte den Kopf. „Ich habe ihn noch nie gesehen. Wer ist das?"

„Ein Freund von Mark."

„Kennst du ihn?" Marks Mutter wandte sich an ihren Mann.

„Nein."

„Danke." Dirks nahm das Bild wieder an sich. „Dann habe ich nur noch eine Frage. Mark hat offenbar eine alte Pistole besessen, die er in seinem Wohnzimmerschrank ausgestellt hat. Wissen Sie, was es damit auf sich hat?"

„Ach, das dämliche Ding", sagte Sabine Mascher genervt.

„Es ist eine Parabellum 08, kobaltblau", rief Marks Onkel Norbert vom Sofa her. „Ein sehr gutes Stück, um eine Sammlung anzufangen." Sein schneidiger Ton klang mehr nach einem Befehl als nach einer Information. „Leider hat es Mark bei diesem Anfangsstück belassen."

„Norbert hat Mark die Pistole zur Konfirmation geschenkt", erklärte Harald Mascher. „Wir hatten ihn eigentlich darum gebeten, ein Starterset für eine elektrische Eisenbahn zu kaufen, wenn er ihm schon keinen Umschlag mit Geld geben wollte."

„Ihr beiden könnt sowieso nichts mit guten Geschenken anfangen. Deshalb bekommt ihr auch nichts mehr von mir."

„Zum Glück", flüsterte Sabine Mascher.

Dirks drehte sich zu Onkel Norbert um. „Wir haben eine Patrone gefunden. Hat die Pistole etwa noch funktioniert?"

Er zuckte mit den Schultern. „Eine Pistole, die nicht funktioniert, ist wie ein Kind, das nicht furzt."

Dirks verspürte große Lust, Onkel Norberts Waffensammlung überprüfen zu lassen.

„Eine Parabellumpistole ist sehr treffsicher", erklärte der Waffennarr. „Aber sie braucht auch eine eingeschossene Patronensorte, sonst wird unter Umständen die Hülse nicht richtig ausgeworfen. Die Waffe, die ich Mark geschenkt habe, diente allerdings mehr Repräsentationszwecken, als dass sie wirklich benutzt wurde. Deshalb war sie auch blau und gold lackiert und hat einen weißen Elfenbein-Griff. Hat mal irgendeinem Offizier im Osmanischen Reich gehört. Ich habe mich immer gefreut, wenn ich die Waffe in Marks Wohnzimmer gesehen habe."

„Sie steht dort nicht mehr. Mark hat sie auf der Fahrradtour mitgenommen, bei der er ermordet worden ist. Können Sie sich vorstellen, warum er das getan hat?" Dirks überlegte selbst, was es für einen Grund dafür gegeben haben könnte. „Wollte er die Pistole vielleicht verkaufen? Kennen Sie einen Sammler in Ostfriesland?"

„Pah." Norbert wehrte ab. „Er ist an der Küste entlanggefahren, nicht wahr?"

Dirks nickte.

Marks Onkel strahlte. „Dann hat er die Waffe bestimmt Harke gezeigt."

„Wer ist Harke?"

„Harke Krayenborg, feiner Kerl! Er ist Graveur und verziert Jagdwaffen mit wunderschönen Motiven. Ich habe Mark immer wieder dazu gedrängt, dort vorbeizuschauen und ihm die Pistole zu zeigen. So ein richtig toll gravierter Griff würde diese Waffe enorm aufwerten."

„Und wo wohnt dieser Harke Krayenborg genau?"

„Nicht weit hinter Bensersiel. Erst kommt dieser sanierte Gulfhof und dahinter hat sich Harke ein Friesenhaus zu einem Atelier umgebaut. Er braucht den Kontakt zum Meer, sagt er. Er hat sich auf die Gravierkunst der alten Walfänger spezialisiert."

Dirks' Puls beschleunigte sich. Wenn das Atelier hinter Bensersiel lag, dann hatte Mark den Graveur am Samstagvormittag genau während der Tatzeit besucht! Sie stand auf und verabschiedete sich. „Vielen Dank, dass Sie sich Zeit für mich genommen haben. Ich werde mich dann mal diesem Herrn Krayenborg vorstellen."

*

Breithammer klingelte an der Wohnungstür von Antje und Jelto Dreyer in Emden. Die Idee, dass der Täter in Imkes Umfeld zu suchen war, kam ihm mittlerweile doch nicht mehr so schlau vor. Mark war ermordet worden, also musste es doch um ihn gehen, oder? *Oder musste Mark sterben, weil er Imkes neuer Freund gewesen war?*

Imkes Mutter öffnete die Tür, ihr Mann stand hinter ihr. Bevor Breithammer noch irgendetwas sagen konnte, hielt ihm Jelto Dreyer die Zeitung unter die Nase. „Ist es das, worüber Sie mit uns sprechen wollen?“ Seine Stimme zitterte. „Der 'Horrorfund von Hollesand'. Ist mit Imke dasselbe passiert?“

„Lassen Sie mich doch bitte erst einmal rein ...“

„Antworten Sie!“

„Das ist keinesfalls sicher“, wehrte Breithammer ab. „Tatsache ist: Wir haben bisher keine einzige Spur von Imke gefunden, trotz der Suchhunde, die wir eingesetzt haben. Es gibt also die berechtigte Hoffnung, dass Imke noch lebt.“

„Und wenn sie noch lebt?“ Antje Dreyer hatte Tränen in den Augen. „Was ist dann mit ihr? Wird sie gequält?“

„Ich verspreche Ihnen, dass wir alles tun, um sie möglichst schnell zu finden.“

Imkes Eltern traten beiseite und ließen Breithammer hinein. Auch nachdem die Tür ins Schloss gefallen war, blieb die Atmosphäre angespannt. Auf dem Küchentisch stand eine leere Flasche Friesengeist.

„Warum sind Sie dann hier?“, fragte Jelto Dreyer. „Wenn Sie Imke wirklich suchen würden, dann würden Sie Ihre Zeit nicht bei uns verplempern.“

Jetzt, wo Breithammer dichter vor Imkes Vater stand, roch er deutlich, welche neue Heimat sich der Friesengeist gesucht hatte. „Ich brauche noch einige Informationen von Ihnen.“

„Wir haben doch Herrn Holm schon alles gesagt.“

Breithammer beschloss, diesen Besuch so kurz wie möglich zu halten. „Was hatte Imke für einen Beruf?“

„Sie hat Betriebswirtschaft studiert und danach in mehreren Firmen gearbeitet. Einmal war sie sogar Assistentin der Geschäftsleitung. Aber aktuell hat sie sich um eine neue Stelle beworben. Es sei gerade schwierig, hat sie gesagt. Viele von den Jüngeren hätten bessere Noten."

Breithammer schaute Antje Dreyer an, aber die schien Imkes berufliche Laufbahn auch nicht genauer zu kennen. „Hat Imke Geschwister?"

„Sie ist ein Einzelkind", gab Jelto Dreyer zurück.

„Gibt es irgendwelche Exfreunde?"

„Bestimmt", sagte Antje Dreyer. „Aber ich kenne sie nicht. Bisher wollte sie uns nur Mark vorstellen, deshalb hatte ich mich doppelt auf ihn gefreut."

„Wer macht denn so etwas?", brüllte Imkes Vater. „Wer schlägt jemandem den Kopf ab und nimmt ihm die Augen heraus?"

Breithammer sprach weiter mit Antje Dreyer. „Hat Imke eine Freundin, mit der ich mich mal unterhalten könnte?"

„Ich glaube ja. Obwohl sie sich immer besser mit Männern verstanden hat." Breithammer wurde klar, dass er hier nichts mehr erfahren würde. „Sie haben angegeben, dass Imke in der Innenstadt eine Eigentumswohnung besitzt. Haben Sie vielleicht einen Schlüssel dafür?"

Antje Dreyer nickte. „Wenn Imke dort nicht wohnt, bringe ich ab und an die Post hoch und gieße die Pflanzen." Sie griff nach einem Schlüsselbund neben dem Telefon und reichte ihn Breithammer.

„Danke. Dann werde ich mich dort einmal umsehen." Er blickte Imkes Mutter in die Augen und sprach mit fester Stimme. „Sie dürfen die Hoffnung nicht aufgeben. Treffen Sie sich mit Ihren Freunden und sprechen Sie sich gegenseitig Mut zu. Beten Sie. Aber geben Sie auf keinen Fall die Hoffnung auf, dass Imke noch lebt."

*

An der Einfahrt wies nur ein kleines Metallschild auf Harke Krayenborgs Beruf hin. Dirks fuhr vor das Friesenhaus und parkte neben einem schwarzen Porsche 911. Der Graveur schien gut zu verdienen.

Sie klingelte und wenig später öffnete ihr ein mittelgroßer schlanker Mann in Jeans und elegantem Sakko mit Einstecktuch. Er war höchstens vierzig Jahre alt. Sein Haar war haselnussbraun und ein gepflegter Bart umrahmte sein sanftmütiges Lächeln. Das Aftershave duftete geheimnisvoll asiatisch und äußerst exklusiv. Dirks wusste nicht genau, wie sie sich einen Graveur vorgestellt hatte, aber gewiss nicht so. Wenn sie ihn auf der Straße getroffen hätte, welche berufliche Tätigkeit hätte sie ihm wohl zugeschrieben? Lateinlehrer? Schachweltmeister?

Krayenborg blickte sie amüsiert an. „Was kann ich für Sie tun?"

„Kriminalpolizei." Dirks zeigte ihm ihren Dienstausweis.

„Das ist mal etwas Neues." Er trat beiseite. „Kommen Sie herein."

Dirks trat in die Stube, die gleichzeitig als eine Art Showroom diente. Es gab sogar eine Bar. Eine Wand war mit einer großen Leinwand bespannt, die das Bild einer afrikanischen Steppe zeigte, davor waren verschiedene Jagdgewehre ausgestellt. Daneben stand ein Vitrinenschrank mit mehreren Jagdmessern. Die Gewehrschäfte und die Messergriffe waren mit detaillierten Bildern von Wildtieren graviert.

„Die Jagd ist eng mit der Evolution des Menschen verbunden", sagte Krayenborg. „Wir würden nicht existieren, wenn unsere Vorfahren nicht gejagt hätten."

Dirks schaute sich einen Gewehrschaft genauer an. „Die Bilder sind beeindruckend. Bisher habe ich bei einem Graveur wohl eher an Pokale für Boßel-Vereine gedacht."

„Ich habe mich auf eine besondere Form der Gravur spezialisiert. Es gibt nur wenige Europäer, die sich mit Scrimshaw beschäftigen."

„Scrimshaw?"

„Das ist die alte Ritzkunst der Walfänger. Im neunzehnten Jahrhundert ritzten sie Bilder von Schiffen und Jagdszenen mit Nadeln in Walzähne. Damit vertrieben sie sich die Langeweile auf See und konnten sogar noch etwas dazu verdienen. Aber das Ende des Walfangs war auch das Ende dieses Gravurverfahrens. Kurz nach meiner Ausbildung bekam ich den Auftrag, auf einen Messergriff aus Hirschhorn ein Reh zu gravieren. Da habe ich mich mit Scrimshaw beschäftigt und war fasziniert. Die wenigen Fachbücher, die ich kriegen konnte, habe ich mir alle besorgt, aber ich bin auch in die USA gereist, um bei amerikanischen Graveuren zu lernen. Dort hatten einige Künstler das Verfahren wiederentdeckt, weil John F. Kennedy seinen Schreibtisch mit maritimer Kunst dekoriert hat."

„Es sieht sehr aufwendig aus."

„Meine Werkstatt sieht aus wie ein Zahnlabor. Die meiste Zeit arbeite ich mit einem Stereomikroskop. Ich steche bis zu siebenhundert Punkte pro Quadratmillimeter."

Dirks merkte, dass es ihm Spaß machte, ihr das alles zu erzählen. Und ihr machte es Spaß, zuzuhören. Krayenborg hatte eine entspannte und charmante Art. In einer Vitrine wurde auch eine Armbanduhr ausgestellt.

Es gab kein Preisschild, das war immer ein schlechtes Zeichen. Das Modell gefiel ihr nicht besonders, aber es wirkte interessant. Auf dem weißlichen Ziffernblatt war eine alte Weltkarte eingraviert. „Was ist das für ein Material?"

„Mein Lieblingsmaterial." Krayenborg gab ihr etwas, was wie ein rissiges, verwittertes Stück Holz aussah. Er nahm ein Skalpell und schabte einige Späne ab. Als er sie in einer Schale anzündete, rümpfte Dirks die Nase.

„Es riecht nach verbranntem Haar", sagte sie.

Der Kunsthandwerker grinste. „Elfenbein."

„Ist der Handel damit nicht verboten?"

„Es stammt nicht von Elefanten, sondern von Mammuts."

Dirks blickte ihn ungläubig an.

„Im arktischen Sommer gibt der Boden in Sibirien, Kanada und Alaska die Skelette der Wollhaarmammuts frei. Die Stoßzähne sind zehntausend bis vierzigtausend Jahre alt. Ein Kilo kostet um die tausend Euro."

„Wenn ich das alles so sehe, dann ist ihre Kundschaft wahrscheinlich sehr exklusiv."

„Pro Jahr schaffe ich gerade mal die Einzelteile für zwei Gewehre. Meine Arbeiten sind alles Unikate. Das können sich nur wenige Leute leisten. Meine Kunden sind Manager und Politiker aus aller Welt, viele von ihnen jagen selbst. Wenn ich Nachbarn hätte, würden die sich ganz schön wundern, wer hier schon vorgefahren ist." Krayenborgs Stimme verlor etwas an Wärme. „Nun möchte ich aber wissen, was Sie zu mir führt."

„Haben Sie heute Zeitung gelesen?"

„Nein. Es passiert zu vieles, was mich ärgert."

„War am Samstagvormittag ein Mann namens Mark

Mascher bei Ihnen?“

Krayenborg reagierte zurückhaltend. „Wieso wollen Sie das wissen?“

Sie zeigte ihm die Zeitung mit der Zeichnung des Kopfes. „Weil er jetzt so aussieht.“

Krayenborg schluckte. „Was ist mit seinen Augen? Sind sie … Mein Gott!“

„Noch einmal: War er am Samstagvormittag bei Ihnen?“

Der Kunsthandwerker musste nicht lange überlegen. „Ja. Um 10:00 Uhr hatte er einen Termin mit mir ausgemacht. Er war der erste Kunde, der mit einem Fahrrad vorgefahren ist.“

„Was hat er von Ihnen gewollt?“

„Herr Mascher hat mir eine Pistole gezeigt. Eine Luger 08, sehr schönes Stück. Eine Gravur würde den Wert erheblich steigern. Ich dachte da an das Konterfei des damaligen Großwesirs. Ich hatte auch schon einen Kunden im Kopf, dem ich die Waffe hätte anbieten können, aber Herr Mascher wollte sich das Ganze doch noch mal überlegen.“

„Wie lange war er bei Ihnen?“

„Ich habe ihm alles gezeigt und wir haben zusammen etwas getrunken. Es war nett, ganz anders als mit seinem Onkel. Wenn ich mich recht erinnere, ist Herr Mascher so gegen viertel vor elf wieder aufgebrochen.“

Dirks notierte sich das. „Und was haben Sie danach gemacht? Bis 14:00 Uhr?“

Krayenborg fixierte sie mit seinem Blick. „Ich habe in meiner Werkstatt gearbeitet.“

„Gibt es jemanden, der das bezeugen kann?“

„Ich schätze es nicht, wenn mir bei der Arbeit jemand über die Schulter schaut.“

„Also *nein*."

Krayenborgs Gesichtsausdruck wurde hart. „Gibt es noch etwas, was Sie wissen wollen?"

„Haben Sie nur mit Mark gesprochen oder auch mit seiner Freundin?"

Krayenborg war verwirrt. „Was für eine Freundin?"

Dirks zeigte ihm ein Foto von Imke Dreyer.

„Nein." Krayenborg schüttelte den Kopf. „Diese Frau habe ich noch nie gesehen. Herr Mascher ist alleine zu mir gekommen."

*

Breithammer betrat Imkes Wohnung im Stadtzentrum von Emden. Sie befand sich ganz oben in einem sehr gepflegten Altbau, der offenbar erst vor wenigen Jahren saniert worden war. Außerdem war sie viel größer, als er gedacht hatte.

Wie alt ist Imke? Achtundzwanzig? Und sie hat gerade wieder einen Job gesucht? Konnte man sich dann solch eine hochwertige Eigentumswohnung leisten? Ihre Eltern hatten jedenfalls nicht sonderlich wohlhabend gewirkt.

Breithammer ging durch eine zweiflüglige Jugendstiltür in das Wohnzimmer. Auf dem Couchtisch lag ein Buch, das auch Folinde besaß. *Astro-Logisch: Großes wagen mit dem Großen Wagen*. Er hatte mal hineingeschaut und sich schlapp gelacht, aber das war wohl nicht die Intention des Autors gewesen.

In der Küche hing eine Ansichtskarte aus Mallorca am Kühlschrank. Breithammer nahm sie ab und las sich den kurzen Text durch. Die wesentliche Aussage war, dass in Cala d'Or gerade herrliches Wetter herrschte.

Breithammer versuchte, den Namen von Imkes Freundin zu entziffern. Er tippte auf Lisa oder Linda, aber das Gekritzel konnte wahrscheinlich auch Justine bedeuten. Vielleicht gab es hier ja irgendwo noch einen weiteren Hinweis auf sie, denn wenn sie nicht mehr im Urlaub war, würde er gerne mit ihr reden.

Jetzt wollte er aber erst mal Imkes Bewerbungsunterlagen finden. In welcher Firma war sie wohl die Assistentin der Geschäftsleitung gewesen? Breithammer wollte sich gerade auf die Suche nach ihrem Laptop machen, da klingelte sein Telefon. Auf dem Bildschirm sah er sofort, wer ihn anrief. „Moin, Diederike. Gibt es schon etwas Neues bei dir?“

„Ich weiß jetzt, wo sich Mark Mascher am Samstagvormittag zwischen 10:00 Uhr und 11:00 Uhr aufgehalten hat. Aber Imke war zu dieser Zeit nicht bei ihm. Es wäre klasse, wenn du herausfindest, wo sie gewesen ist.“

„Okay.“ Breithammer überlegte, wie er dabei am besten vorgehen sollte.

„Hat Imke vielleicht irgendwelche besonderen Interessen?“, fragte Dirks. „Alte Waffen und außergewöhnliche Gravurtechniken sind es offensichtlich nicht, denn sonst hätte sie Mark begleitet.“

„Ich werde sehen, was ich herausfinden kann.“ Breithammer legte auf.

Wieso war Imke am Samstagvormittag nicht mit Mark zusammen? Hatte sie wirklich einen anderen Termin oder hatte sie in irgendeinem Café auf ihn gewartet? Aber vielleicht war auch irgendetwas anderes dazwischengekommen, ein Anruf von ihrer Freundin, oder so. *Hoffentlich hat Saatweber inzwischen Imkes Telefondaten erhalten.*

Breithammer rief seinen E-Mailordner auf und stellte fest, dass er eine neue Nachricht bekommen hatte. Sie stammte tatsächlich vom Staatsanwalt und enthielt die Anrufliste von Imke.

Für Samstag war kein Anruf verzeichnet, also war sie nicht spontan angerufen worden. Am Freitagabend hatte Imke jedoch selbst einen Anruf getätigt. Um 19:46 Uhr hatte sie eine Handynummer angerufen. Allerdings hatte dieses Telefonat gerade mal vier Sekunden gedauert.

Das war ihr letztes Telefonat gewesen, vorher war am Freitag nichts verzeichnet.

Breithammer tippte die Handynummer ein und drückte die grüne Hörertaste. Es klingelte nicht, stattdessen ertönte wenig später ein Warnsignal. *„Diese Nummer ist nicht vergeben. The number you ...“*

Er überprüfte, ob er sich vertippt hatte, hatte er aber nicht. Dann fiel ihm ein, dass er heute schon einmal von einer Telefonnummer gehört hatte, die man nicht erreichen konnte. *Beim Frühstück, Folinde.* Eilig kramte er die Visitenkarte der Astrologin Graia hervor. Auf der Karte stand wirklich dieselbe Telefonnummer, die er gerade angerufen hatte.

11. Graia

Breithammer ging nervös hin und her. Warum hatte Imke am Freitagabend die Astrologin angerufen?

Imke hat die Visitenkarte ebenfalls in Mingers Hotel *gefunden.* Breithammer schaute sich die Karte noch einmal genau an. Unter der Telefonnummer stand die E-Mailadresse *graia@bahoo.com* und noch eine Zeile tiefer die Adresse. Breithammer ließ sie sich auf seinem Smartphone anzeigen. Die kleine Ortschaft Koldewind lag südwestlich von Bensersiel kurz vor Holtgast.

Hat Imke etwa am Samstagvormittag einen Termin bei der Astrologin vereinbart? Alleine? Warum nicht? Offenbar mochte Mark keinen Sternenhumbug. Wahrscheinlich hatte Imke der Astrologin eine E-Mail geschrieben, nachdem sie sie telefonisch nicht erreicht hatte. Und genauso wie Folinde hatte sie kurzfristig einen Termin bekommen. *Vielleicht wollte Mark sie im Anschluss an seinen Termin in Koldewind abholen. Dann wären beide zwischen 10:00 Uhr und 13:00 Uhr abseits der Route gewesen, die wir gestern abgesucht haben.* Wenn das der Fall war, hatte dann die Astrologin mit Imkes Verschwinden und dem Mord an Mark zu tun?

Ein Schrecken durchfuhr Breithammer. Um 12:00 Uhr wollte Folinde bei der Sternendeuterin sein! Jetzt war es 11:13 Uhr. Er rief Folinde an, aber es meldete sich nur die Mailbox. Auch als er die Nummer ein zweites Mal wählte. Diesmal hinterließ er eine Nachricht. „Hallo, Schatz, ich werde gleich mit zu dieser Astrologin Graia kommen. Bitte warte auf mich, falls ich es nicht pünktlich schaffe."

*

Dirks ließ den Blick über das Westerburer Watt schweifen. In der Ferne war Langeoog zu sehen. War ihr Vater heute mit dem Kutter rausgefahren? Heute war schließlich Dienstag, da dürfte ihn kein Aberglaube abhalten.

Dirks zwang sich, wieder an den Fall zu denken. Zuerst kam ihr Harke Krayenborg in den Sinn, von dem sie gerade gekommen war. Wahrscheinlich stand der Künstler häufig genau an dieser Stelle, ließ sich den Wind um die Ohren pusten und lauschte den Erzählungen der Möwen. Dirks hätte nicht gedacht, dass solch eine faszinierende Persönlichkeit hier leben würde. *Imke Dreyer hat definitiv etwas verpasst, dass sie ihn nicht kennengelernt hat.* Sie hoffte, dass Breithammer möglichst bald herausfand, warum Imke Mark nicht zu dem Graveur begleitet hatte.

Sie selbst sollte sich weiter auf Mark Mascher konzentrieren. Dirks dachte an die Glückwunschkarte aus dem Comicroman. Wer war dieser Freddie? *Vielleicht war er nicht nur Marks Freund, sondern auch ein Mitarbeiter bei der Computerfirma.* Dann würde sie Freddies Adresse über die Firmendaten herausfinden können. Sie brauchte also Marks Unterlagen. Am einfachsten wäre es, Hannes Birnbaum zu bitten, sich in Marks Wohnung umzusehen. Aber was, wenn er etwas übersehen würde oder wieder im Fahrradladen aushalf? Bei der Arbeit vertraute Dirks nur wenigen Leuten vollständig, was in ihrer Macht stand, erledigte sie lieber selbst. Auch wenn das bedeutete, dass sie heute ein zweites Mal nach Wilhelmshaven fahren musste.

*

„Es ist so schön, dass du da bist!" Folinde sprang Breithammer an den Hals und er drehte sich mit ihr. Er wollte ihr sagen, warum er wirklich hier war, aber wenn sie sich so freute, brachte er das nicht übers Herz.

Folinde strahlte. „Jetzt können wir ein Partnerschaftshoroskop erstellen lassen."

„Yay!" Breithammer versuchte, positiv zu denken. Er ließ Folinde wieder auf den Boden hinab und ging mit ihr zum Gartentor vor dem roten Backsteinhaus. Mit der linken Hand hielt Folinde ihn so fest, dass er auf keinen Fall entwischen konnte, mit der rechten drückte sie den Klingelknopf. Breithammer schaute auf das Schild daneben. Gerdina Behrends hieß Graia mit irdischem Namen.

Niemand öffnete die Tür. Nur der Hund vom Nachbar stand am Zaun und kläffte.

„Wahrscheinlich ist sie nicht da", sagte Breithammer. „Ich bin ja auch drei Minuten zu spät." Er wandte sich zum Gehen.

„Ach, Quatsch." Folinde klingelte ein zweites Mal.

Die Tür ging auf und eine Frau in grauem Kleid und bunter Schürze erschien. Sofort hörte der Hund auf zu bellen und verkrümelte sich.

Die Frau kam lächelnd auf sie zu. Sie war sehr dünn, aber hatte etwas Würdevolles an sich, so als habe sie in einem früheren Leben einer Königsdynastie angehört. Sie war gewiss schon über fünfzig, aber ihr Gesicht strahlte eine Seligkeit aus, die sie jung machte. Auch wenn es nicht so jung war, wie sie es sich vielleicht wünschte, was Breithammer aus den bunten Schleifchen in ihrem hüftlangen, dunklen Haar schloss.

„Ich bin Graia“, sagte sie, ohne dabei das Lächeln zu unterbrechen.

„Und Sie kochen gerade.“ Breithammer schaute auf ihre Schürze und las vor, was unter dem Bild eines Funken sprühenden Zauberstabes stand. „Love Potion.“

„Ich backe gerade Kekse.“ Graia öffnete das Gartentor. „Vielleicht können wir ja nachher noch welche zusammen essen.“

Breithammer versuchte zurückzulächeln.

„Folinde Fries.“ Graia umarmte Folinde, als wären sie beste Freundinnen. „Du hast wundervolles Haar, es ist wie Feuer.“

„Mein Freund Oskar hatte Zeit und ist mitgekommen, ich hoffe das ist in Ordnung“, sagte Folinde.

Graia ließ sie los und schaute Breithammer an. Er hoffte, dass sie ihn nicht umarmen würde. Sie nahm seine rechte Hand und umfing sie mit ihren Händen. „Oskar“, murmelte sie und es fühlte sich an, als würde sie die Linien seiner Hand abtasten. Schnell zog er die Hand zurück.

Graia war deswegen nicht beleidigt. „Gehen wir doch rein.“

Während sie der Sternendeuterin ins Haus folgten, knuffte Folinde Breithammer in die Seite. „Toll, nicht?“, flüsterte sie begeistert.

Er spürte, dass das nicht gutgehen konnte. *Irgendwann muss ich Folinde sowieso sagen, dass ich hier bin, um die Astrologin wegen eines Mordes zu befragen.* Aber war Graia wirklich gefährlich? Bisher konnte er es nicht einschätzen. Vielleicht befanden sich im Ofen ja keine Kekse, sondern Hänsel und Gretel.

Breithammer konnte sich sofort vergewissern, dass es nicht so war, denn sie gingen in die Küche und setzten sich an einen Tisch mit Blumendruck-Kunststoffdecke.

„Wollt ihr einen Tee?“ Graia nahm ihre Schürze ab und hängte sie hinter die Tür. „Er ist aus frischen Kräutern aus meinem Garten hinter dem Haus.“

„Gerne.“ Tat es nicht weh, immer so zu lächeln?

Graia goss ihnen ein. „Die Rezeptur ist für Harmonie und steigert das Wohlempfinden.“

Das konnte Breithammer nicht bestätigen. „Sehr exkrementell. Ich meine, experimentell.“

„Ich finde ihn lecker,“ sagte Folinde.

Hoffentlich verkauft sie die Mischung nicht. Plötzlich merkte Breithammer, dass es nicht sonderlich schlau gewesen war, hier etwas zu trinken. Was, wenn Graia sie vergiften wollte? Noch war es nicht zu spät, die Kollegen zu rufen und sich den Magen auspumpen zu lassen. „Hat der Name *Graia* eigentlich eine besondere Bedeutung?“

„Es ist mein Schicksalsname“, sagte die Astrologin stolz.

„Hast du denn noch niemals von den Graien gehört, Oskar?“, fragte Folinde. „Das ist eine der griechischen Sagen, die meine Schüler am liebsten hören. Perseus musste zu den Graien, weil nur sie wussten, wo er die Medusa finden konnte. Graia bedeutet 'grau'. Die Graien wurden schon als Greisinnen geboren und besaßen nur einen einzigen Zahn und ein einziges Auge, die sie sich bei Bedarf gegenseitig gaben. Perseus überlistete sie, indem er ihnen seinen leckeren Proviant gab und sich anbot, das Auge und den Zahn zu halten, während sie aßen. Dann erpresste er sie: Sie würden die beiden Dinge nur zurückbekommen, wenn sie ihm den Aufenthaltsort der Medusa verrieten. Nachdem sie ihm das gesagt hatten, gab er ihnen jedoch nur den Zahn zurück. Das Auge warf er in einen See, so dass sie danach tauchen mussten. Durch dieses erzwungene Bad wurden die in der Nachbarschaft wohnenden Nymphen endlich vom Gestank der Graien befreit."

„Diese Damen waren also zahnlos, blind und stanken wie ein Güllefass", fasste Breithammer zusammen. „Ehrlich gesagt würde ich mich nicht gerne nach ihnen nennen."

„Sie waren Sehende", sagte Graia gewichtig. „Sehende wurden oft missverstanden und verlacht. Die Geschichten werden immer von den Reichen und Schönen geschrieben. In Wahrheit waren die Nymphen nur eifersüchtig auf die Weisheit der Alten."

Ich dachte, nur diejenige konnte sehen, die gerade das Auge in der Hand hielt, dachte Breithammer.

„Was sind eure Fragen an das Universum? Was kann ich für euch tun?"

„Mich interessiert die Liebe, unsere Partnerschaft und das Glück." Folinde drehte sich zu Breithammer. „Wollen wir ihr auch über Diederike und Jendrik Fragen stellen?"

„Nein, sprich lieber direkt mit ihnen. Wir können sie ja mal wieder zum Kartenspielen einladen."

Folinde drückte ihm ein Küsschen auf die Wange.

„Also ich kann euch ein Horoskop erstellen", sagte Graia. „Aber mein Spezialgebiet ist Fidiakouologie."

„Was ist denn Fidiakouologie?", fragte Folinde.

„Wahrsagen durch Schlangen."

„Sie haben Schlangen?" Folinde strahlte. „Darf ich sie sehen?"

„Darf ich sie bitte *nicht* sehen?", sagte Breithammer, aber da stand Graia schon auf.

„Folgt mir ins Wohnzimmer."

*

Dirks suchte zuerst in Marks Computerecke nach einem Ordner für die Firma *MarkMascherCom*. Aber auch in den Schränken unter dem Schreibtisch fand sich nichts dergleichen. Sie widmete sich erneut seinem großen Wohnzimmerschrank. Unten links standen einige Ordner, aber die enthielten nur alte Computerzeitschriften.

Hatte er etwa alle Unterlagen weggeworfen? Das kam ihr unwahrscheinlich vor.

Wo bewahrte er denn sonst seine wichtigen Unterlagen auf? Irgendwo mussten sich doch auch seine Steuerbescheide und Versicherungsunterlagen finden lassen!

Sicherlich gab es im Fahrradladen ein Büro. Obwohl dort höchstwahrscheinlich hauptsächlich die Ordner für *Zweirad Mascher* standen, das war ja Maschers aktuelles Business.

Mark hatte die Computerfirma verkauft und einen neuen Lebensabschnitt begonnen. Gab es einen besseren Grund, um sich von allem Alten zu trennen? *Wahrscheinlich hat er die Unterlagen in eine Kiste gepackt und im Keller verstaut.*

Dirks überprüfte, ob sich am Schlüsselbund, den sie von Marks Vater bekommen hatte, auch ein Kellerschlüssel befand, aber es machte nicht den Eindruck. Vielleicht befand er sich ja in der Kommode im Flur. Ansonsten würde sie die Nachbarn fragen, welcher Kellerraum zu Maschers Wohnung gehörte. *Hoffentlich ist er gut aufgeräumt und nicht zu groß.*

*

In Graias Wohnzimmer befanden sich drei große Terrarien. Sie waren üppig ausgestattet und mit Heizstrahlern ausgerüstet. Ganz rechts drückten sich mehrere kleine Schlangen an die Scheibe, um die Besucher in Augenschein zu nehmen. Die Schlange im mittleren Terrarium würde Breithammer normalerweise schon als „riesig" bezeichnen, aber dann hätte es kein angemessenes Wort mehr für das Biest ganz links gegeben. Wie gebannt starrte er auf das drei Meter lange Ungetüm, das sich elegant wand und ihn von oben bis unten musterte, als wäre er ein Steak.

„Das ist Prinz Harry", stellte Graia ihn vor. „Er ist eine Boa constrictor."

„Hallo, Eure Majestät." Folinde ging dichter an das Terrarium heran, trotzdem hatte der Prinz nur Augen für Breithammer.

„Die Schlangen schaffen eine wohltuende Atmosphäre und lassen uns an ihrer Weisheit teilhaben."

„Was Sie nicht sagen." Breithammer blieb hinter Folinde.

„Schlangen sind mit den Drachen der Urzeit verwandt und können mit dem Universum kommunizieren. Sie sind weise, aber auch listig. Eine Schlange hat Adam und Eva zur Sünde verführt." Graia blickte so, als ob das etwas Positives gewesen wäre.

„Wie fühlt sich eine Schlange an?", fragte Folinde.

„Erotisch", antwortete Graia.

Ach so.

„Darf ich sie mal anfassen?", fragte Folinde.

„Heute lieber nicht. Prinz Harry häutet sich gerade, da ist er sehr sensibel und kann schnell aggressiv werden."

Breithammer versuchte, sich auf etwas anderes zu konzentrieren als auf die Schlangen. Über dem Kamin hing eine große Axt.

„Das ist die magische Axt von Häuptling Hero Attena aus dem vierzehnten Jahrhundert", erklärte Graia.

„Dafür, dass sie über sechshundert Jahre alt ist, sieht sie ziemlich neu aus."

„Ich sagte doch, es ist eine magische Axt." Die Spezialistin für Fidiakouologie deutete auf einen dunklen runden Holztisch, um den vier Stühle standen. Anders als das glänzende Beil wirkten diese Möbelstücke wirklich alt. Die Lehnen der Stühle waren geschnitzte Schlangen und auf der Tischplatte waren in kunstvoller Intarsienarbeit die Tierkreiszeichen eingefügt worden. „Wir sollten beginnen."

Sie setzten sich um den Tisch herum.

„Lasst uns einen Kreis bilden", forderte Graia.

Sie fassten sich an den Händen und Breithammer war überrascht über die Energie, die er plötzlich verspürte.

„Schließt eure Augen."

Breithammer wollte das nicht, nicht in diesem Raum mit all den Schlangen. Er tat es trotzdem und stellte sich prompt vor, wie sich Prinz Harry langsam von hinten an ihn heranschlängelte. Auf seiner Stirn bildeten sich Schweißperlen. Um sich abzulenken, versuchte er an etwas Schönes zu denken und das war Folinde.

Sie saßen eine Weile so da. Breithammer wusste nicht, wie lange, aber er wollte auf keinen Fall der Erste sein, der die Stille brach.

Schließlich geschah etwas. Graia begann zu kichern. Erst leise, dann lauter. „Also euer Leben im Schlafzimmer ist alles andere als langweilig. Hui!"

Breithammer hüstelte. „Könnten wir vielleicht erst die anderen Räume unseres Lebens betrachten?“

„Dann schauen wir uns das Badezimmer an.“ Graia sendete eine Art Konzentrationsimpuls aus. „Das Badezimmer steht für Gesundheit. Auch hier ist alles in bester Ordnung. Ich sehe keinerlei Schatten auf eurer Haut.“

„Das ist gut“, flüsterte Folinde.

„Du bist voller Weisheit“, raunte Graia. „Befreie dich aus der Gewalt von Maya, der Illusion, und nutze die Kraft deiner Gebärmutter zur Transmutation.“

Breithammer hatte keine Ahnung, was das bedeutete, und auch keinerlei Interesse, es herauszufinden. *Hoffentlich sagt sie nichts über meine Körperteile.*

Es herrschte erneut Stille.

„Dir vertraue ich, Folinde“, verkündete Graia irgendwann. „Aber Oskar hält etwas zurück. Ich spüre ein großes Geheimnis.“

„Er ist nur etwas kritisch“, sagte Folinde. „Er hat es nicht so mit dem Übernatürlichen.“

„Ich glaube an Poltergeister.“ Breithammer kicherte nervös. „Schließlich habe ich mal in einer Altbauwohnung gelebt.“

„Nein.“ Graia schüttelte vehement den Kopf. „Das ist es nicht. Es ist kein Unglauben.“

Breithammer fühlte ein Unbehagen in sich aufsteigen.

„Er ist nicht ehrlich. Das ist es.“ Die Angst der Astrologin war deutlich spürbar. „Ich sehe eine andere Frau. Ich sehe Tod!“ Graia ließ los und zerschnitt dadurch das Energieband zwischen ihnen.

Folinde blickte Breithammer wütend an. „Wovon spricht sie? Was für eine andere Frau?“

Breithammer war vollkommen perplex.

„Hast du etwa ein Verhältnis?“

„Ich – Nein!“

„Was ist es?“, beschwor ihn Graia mit intensivstem Blick. „Bevor du es uns nicht sagst, bleibt der Mund des Universums geschlossen.“

Breithammer holte tief Luft. „Ich bin von der Kriminalpolizei und untersuche das Verschwinden von Frau Imke Dreyer. Dazu habe ich einige Fragen an Sie.“ Er sah die Enttäuschung in Folindes Augen.

Graia verzog keine Miene.

„Gehe ich recht in der Annahme, dass Imke Dreyer bei Ihnen einen Termin für eine Sitzung am letzten Samstagvormittag vereinbart hat?“

Graia reagierte immer noch nicht.

„Frau Behrends.“ Breithammer sprach sie mit ihrem bürgerlichen Namen an. „War Imke am Samstag bei Ihnen? Hat Sie sich bei Ihnen auch wegen ihrer Partnerschaft beraten lassen?“

„Sie ist verschwunden?“ Graia senkte den Blick.

„Ja, und ihr Freund wurde grausam ermordet. Haben Sie in der Zeitung vom 'Horrorfund in Hollesand' gelesen?“

Die Wahrsagerin nickte.

„War Herr Mascher am Samstag auch bei Ihnen?“

„Niemand war bei mir! Imke hat mir am Freitag eine E-Mail geschrieben und ich habe sie am Samstag um 10:00 Uhr zu mir eingeladen, aber sie ist niemals aufgetaucht.“

„Sie ist nicht gekommen?“

Graia nickte bestätigend. „Ich hatte mich wirklich auf sie gefreut. In ihrer E-Mail hat sie total interessant geklungen, ich habe eine positive Energie gespürt.“

„Was haben Sie gedacht, als sie nicht gekommen ist?

Haben Sie sich geärgert? Haben Sie sich Sorgen um sie gemacht?"

„Ich gebe zu, dass ich enttäuscht war. Obwohl es mir nicht zusteht, die Entscheidungen des Universums infrage zu stellen. Und für ein Unglück gab es kein Anzeichen. Die Nattern blieben friedlich und auch die Häuptlingsaxt zeigte keine Trübung."

„Wenn es jemandem schlecht geht, dann verfärbt sich die Häuptlingsaxt?"

„Je trüber sie wird, desto schlimmer hat es jemanden getroffen. Zeigt sie Blut, bedeutet das Tod."

„Zum Beispiel, wenn man einem Mann den Kopf abschlägt?" Breithammer verlor allmählich die Geduld.

Graia hielt seinem Blick stand. „Hexenkunst dient dazu, Leben zu erschaffen, und nicht, es zu vernichten."

„Ich glaube Ihnen nicht", schrie Breithammer. „Ich glaube Ihnen gar nichts!"

„Hör auf, Oskar!" Folinde ging dazwischen. „Graia ist zwar etwas ungewöhnlich, aber das ist nicht strafbar. Wenn sie sagt, dass Imke nicht hier war, dann musst du das entweder glauben, oder das Gegenteil beweisen. So viel habe ich von deinem Job mitbekommen."

Eine Glocke ertönte aus der Küche.

„Meine Kekse", sagte Graia.

„Ich kümmere mich darum." Folinde verließ den Raum.

Breithammer wusste, dass Folinde recht hatte. Er konnte Graia nicht einfach festnehmen, nur weil sie ihm auf die Nerven ging. Solange es keinen wirklichen Anhaltspunkt für eine Falschaussage gab, musste er das so akzeptieren. Aber was bedeutete es, wenn Imke gar nicht erst zu dem Termin erschienen war?

Breithammer ging zum Fenster und schaute in den

Garten hinter dem Haus. Er sah die Kräuterspirale für Graias Tee. Weiter vorne stand ein Schuppen. Daran lehnte ein Fahrrad. *Ein silbernes Elektrofahrrad.* Breithammer erkannte auf dem Rahmen deutlich den Schriftzug *Flyer*.

Er drehte sich wieder zu Graia. „Woher haben Sie das Fahrrad?“

„Es ist schön, nicht wahr? Und man kann so leicht damit fahren! Eine echte Entlastung für mein schlechtes Knie.“

„Gehört es Ihnen? Wann und wo haben Sie es gekauft?“

„Wieso willst du das wissen?“

„Beantworten Sie einfach nur meine Frage!“

Graias Blick wurde steif. „Ich sage gar nichts.“

Breithammer zog seine Handschellen hervor. „Hiermit nehme ich Sie wegen Mordes fest.“

12. Befragung

Liebes Tagebuch.

Jetzt ist die Zeit des Umbruchs. Jetzt ist die Zeit, um Partei zu ergreifen. Wenn ich jetzt nicht Mensch bin, werde ich niemals Mensch sein.

Es ist eine Übermacht, gegen die wir aufstehen. Über eineinhalb Millionen Polizisten stützen die Staatsmacht. Aber wir demonstrieren trotzdem. Wenn es Veränderung geben kann, dann jetzt.

Es war ein großer Tag! Wir waren fröhlich und ausgelassen. Alle standen zusammen, Großeltern und Jugendliche, Gläubige und Liberale, verschleierte und unverschleierte Frauen. Es herrschte Frieden und Optimismus.

*

Dirks kam um 13:48 Uhr in die Polizeiinspektion Aurich. „Sehr gute Arbeit", lobte sie ihren Kollegen.

Breithammer strahlte. „Das Fahrrad ist wirklich das, mit dem Imke Dreyer unterwegs war. Ich habe mit Frau Konrad von *Zweirad Mascher* telefoniert und die Rahmennummer verglichen."

„Was ist deine Theorie?"

„Graia lügt. Imke war wie verabredet um 10:00 Uhr bei ihr. Während der Sitzung passiert irgendetwas mit Imke, vielleicht verunglückt sie. Später kommt dann Mark, um Imke abzuholen, und als er Imkes Leiche sieht, ermordet Graia ihn."

„Was für ein Unglück kann Imke denn zugestoßen sein?"

„Vielleicht war sie gegen Graias Kräutertee allergisch. Oder Prinz Harry hat Graia befohlen, irgendeinen

Hokuspokus an Imke zu vollziehen. Die Frau hat doch einen Totalschaden!"

Dirks schürzte die Lippen. „Aber du hast nur Imkes Fahrrad gefunden und nicht auch das von Mark?"

Breithammer nickte. „Die Spurensicherung durchsucht gerade Graias Haus nach Hinweisen auf Imke und Mark. Aber bis sie ein Ergebnis haben, braucht es sicherlich noch etwas Zeit."

„Dann werde ich jetzt mal mit der Astrologin sprechen. Vielleicht ist sie bei mir gesprächiger."

Breithammer war sichtlich erleichtert, dass er sich nicht mehr mit Graia beschäftigen musste.

Dirks sammelte sich kurz und betrat den Vernehmungsraum.

Graia sah sie feindlich an. Es lag aber auch Neugier in ihrem Blick, darüber, dass sich ihr plötzlich eine Frau gegenübersetzte.

Könnte diese Frau eine Mörderin sein?, fragte sich Dirks. Die Sternendeuterin wirkte sanft, aber gleichzeitig hatte sie etwas Unberechenbares an sich. Eine unangenehme Aura umfing sie. Nichts Böses, aber etwas Forderndes. Normalerweise würde Dirks so jemanden meiden.

Dirks beschloss, die Befragung mit etwas Smalltalk zu beginnen. „Wann haben Sie entdeckt, dass Sie Schlangen verstehen können?"

„Das war vor vier Jahren, als das Universum Prinz Harry zu mir geschickt hat. Ich saß im Wohnzimmer und plötzlich habe ich ein Flüstern vernommen." Graia entspannte sich etwas. „Aber es ist ein langer Lernprozess und ich verstehe bei weitem nicht alles, was er sagt. Die Sprache der Schlangen ist umfangreicher als die der Menschen, denn sie ist viel älter."

Interessante Logik. „Und was kostet solch eine Sitzung

in Fidiakouologie?“

„Ich muss den Schlangen Futter kaufen können. Aber für mich selbst nehme ich nur wenig. Die Gabe des Sehens ist nicht dafür da, um sich zu bereichern, sondern um dem Universum zu dienen.“

„Und wie dienen Sie dem Universum?“

„Meine Aufgaben sind vielfältig. Ich versuche Menschen auf den richtigen Weg zu bringen. Aber ich gebe auch dem Acker positive Energie. Ich will, dass unsere Fischer einen guten Fang haben und unsere Geschäftsleute gutes Geld verdienen. Dies alles tue ich im Verborgenen.“

„Sie sind sozusagen der gute Geist von Ostfriesland.“

Graia lächelte glücklich und Dirks tat es fast leid, das Thema zu wechseln. „Imke Dreyer hat Ihnen letzten Freitag eine E-Mail geschrieben. Was stand darin?“

Die Astrologin senkte den Blick. „Sie wollte mit mir über die Zukunft mit ihrem Freund Mark reden. Und sie hat gefragt, ob wir uns am nächsten Tag um 10:00 Uhr treffen können. Doch sie ist nicht gekommen. Das habe ich aber schon dem Spion Oskar erzählt.“

„Oskar glaubt Ihnen nicht.“

„Wenn jemand ein Lügner ist, dann er. Alles, was aus meinem Mund kommt, ist Wahrheit.“

„Ich möchte Ihnen glauben, Graia. Aber dann sagen Sie mir bitte, wie Sie in den Besitz von Imkes Fahrrad gelangt sind.“

Graias Rücken versteifte sich.

„Verstehen Sie? Wenn Imkes Fahrrad bei Ihnen ist, müssen wir davon ausgehen, dass auch Imke bei Ihnen gewesen ist. Also – was ist wirklich geschehen?“

Graia sagte nichts.

Dirks wechselte wieder das Thema. „Was bedeuten

Augen für Sie?“

Die Schlangendeuterin schaute sie verwirrt an. „Augen?“

„Sie sind eine kluge Frau. Haben Augen eine besondere Bedeutung für Sie?“

„Man sagt, sie sind das Fenster zur Seele. Ich würde sie jedoch mehr als Tür bezeichnen. Durch die Augen kann die Seele ein- und ausgehen.“

„Was meinen Sie damit?“

„Haben Sie schon einmal das Gefühl gehabt, dass jemand an Sie denkt? Dann ist die Seele dieses Menschen zu Ihnen gereist.“

„Kann auch die Seele eines Blinden reisen?“

„Es liegt nicht an der Sehkraft, sondern an den Augäpfeln. Nimmt man jemandem die Augäpfel, dann schließt man seine Seele in ihm ein. Auf diese Weise kann man eine Seele fangen. Nur Feuer gibt sie wieder frei.“

„Warum sollte Mark Maschers Seele gefangen werden?“

Graia schaute sie verständnislos an.

Dirks legte eine Großaufnahme von Maschers Kopf auf den Tisch und Graia wandte sich angewidert ab. „Begreifen Sie, worum es hier geht, Graia? Es geht um das Leben einer jungen Frau! Mark ist tot, aber Imke lebt vielleicht noch. Bitte helfen Sie mir, sie zu finden!“

Die Astrologin blieb still.

„Sie sind der gute Geist Ostfrieslands, Sie wollen den Menschen helfen. Also helfen Sie Imke!“

Graia atmete schwer.

„Woher haben Sie das Fahrrad?“

Sie antwortete nicht.

„Wo ist Imke Dreyer?“ Dirks sprach laut und mit

Autorität. „Wo ist der Leichnam von Mark Mascher?"

„Das ist typisch. Ladet nur alles Böse auf mich ab."

„Wenn Sie mir nicht sagen, woher Sie das Fahrrad haben, muss ich Sie hierbehalten. Dann bleiben Sie in einer kleinen Zelle in Untersuchungshaft. Verstehen Sie? Sie werden so lange nicht nach Hause kommen, bis Sie reden!"

„Das ist mir egal. Selbst, wenn ihr mich foltert, werde ich nichts sagen."

„Sie machen die Sache nur schlimmer, Frau Behrends. Ich will Ihnen helfen."

„Das stimmt nicht! Sie haben mich schon längst verurteilt. Sie haben den Spion Oskar zu mir geschickt. Ihr sucht nur einen Grund, um mich als Hexe zu verbrennen. Im Hof ist schon der Scheiterhaufen aufgebaut! Das hier ist die Inquisition!" Graias Gesichtsausdruck wurde hart wie Granit.

Dirks atmete tief ein. Sollte sie die Befragung noch weiterführen? Sie stand auf. „Denken Sie über das nach, was ich Ihnen gesagt habe. Imkes Leben liegt in Ihrer Hand." Dirks wartete kurz, ob Graia doch noch etwas sagen wollte; dann verließ sie den Raum.

„Das lief suboptimal", sagte Breithammer.

„Positiv ausgedrückt." Dirks stellte sich neben ihn. Sie beobachteten Graia durch die getönte Scheibe im Vernehmungsraum.

„Wieso verweigert sie die Aussage?", fragte Breithammer. „Sie muss doch begreifen, dass sie sich dadurch nur verdächtig macht."

„Hat die Spurensicherung noch etwas in ihrer Wohnung gefunden?"

„Altmann hat ihren Computer angeschaltet und für Graias E-Mailpostfach war das Passwort gespeichert.

Imkes E-Mail ist genau so, wie sie es gesagt hat. Die Suche nach Imkes Genspuren dauert noch an."

„Was, wenn Imke wirklich nicht bei Graia war? Was bedeutet das für den Tathergang?"

„Am Samstagmorgen um 10:00 Uhr haben Mark und Imke zwei getrennte Termine", fasste Breithammer zusammen. „Mark will zum Graveur und Imke zu Graia. Sie frühstücken gemeinsam in *Mingers Hotel*. Wahrscheinlich fahren sie auch zu zweit nach Bensersiel, denn erst dort trennen sich ihre Wege. Mark bleibt bis 11:00 Uhr bei Krayenborg, wogegen Imke schon um 10:00 Uhr vermisst wird. Ist sie zu diesem Zeitpunkt bereits dem Täter begegnet? Wartet der Täter dann noch eine Stunde, um sich auch Mark zu schnappen?"

„Mark und Imke müssen irgendwo einen Treffpunkt ausgemacht haben, um ihre Tour fortzusetzen." Dirks wandte sich Breithammer zu. „Vielleicht hatte Imke doch keine Lust mehr auf die Astrologin und ist direkt zum Treffpunkt gefahren. Das ist dann der Ort, an dem der Täter zuschlägt."

„Und wo ist dieser Treffpunkt?"

„An derselben Stelle, wo sie sich getrennt haben?"

„Also in Bensersiel." Breithammer überlegte. „Aber sind dort nicht zu viele Leute unterwegs? Ich würde erwarten, dass der Täter sich Imke an einer einsamen Stelle schnappt."

Dirks seufzte. „Es hilft nichts. Unsere wichtigste Spur ist Imkes Fahrrad. Wir müssen irgendwie herausfinden, wie es zu Graia gekommen ist." Sie ging zum Tisch in der Mitte des Raumes. „Wir sollten die Psychologin zu Rate ziehen. Doktor Ehrenfeld muss sich mit Graia beschäftigen, vielleicht findet sie ja einen Zugang zu ihr."

„Gute Idee."

Dirks nahm ein Blatt Papier vom Tisch. „Was ist das für ein Zettel?"

„Der Osnabrücker Zoo hat uns ein Memo geschickt, wie wir mit den Schlangen umgehen müssen. Jetzt, wo Graia länger in Untersuchungshaft bleibt, muss jemand von uns die Tiere füttern."

„Auch das noch. Kennst du einen Kollegen, der schon einmal eine Schlange gefüttert hat?" Sie überflog das Papier.

„Eine Boa kann auch mal zwei Wochen ohne Nahrung auskommen. Aber die Nattern brauchen täglich etwas. Schlangen sind nachtaktiv, tagsüber weisen sie Futter zurück. Im Gefrierschrank müssten Mäuse sein, vielleicht auch Meerschweinchen, je nach Größe der Schlange. Die eingefrorenen Nager muss man in der Mikrowelle auftauen."

„Guten Appetit."

„Ich frag mal, ob es einen Freiwilligen gibt", sagte Dirks. „Ansonsten entscheidet das Los."

Breithammer zeigte seine Denkerfalte. „Graia weiß das nicht, oder?"

„Was?"

„Dass wir uns um die Schlangen kümmern."

„Und?"

„Wieso macht sie sich keine Sorgen um sie? Graia hat ein recht intimes Verhältnis zu diesen Viechern, aber als du zu ihr gesagt hast, dass sie lange in Untersuchungshaft bleibt, hat sie einfach nur geantwortet: 'Das ist mir egal.'"

Dirks überlegte. „Vielleicht kümmert sich die Nachbarin darum, wenn Graia nicht da ist."

„Als Nachbarin kümmert man sich um die Post und die Blumen, vielleicht noch um eine Katze - aber um eine Boa constrictor?"

Dirks grinste über Breithammers scharfsinnige Gedankenführung. „Das bedeutet, es gibt noch jemand anderen, der Zugang zu ihrem Haus hat."

Breithammers Augen leuchteten. „Graia will jemanden beschützen, deshalb sagt sie nicht aus!"

Dirks griff nach ihrem Handy. „Altmann soll sofort die Untersuchung von Graias Haus abbrechen und sein Team abziehen. Es darf von außen nicht erkennbar sein, dass die Polizei da war." Sie grinste. „Wir werden dieser unbekannten Person eine Falle stellen."

13. Futter

Draußen wurde es allmählich dunkel. Breithammer saß in Graias Küche, während sich Dirks im Wohnzimmer aufhielt, um sich etwas auszuruhen. Alle drei Stunden wollten sie sich abwechseln und im Augenblick war es an Breithammer, aufzupassen.

Wie kann Dirks nur bei den Schlangen schlafen? Jetzt wurden diese Biester langsam aktiv und raschelten; sie wanden und drehten sich und drückten ihre gierigen Gesichter gegen die Terrariumswand. *Ich werde mir einen anderen Raum suchen, um zu dösen.*

Breithammer ließ die rechte Schulter kreisen, irgendwie hatte er sie sich verspannt. Er versuchte, sich selbst zu massieren, doch das war etwas ganz anderes, als wenn Folinde das machte. Es fühlte sich sogar so an, als ob er den Schmerz verstärkte, anstatt sich Erleichterung zu verschaffen.

Er wollte sich ablenken, aber das war schwer. Er durfte kein Radio hören und kein Licht anmachen. Nichts, was einen Fremden darauf aufmerksam machen würde, dass sich jemand im Haus befand.

Das Mondlicht schien trüb durch die Fenster, alles in der Küche hatte die Farbe verloren. Auf dem Herd standen die Kekse, die Folinde heute Mittag aus dem Ofen gezogen hatte. Sie sahen lecker aus, trotzdem durfte er nicht einfach davon probieren. Glücklicherweise war ihm Folinde nicht mehr böse. Sie hatte eingesehen, dass Graia wirklich etwas mit dem Mordfall zu tun hatte. Außerdem hatte er ihr versprochen, zur nächsten Astrologin freiwillig mitzukommen.

Breithammer zog seine Pistole und überprüfte sie.

Natürlich war sie funktionstüchtig. Er steckte sie wieder ein.

Er bewegte erneut seine rechte Schulter, der Schmerz nervte.

Auf was für eine Person wartete er eigentlich? Graias Schwester?

Vielleicht habe ich mich ja auch geirrt und heute Abend kommt niemand, um die Schlangen zu füttern. Dann schlugen sie sich hier vollkommen unnötig die Nacht um die Ohren.

Breithammer versuchte zu kippeln, doch der Stuhl war dafür nicht stabil genug. Sein Blick wanderte wieder zu den Keksen, aber auch diesmal widerstand er der Versuchung.

Hat etwa die Riesenschlange Imke gefressen? Das wäre mal eine elegante Methode, um eine Leiche verschwinden zu lassen.

Sein Smartphone vibrierte. Er schaltete den Bildschirm so dunkel, dass er gerade noch etwas erkennen konnte. Er hatte eine Nachricht von Folinde bekommen.

„Wie geht's?“

„Ich kann mir Schöneres vorstellen, als den Abend hier mit lauter Schlangen zu verbringen.“ Auf Emoticons musste Folinde diesmal verzichten, dafür war es definitiv zu dunkel.

„Was kannst du dir denn Schöneres vorstellen?“

Breithammer giggelte innerlich. *„Es fängt mit dem Buchstaben 'S' an.“*

„Shoppen?“

Breithammer war gerade dabei, eine Antwort zu tippen, da war ihm, als habe er ein Geräusch gehört.

Leise stand er auf und ging zum Fenster. Vorsichtig schielte er hinaus. Jemand öffnete gerade das Gartentor und schob ein Fahrrad hindurch. Die Laterne über der Haustür war mit einem Bewegungssensor ausgestattet und leuchtete auf. Im Licht konnte Breithammer den dürren jungen Mann deutlich erkennen. Er war ganz in Schwarz gekleidet mit einem langen Mantel, dazu hatte er langes dunkelgefärbtes Haar. Sein Fahrrad war dagegen silbern und trug den Schriftzug *Flyer*.

Marks Fahrrad! Breithammer drückte Dirks' Schnellwahltaste. Zweimal ertönte der Freiton, dann nahm jemand ab. „Er ist da", flüsterte Breithammer.

„Ich weiß", raunte Dirks hinter ihm.

Breithammer blieb nicht viel Zeit, um den Schreck zu verarbeiten, denn der Fremde steckte bereits den Schlüssel ins Schloss.

Die Haustür öffnete sich und das Licht im Flur ging an. Breithammer konnte die Person im Spiegel erkennen. Jetzt sah er auch die schwarz geschminkten Augen. Der Mann hielt einen Pappkarton in der Hand, darin waren Löcher und man hörte leises Piepsen.

„Graia?", rief der Mann. „Bist du da?"

Seine Stiefel klangen hart auf dem Holzfußboden. „Graia?" Er schaute in die Küche und Breithammer und Dirks pressten sich hinter der Tür noch weiter an die Wand. „Lecker, Kekse."

Dass der Mann Graia nicht fand, beunruhigte ihn offenbar überhaupt nicht. Im Gegenteil, er begann unbeschwert ein Lied zu pfeifen. Breithammer kannte diese Melodie, auch wenn er nicht wusste, woher sie stammte. Er ging mit seinem Pappkarton in das Wohnzimmer. „Hallo, Prinz Harry, mein Süßer. Und da sind ja auch John, Paul und George. Seht mal, was ich hier habe. Frischfutter! Das ist doch viel besser als das eingefrorene Zeugs."

Breithammer schlich in den Flur, um besser sehen zu können. Dirks stellte sich an der anderen Seite des Türrahmens auf.

Der Mann holte eine Maus aus dem Pappkarton. Sie piepste ängstlich, doch ihr Schicksal war bereits besiegelt. Der Mann öffnete die Futterklappe des linken Terrariums und die Maus verschwand im Rachen der Riesenschlange. „Das war lecker, nicht wahr?“ Der Mann sprach mit Prinz Harry wie mit einem Kleinkind. „Ja, mein Kleiner, du bekommst gleich noch mehr.“ Er stellte die Pappkiste auf dem Tisch mit den Tierkreiszeichen ab. „Aber erst erzähl mir mal von deinem Tag. Was hast du heute so erlebt?“ Er fuhr mit seiner Hand zärtlich an der Scheibe entlang.

„Was sagst du? Nein - wirklich?“ Der Fremde lachte. „Und was ist mit Graia? Warum ist sie nicht hier?“ Er lauschte konzentriert.

Plötzlich drehte er sich zur Tür. „Wer seid ihr zwei?“, fragte er in bedrohlichem Ton. „Kommt heraus!“

Breithammer konnte nicht glauben, dass wirklich sie gemeint waren, aber weil Dirks in das Wohnzimmer trat, folgte er ihr.

„Kriminalpolizei“, sagte Dirks. „Wir sind hier, um Sie festzunehmen.“

Der Mann grinste. „Mich stoppt niemand.“

„Ach ja?“ Dirks nickte Breithammer zu.

Breithammer wollte dem Fremden Handschellen anlegen, doch der war unerwartet schnell. Mit einem Satz war er beim Kamin und nahm die magische Axt von der Wand.

Dirks zückte ihre Pistole. „Leg sofort die Axt weg!“

Breithammer wollte nach der Schlagwaffe greifen, doch der Fremde schlug ihm mit dem Griff so hart ins

Gesicht, dass er zurücktaumelte.

Ein Schuss knallte, doch der zerstörte nur einen Salzkristall im Schrank hinter dem Mann. „Die nächste Kugel trifft dich ins Bein!", warnte Dirks.

Der Mann lachte immer lauter und hielt weiterhin das riesige Beil fest, als wäre es aus Balsamholz. So viel Kraft hätte Breithammer dem dünnen Kerl gar nicht zugetraut.

„Lass die Axt fallen und nimm die Hände hoch!", befahl Dirks. „Ich zähle bis drei!"

Der Fremde bewegte sich langsam zur Seite und auch die Polizisten gingen noch weiter in das Wohnzimmer.

„Eins ...", zählte Dirks. „Zwei ..."

Der Kerl schwang die Axt und zerschlug damit die Frontscheibe von Prinz Harrys Terrarium. Es krachte und splitterte noch mehr, als er auch die anderen beiden Schlangenkäfige zerstörte. Breithammer stürzte sich auf ihn, doch diesmal traf ihn der Axtschaft mit voller Wucht in die Magengrube. Dirks wollte schießen, doch der Fremde trat ihr die Waffe aus der Hand. Er kicherte irre. „Viel Spaß mit den Schlangen!" Er flüchtete aus dem Raum.

Breithammer eilte hinterher, doch kurz vor der Wohnzimmertür schlug er auf dem Boden auf. Etwas hatte ihn am Fuß gepackt. Er schaute sich um und traute seinen Augen nicht. Die Boa constrictor schlängelte sich fest um seinen Körper und richtete sich vor ihm auf. Aus einem riesigen Maul tanzte eine gespaltene Zunge auf ihn zu.

„Hilf mir, Diederike." Seine Stimme zitterte. „Erschieß sie!" Prinz Harry schien die Zischlaute in diesem kurzen Satz sehr zu mögen.

„Ich komm nicht an meine Pistole!", entgegnete

Dirks. „Da knotet sich gerade eine Natter fest. Verflucht, sind das viele. Und sie sind verdammt schnell!"

„Ganz ruhig. Keine Panik." Breithammer sprach mehr zu sich selbst als zu Prinz Harry. Von seiner Stirn tropfte der Schweiß und er hoffte, dass das den Lindwurm nicht provozierte. Aber der Körper der Würgeschlange wickelte sich immer stärker um ihn. Wie sollte sich das anfühlen? Erotisch? Breithammer kam sich eher so vor, als befände er sich in einer Schraubzwinge. „Nimm die magische Axt!", rief er. Doch die lag eher in seiner Reichweite. Seine Knochen knackten, als sein Körper noch stärker zusammengepresst wurde.

Er schaute zu Dirks, die von den Pythons in Schach gehalten wurde. Dann sprang die Hauptkommissarin beherzt beiseite. Sie schnappte sich den Pappkarton vom Sternzeichentisch und hüpfte über die Nattern hinweg, bis sie neben Breithammer stand.

„Prinz Harry!" Dirks wedelte mit der Maus vor dem Kopf der Würgeschlange. „Hier kommt die Maus!" Sie schleuderte das Kleintier in die Luft und die Boa schnappte danach.

Mit Erleichterung stellte Breithammer fest, dass die Riesenschlange ihren Griff lockerte. Als eine zweite Maus an ihr vorbeisegelte, war der Drachen vollends abgelenkt und Breithammer schaffte es sogar, seinen Fuß aus der Boa herauszudrehen. „Schnell raus hier!" Er hastete hinter Dirks aus dem Raum und warf die Wohnzimmertür zu.

Im Flur zischte ihn zornig eine Natter an, doch Dirks stülpte einen Papierkorb darüber.

„Alles klar bei dir, Oskar?"

Breithammer versuchte, ruhig zu atmen. „Meine

Verspannung ist weg."

„Genauso wie dieser geschminkte Hexenazubi." Dirks funkelte ihn wütend an. „Jetzt knüpfe ich mir Graia mal richtig vor."

*

Dirks stürmte direkt in Graias Untersuchungszelle. „Ich habe persönlich einen Scheiterhaufen aufgerichtet", sagte sie. „Aber darauf wirst nicht du verbrannt, sondern dein Hexerfreund mit den langen Haaren."

Graias Gesicht wurde weiß.

„Wer ist der Kerl?"

Die Astrologin antwortete nicht.

„Name und Adresse!" Dirks kam Graia so nah, dass ihr Gesicht nur noch Millimeter entfernt war.

„Ich habe geschworen, seine Identität geheim zu halten. Wenn ich meinen Lehrling verrate, bin ich in meinen nächsten zehn Leben verflucht."

„Er ist ein Mörder!", zischte Dirks. „Sie wollen Leben erschaffen, aber er hat Leben zerstört. Geht Ihr Schwur wirklich so weit?"

Graia hielt ihrem Blick stand. Dirks fasste es nicht, dass jemand so verbohrt sein konnte. Womit konnte man jetzt noch etwas bei ihr erreichen? Dirks wandte sich geschlagen ab.

„Prinz Harry", sagte Breithammer und Graia zuckte zusammen. „Dein Schüler hat die Terrarien mit der magischen Axt zerstört und Prinz Harry dafür missbraucht, sich selbst zu retten. Wenn Sie nach Hause kommen, wird keine Schlange mehr in Ihrem Haus sein, mit der Sie sich unterhalten können."

Endlich nahm Dirks einen Riss in Graias

Verteidigungsmauer wahr. „Ich werde dafür sorgen, dass Sie Prinz Harry niemals wiedersehen werden. Sie werden ihn auch nicht im Zoo besuchen können, denn er wird eingeschläfert, weil er einen Polizisten angegriffen hat. Ist es das wert? Wollen Sie dieses Leben lieber mit Ihrem Schüler verbringen oder mit Prinz Harry?"

Graia atmete schwer und ihr Blick wanderte verzweifelt zwischen Dirks und Breithammer hin und her.

„Du wirst nie wieder Harrys süße Stimme hören", sagte Breithammer. „Du wirst nie wieder seine zarte Haut berühren."

Tränen bildeten sich in Graias Augen. „Ich wollte ihm helfen. Ich wollte ihm den richtigen Pfad zeigen. Ich wusste, dass es eine Herausforderung war, ihn als Schüler anzunehmen. Er hat ein dunkles Herz und eine sadistische Ader. Ich habe versagt."

„Wie heißt er? Wo können wir ihn finden?"

„Sjurd Oltmanns." Graia heulte los. „Er wohnt in Dunum."

Dirks notierte sich die genaue Adresse.

Eine halbe Stunde später war sie mit Breithammer bei Sjurds Wohnung. Diesmal hatten sie mehrere schwer bewaffnete Polizeibeamte dabei, damit Sjurd sie nicht noch einmal übertölpeln konnte. Sie brachen die Wohnungstür auf und sofort nahm Dirks den Geruch von Blut wahr. Sie drückte den Lichtschalter, aber es wurde nicht heller, nur die reflektierenden Elemente an den Uniformen begannen zu leuchten. Offenbar hatte Sjurd seine ganze Wohnung mit Schwarzlichtlampen ausgestattet. Die Wände im Wohnzimmer waren voller okkulter Symbole und bei den Fenstern waren nicht nur einfach die Vorhänge zugezogen, sondern sie waren vollständig zugeklebt. Ähnlich dürfte es in den anderen Räumen aussehen.

„Im Schlafzimmer ist er nicht!“, rief einer der Polizisten.

„Im Bad auch nicht“, bestätigte ein anderer.

Blieb noch die Küche. Von dort kam auch der Blutgeruch.

„Ach, du meine Güte.“ Breithammer schluckte.

Auf dem Küchentisch lag der Kopf eines Widders, der Rest des Tieres lag vor dem Geschirrspüler. Außerdem stand da noch eine Plastikwanne voll mit Blut. Doch auch auf dem Boden waren Blutflecken und an den Schränken, wahrscheinlich auch von früheren Schlachtungen. *Und von Mark Mascher?* Über der Wanne schwirrten die Schmeißfliegen und Dirks fühlte Übelkeit in sich aufsteigen. Sie wollte diese Todeswohnung sofort verlassen. „Sjurd Oltmanns befindet sich offenbar auf der Flucht“, sagte sie laut. „Wir schreiben ihn zur Fahndung aus. Morgen will ich sein Bild in allen Zeitungen sehen.“

14. Kutter

Am Mittwoch erwachte Dirks wieder in *Mingers Hotel*. Sie stellte den Wecker aus und blickte auf die Uhr. Es tat gut, mal eine Stunde länger geschlafen zu haben.

Ihr Smartphone zeigte keinen Anruf vom Revier an, sondern nur einen neuen von Jendrik. Mittlerweile gab es siebenundzwanzig unbeantwortete Anrufe von ihm. Dieses Mal hatte er sogar auf ihre Mailbox gesprochen. Sollte sie heute nicht auschecken und nach Aurich zurückkehren? Dirks stand auf und machte sich fertig.

An der Rezeption grüßte sie Frau Peters und ging ins Restaurant. Sie bediente sich am reichhaltigem Küsten-Frühstücksbüffet und setzte sich mit einem fantasielos vollgepackten Teller an einen Tisch am Fenster, den sie mittlerweile als ihren Stammplatz betrachtete. Von hier aus hatte man die beste Sicht auf die Kutter.

Dirks ließ sich Zeit mit dem Essen und bestellte noch eine Tasse Kaffee. Im Prinzip blieb nichts anderes zu tun, als darauf zu warten, dass Sjurd Oltmanns verhaftet wurde. *Und zu hoffen, dass bei seiner Flucht niemand zu Schaden kommt.*

Sollte sie nicht Jendrik vom Vortag erzählen? Dirks nahm ihr Handy und hörte die Mailbox ab. „Hey, Diederike. Ich habe gerade in der Zeitung gesehen, dass ihr den Mörder von Hollesand zur Fahndung ausgeschrieben habt. Glückwunsch zur Lösung des Falles." Also wusste Jendrik schon, wie weit sie waren. Es wäre schön, jetzt zu ihm zu fahren und in seinem Arm zu liegen. Warum tat sie das nicht einfach?

Dirks schaute wieder hinaus auf die Fischkutter. Es war dieser Anblick, der sie hier hielt. *Dann muss ich aber auch zum richtigen Kutter.*

Zwanzig Minuten später fuhr sie nach Accumersiel und bog vor dem Schöpfwerk in den Hafen ein. Hier lagen die Fischkutter und hier war auch der Fischgroßhandel, der ihnen den Fang abkaufte. Auf der anderen Seite des Wassers lag der Strand mit den Strandkörben. Wenn die Touristen an den Sielhafen gingen, um die bunten Kutter zu fotografieren, wunderten sie sich wahrscheinlich, warum die Registrierungsnummern mit den Buchstaben „ACC" begannen, aber so war das eben, wenn Orte zusammengelegt wurden. Dornumersiel verband Dirks mit Dornum und Iba und Fenna Gerdes, in Accumersiel war sie immer unerwünscht gewesen.

Sie ging zu dem hellblauen Kutter ACC 17 mit dem verheißungsvollen Namen „Hoffnung." Das Schiff schaukelte leicht im Wasser. Es wäre schön gewesen, wenn ihr Vater sie mitgenommen und ihr gezeigt hätte, wie das alles funktionierte. *Vielleicht wäre ich dann nicht zur Polizei gegangen, sondern die erste Krabbenkutter-Kapitänin geworden.*

In ihren Kindertagen war die „Hoffnung" allerdings nicht der Kutter ihres Vaters gewesen, sondern die „Tradition", ein Kutter, der farblos lackiert gewesen war, so dass man die ursprüngliche Holzfarbe sehen konnte. Die „Tradition" hatte Großvater Dietrich Ende der Fünfzigerjahre erstanden und so genannt, um die Verbundenheit zu seinen Eltern, die ebenfalls Fischer waren, auszudrücken. 1982 machte Deddo sein Fischereipatent und wurde zunächst Setzkapitän und später auch Eigner der „Tradition", während sein Vater die „Hoffnung" bauen ließ. Damals befand sich die Fischerdynastie Dirks auf ihrem Höhepunkt und wurde durch die Hochzeit von Deddo und Ava gekrönt. Nach Avas Tod wurde die „Tradition“ allerdings verkauft und Deddo wurde Dietrichs Helfer und Miteigentümer der „Hoffnung.“ Zu Weihnachten hatte Deddo ihr erzählt, dass es die „Tradition“ noch gab und sie unter einem neuen Namen irgendwo in den Niederlanden lag.

Plötzlich hörte Dirks Geräusche auf dem Kutter. War ihr Vater etwa gerade da? Jemand warf einen Seesack von unten aufs Deck und kam dann selbst hinterher. Es war nicht Deddo.

„Peet!“

„Moin, Diederike!“ Er strahlte breit. „Groß bist du geworden. Und hübsch. So wie deine Mutter.“ Peet hatte eine Wollmütze auf dem Kopf, die sich perfekt seinem runden Kopf anpasste und wahrscheinlich inzwischen festgewachsen war. Er musste schon über sechzig sein, doch das sah man ihm nicht an. Sein rechtes Ohrläppchen war entstellt. Er hatte einmal erzählt, das käme von einem Papagei, der ihm vor Panama zugeflogen war und immer an seinem Ohr knabberte, während er auf seiner Schulter saß. Das linke Ohr wäre nur noch in Ordnung, weil er fortan stets genug Erdnüsse in der Tasche gehabt hatte. Auf die Erdnüsse hatte es allerdings auch der Waschbär des Kapitäns abgesehen, aber das war wieder eine andere Geschichte. Hatte er ihr jemals von dem Waschbären erzählt? Als Seemann war Peet überall auf der Welt gewesen, im Süden, aber genauso hatte er mehrere Jahre auf einem Fischerschiff im Nordmeer verbracht. Seitdem trug er ein Lederband um den Hals, an dem ein kleiner Fellbeutel hing, der ein Stück Speck enthielt. „Solch ein Amulett trägt jeder Eskimo“, hatte er ihr erklärt. „Es beschützt ihn vor allen Gefahren.“

Dirks freute sich sehr, Peet zu sehen. „Ich habe nicht gewusst, dass du jetzt für meinen Vater arbeitest."

Peet lachte. „Ist ja erst seit zwölf Jahren."

„Wie bitte?"

„Seit dein Großvater Dietrich in den Ruhestand gegangen ist. Da hat Deddo den Kutter vollständig übernommen und weil ich gerade im Land war, hat er gefragt, ob ich nicht sein Helfer werden will. Meine Alten sind ins Land der Toten übergegangen, weißt du? Ich wohne jetzt in ihrem Haus."

Dirks verzog den Mundwinkel. „Ich weiß, dass sich mein Vater beim Sprechen an Austern orientiert, aber das hätte er mir nun wirklich erzählen können."

„Du bist doch erst vor eineinhalb Jahren in die Heimat zurückgekehrt." Peet lächelte versöhnlich. „Davon hat er mir übrigens erzählt. Kriminalhauptkommissarin bei der Polizeiinspektion Aurich. Seine Augen haben dabei genauso gestrahlt wie bei der Nachricht, dass er Dietrichs 'Tradition' übernehmen darf."

Wirklich?

„Willst du mal hier rauf?"

Dirks nahm Peets Hand und stieg auf den Kutter. Natürlich war sie schon öfter auf einem Schiff gewesen, an der Nordsee gehörte es dazu, mit den Fähren zu den Inseln zu fahren. Aber solch ein Fischerschiff hatte seinen ganz eigenen Charme. Sie erinnerte sich an ihr erstes Auto und daran, wie frei sie sich darin gefühlt hatte. Dirks fuhr mit den Händen fasziniert über die Taue und Gerätschaften.

Peet schien ihre Gedanken zu erraten. „Die Freiheit auf dem Meer ist mit nichts zu vergleichen", sagte er. „Deshalb bin ich auch so froh, dass ich für Deddo arbeiten kann. Aber selbst ein Fischereipatent machen und einen eigenen Kutter kaufen, das wollte ich nie. Das ist viel zu großer Druck, da heuere ich lieber auf anderen Schiffen an und fahre um die Welt."

„Was für ein Druck?"

„Einen Kutter zu haben, bedeutet, Unternehmer zu sein, und das ist ein Talent, das nicht jeder hat. Du musst nicht nur die Schulden bedienen, die du aufgrund des Schiffskaufs hast. Der Unterhalt des Kutters und die Instandhaltung der technischen Ausrüstung verschlingen ständig Geld. In regelmäßigen Abständen muss das Schiff in der Werft überholt werden. Im Winter verdient man so gut wie nichts. Deddo musste früher schon am Ende der Saison etwa 50.000 Mark angespart haben, um durch den Winter zu kommen. Und die Reglementierung wuchs ständig: Berufsgenossenschaft, Fischereiaufsicht, Wasserschutzpolizei und Lebensmittelkontrolle. Da gibt es fünf Beamte für einen Fischer und die wollen alle bezahlt werden."

Darüber hatte sich Dirks noch nie Gedanken gemacht, aber sie war froh, dass Peet ihr das erzählte.

„Zu Dietrichs Zeiten konnte man noch Tagesfahrten machen und mit dem Verkauf des Gammels den Schiffsdiesel bezahlen. Deddo musste allen Beifang zurück ins Meer werfen und um Treibstoff zu sparen, blieb man fortan mehrere Tage draußen. Hundertzwanzig Arbeitsstunden pro Woche sind keine Seltenheit und die Wochenenden sind schon längst nicht mehr frei. Wenn man dann noch die Verantwortung für eine Familie trägt, kann einen das ganz schön erdrücken. Besonders mit so einem engstirnigen Kerl wie Dietrich im Nacken, der von seiner Fischerdynastie träumt und nicht wahrhaben will, dass sich die Zeiten ändern." Peet seufzte. „Ich glaube, wenn Deddo noch einmal leben könnte, würde er einen anderen Beruf lernen und mit Ava wegziehen."

„Nein", sagte Dirks fest. „Ich glaube, Papa hätte denselben Beruf gewählt und sich stattdessen gegen Ava entschieden."

Peet hielt ihrem Blick stand. „Ava war sein Hauptgewinn, Diederike. Sieh dir doch an, wie Deddo lebt. Er versucht, die Zeit anzuhalten, um die Erinnerung zu bewahren. Wenn man schweigt, dann vergisst man nicht."

So hatte es Dirks noch nie gesehen.

„Sei froh, dass du so einen guten Beruf gelernt hast, Diederike."

„'Gut' ist relativ. Im Augenblick muss ich einen Mörder jagen, der einem Mann den Kopf abgeschlagen und die Augen entfernt hat. Meine Überstunden habe ich lange nicht mehr abgebaut."

„Trotzdem hast du noch Zeit für ein Privatleben. Du hast doch einen Freund, oder?"

Dirks nickte.

Peet lächelte. „Die Einsamkeit gehört für einen Seefahrer dazu. Aber am Ende stellt man sich doch manchmal vor, wie es wäre, eine Landratte zu sein und eine Familie zu haben. Zu sehen, was aus einem kleinen Peet wird. Da kann man Deddo schon beneiden, dass du in der Nähe wohnst und ihn zu Weihnachten besuchst."

Dirks wusste nicht, was sie antworten sollte. Sie hatte nicht damit gerechnet, solch ein Gespräch mit Peet zu führen. *Vielleicht sollte ich lieber das Thema wechseln und ihn nach der Geschichte mit den Erdnüssen und dem Waschbären fragen.*

„Donnerlittchen!" Peet schüttelte ungläubig den

Kopf. „Du erinnerst mich so sehr an deine Mutter. Nicht nur vom Aussehen, sondern auch, wie du dich bewegst. Das hätte ich nicht gedacht."

„Hör auf!" Dirks wollte das nicht hören. „Ich will nicht wie Ava sein!", rief Dirks. „Ich darf nicht so wie sie sein!" Sie sprang vom Kutter und rannte zurück zu ihrem Auto.

Glücklicherweise folgte Peet ihr nicht. Sie setzte sich auf den Fahrersitz, schloss die Tür und wartete auf die Stille.

Was habe ich denn erwartet? Dass ich einfach so in die Heimat zurückziehen kann, ohne mich mit der Vergangenheit auseinanderzusetzen? Irgendwann hatte das kommen müssen. Man konnte sich eben nicht aussuchen, nur die positiven Gefühle zu haben. Sobald man sich öffnete, traf einen das ganze Paket.

Dirks' Atem wurde ruhiger. Von außen hörte man keine Geräusche mehr, die Autoingenieure hatten das Fahrzeug wie eine Raumkapsel konstruiert, aus der sie ihre Umgebung beobachten konnte. Es war schön, alleine zu sein.

Nein, sie wünschte sich, dass Jendrik neben ihr säße. Dirks holte ihr Handy hervor. *Siebenundzwanzig Anrufe.* Jendrik hatte es verdient, dass sie ihn zurückrief, auch wenn sie nicht wusste, was sie ihm sagen sollte. *Wie soll ich ihm etwas erklären, was ich selbst nicht verstehe?*

Dirks wollte gerade die Schnellwahltaste drücken, unter der seine Nummer abgespeichert war, da ertönte ihr Klingelton und Breithammers Bild leuchtete auf dem Touchscreen auf.

„Was gibt's, Oskar?"

Breithammer kam ohne Umschweife zur Sache. „Wir haben Sjurd gefunden!"

15. Sjurd

Dirks ging zu dem weißen Kleintransporter und klopfte zweimal an die hintere Tür. Breithammer öffnete ihr.

„Hallo, Diederike", rief Saatweber aus dem Inneren des Überwachungsfahrzeugs. Der Staatsanwalt war offensichtlich begeistert von der bevorstehenden Aktion, auch wenn er sie nur über die Computerbildschirme vor sich miterleben würde. Dirks hatte bisher nicht gewusst, dass Saatweber auch einen Wollpullover in Tarnmuster besaß.

Der Mann auf dem Fahrersitz beobachtete das Haus in Langefeld mit einem Fernglas.

„Wem gehört das Haus?", fragte Dirks.

„Einer Freundin von Sjurd", erklärte Breithammer. „Sjurd hat bei ihr übernachtet. Vor einer halben Stunde hat sie das Fahndungsfoto auf Facebook gesehen und sofort bei uns angerufen."

„Ist sie etwa noch drin?"

Breithammer nickte. „Sie hat einen fünfjährigen Sohn, der Fieber hat, deshalb sind sie beide zuhause geblieben."

„Ach, du meine Güte."

Auch Breithammer war angespannt. „Ich habe der Frau meine Handynummer gegeben, damit sie mich direkt anrufen kann."

„Hat sie sich noch mal gemeldet?"

„Leider nicht."

Dirks blickte zum Kollegen auf dem Fahrersitz. Als ob er das spüren würde, reagierte er. „Die Vorhänge sind alle zugezogen, ich kann weder die Zielperson erkennen noch eine Frau oder ein Kind."

Dirks fluchte.

„Alle Einsatzkräfte sind in Stellung", meldete Breithammer.

Das Funkgerät rauschte auf. „Team eins ist bereit." Es piepte. „Team zwei auch."

Saatweber nickte.

„In Ordnung." Dirks sprach in das Funkgerät. „Zugriff in drei, zwei, eins - Stopp!"

Breithammers Smartphone leuchtete auf, erst dann hörte man es klingeln.

„Geh schon ran!", forderte Dirks Breithammer auf.

Breithammer nestelte aufgeregt an dem Handy herum. „Ja? - Okay - Sehr gut."

„Was ist los?"

„Die Frau ist echt tapfer", sagte Breithammer beeindruckt. „Ich weiß nicht, ob ich in ihrer Situation so ruhig bleiben könnte."

„Was hat sie gesagt?"

„Die Haustür geht auf", rief der Kollege mit dem Fernglas. „Eine Frau kommt heraus, sie hat ein Kind an der Hand."

„Sjurd steht gerade unter der Dusche, hat sie gesagt", verriet Breithammer.

„Zugriff!", rief Dirks in das Funkgerät. „Sofort!" Sie entsicherte ihre Pistole und wandte sich an Breithammer. „Ich gehe auch rein."

In der Mitte der Straße traf Dirks auf die Frau und ihren Sohn. „Vielen Dank!", sagte sie zu ihr. Der Frau flossen Tränen über das Gesicht.

Dirks rannte zum Haus und durch die offene Tür. Polizisten in Kampfmontur waren gerade dabei, die Räume zu sichern. Sie bemühten sich darum, leise zu sein, aber die Holztreppe nach oben knarrte verräterisch.

Dirks hielt ihre Waffe mit ausgestreckten Händen vor sich. Diesmal würde Sjurd sie nicht übertölpeln. Hinter ihr quietschte erneut eine Treppenstufe und sie bemerkte, dass Breithammer ihr folgte.

„Das Badezimmer ist vorne rechts“, flüsterte Breithammer tonlos.

Ein Polizist sicherte den Flur und Dirks schlich an ihm vorbei. Sie hörte das Rauschen von Wasser und dieselbe Melodie, die Sjurd schon in Graias Haus gepfiffen hatte.

Dirks drückte vorsichtig die Badezimmertür auf. Gerade als sie vollständig in dem engen Raum stand, verstummte das Pfeifen. Sjurd stellte das Wasser aus und zog den Duschvorhang beiseite.

„Überraschung!“ Dirks zielte genau auf sein Herz. Seine nackte Haut war über und über mit Teufelsfratzen tätowiert und außerdem hatte er seine Brustwarzen gepierct.

Sjurd schaute sich nach einer Waffe um, aber hier gab es nur einen Badeschwamm mit Quietscheentchenkopf.

Breithammer drängte sich an Dirks vorbei und packte Sjurd am Arm. „Jetzt ist dir das Lachen vergangen, was?“ Glücklicherweise konnten Blicke nicht töten.

„Lass ihn noch etwas anziehen.“ Dirks warf ihm den Bademantel hinter der Tür zu. „Und dann bring ihn runter. Ich will ihn möglichst schnell verhören.“

Keine fünf Minuten später saß Sjurd Dirks am Wohnzimmertisch gegenüber. Er hatte versucht sich zu wehren, aber diesmal waren zu viele Polizisten da, die ihn festhalten konnten. Der Bademantel, den er jetzt trug, gehörte offensichtlich der Hausbesitzerin. In pinkem Frotteestoff und mit Katzenohren an der

Kapuze wirkte Sjurd deutlich weniger gefährlich.

„Was hast du mit Imke Dreyer gemacht?", fragte Dirks mit fester Stimme.

„Ich sage dir gar nichts, verdammtes Hurengezücht." Sjurd murmelte etwas in seltsamen Zischlauten. Im Hintergrund bemühte sich Saatweber darum, mitzuschreiben.

Dirks ließ sich nicht provozieren. „Wo ist Imke?"

Sjurd zwirbelte eine Locke seiner langen Haare um den Zeigefinger.

„Hast du das mit ihr gemacht?" Sie schob Sjurd ein Foto von Mark Maschers entstelltem Kopf hin. Sjurds Augen leuchteten fasziniert.

„Wo ist der Rest der Leiche?"

Sjurd wandte seinen Blick nicht von dem grausamen Bild ab und um seinen Mund bildete sich ein Lächeln.

Dirks tauschte das Foto mit einem Bild von Imke Dreyer aus. „Wo ist diese Frau? Lebt sie noch?"

Sjurd begann, mit seinen gepiercten Nippeln zu spielen.

Dirks fragte sich, wie lange sie sich wohl noch beherrschen konnte. Wie konnte sie von diesem Kerl irgendeine relevante Information bekommen? Sie hörte ein Geräusch hinter sich. Die Frau, die Sjurd verraten hatte, war zurückgekehrt.

„Ich verfluche dich, Henriette!", rief Sjurd ihr zu. „Ich hoffe, dein Kind stirbt."

Die junge Mutter versuchte, gefasst zu reagieren, aber das fiel ihr sichtlich schwer. Normalerweise würde Dirks sie sofort aus seinem Sichtfeld bringen lassen, aber jetzt winkte sie sie zu sich. *Sjurd redet zwar nicht mit mir, aber vielleicht ist er ja ihr gegenüber offener gewesen.* „Hat Sjurd Ihnen gegenüber etwas gesagt? Wie lange er hierbleiben wollte und was er als Nächstes vorhatte?“

Die Frau schüttelte zaghaft den Kopf.

„Auch Andeutungen können wichtig sein. Hat er vielleicht irgendeinen Ortsnamen erwähnt?“

„Nein.“

Sjurd kicherte triumphierend.

„Warum haben Sie ihm geholfen?“, fragte Dirks die Frau.

„Wir kennen uns seit drei Wochen und ich fand ihn nett. Außerdem hat er sich wunderbar mit meinem Sohn verstanden.“ Sie schniefte. „Wir haben in letzter Zeit oft etwas zusammen unternommen. Gerade erst am Samstag waren wir in der Nordseetherme.“

Dirks stutzte. „Wie bitte?“

Die Frau schaute sie verwirrt an.

„Um welche Uhrzeit waren Sie in der Nordseetherme?“

Die Frau überlegte. „Zwischen 10:30 Uhr und 13:30 Uhr. Und danach haben wir noch Pommes zusammen gegessen.“

„Kann Ihr Sohn das bezeugen?“

Sie nickte. „Ich glaube, ich habe sogar noch die Quittung in meinem Portemonnaie, wenn Sie die genaue Zeit brauchen.“

Dirks drehte sich wütend zu Sjurd um. „Wieso hetzt du uns die Schlangen auf den Hals, wenn du gar keinen Menschen ermordet hast?“

„Mord?“, fragte Sjurd. „Ich dachte, es geht um den Widder, den ich mir von Bauer Jansen geliehen habe. Manchmal verstehen die Leute nicht, warum ich das mache, und rufen die Polizei.“

„Geliehen?“

„Wenn man bei Vollmond einen Widderkopf am

Rande des Feldes vergräbt, dann gibt das die nächsten Jahre doppelten Ertrag. Gut für Bauer Jansen, gut für die Nachbarn, gut für Ostfriesland."

Du hättest ins Städtemarketing gehen sollen.

„Ich töte keine Menschen", sagte Sjurd. „Das ist nicht der Weg eines Hexers."

Breithammer schaltete sich in die Befragung ein. „Woher hast du die Elektrofahrräder? Das ist das Einzige, was uns interessiert."

Sjurd musste kurz nachdenken, was der Polizist meinte. „Die habe ich gefunden."

„Gefunden", wiederholte Dirks.

„Ja! Nachdem ich am Samstag in der Therme war, bin ich zu Graia nach Koldewind gelaufen. Da habe ich auf dem Weg die beiden Fahrräder gefunden. Sie lagen einfach auf dem Feld, als wären sie Schrott."

„Es sind nagelneue Elektrofahrräder!"

„Ich habe mich auch gewundert, als ich sie mir angesehen habe. Und dann dachte ich mir, das wäre ein Zeichen vom Universum. Graia hat Schmerzen im Knie, da kam dieses Fahrrad gerade passend."

Dirks atmete tief ein. „Zeige uns bitte die Stelle, an der du die Fahrräder gefunden hast."

*

Liebes Tagebuch.

Das Internet ist ein Segen. Plötzlich haben wir Macht. Wir können uns organisieren und verabreden. Die Bilder von den Demonstrationen gehen um die Welt und wir werden öffentlich wahrgenommen.

Obwohl wir wieder nur friedlich protestiert haben, haben uns die Sicherheitskräfte auseinandergetrieben und durch die Stadt gejagt. Sie haben uns nicht bekommen und am Ende hat es fast Spaß gemacht. Wir hatten kaum noch Luft, trotzdem haben wir von Herzen gelacht.

Neri fand es allerdings überhaupt nicht witzig, als ich ihr davon erzählt habe. Wie solle sie denn auf mich aufpassen können, wenn ich so leichtsinnig bin? Meine Mutter würde das gar nicht gut finden.

Ich erwiderte, meine Mutter wäre auch auf die Straße gegangen, wenn sie noch leben würde, und wir hätten uns beinahe gestritten.

Dann hat mir Neri die Wahrheit über meine Mutter und mich erzählt. Ich weiß nicht, ob ich traurig sein soll oder stolz. Jedenfalls weiß ich jetzt, warum ich so anders als die anderen bin.

Neri hat gesagt, ich solle auf mich aufpassen und sie hat mir einen Dolch gegeben, der meiner Mutter gehört hat. Mutter hatte ihn stets bei sich gehabt, um sich notfalls gegen einen Liebhaber wehren zu können. Einmal wäre es nötig gewesen, doch da hatte sie die Waffe leider nicht mehr erreicht.

Der Dolch ist wunderschön, vor allem weil er meiner Mutter gehört hat. Trotzdem fällt es mir schwer, das alles zu glauben.

Ich lege den Dolch unter mein Kopfkissen und wünsche mir, dass mir meine Mutter im Traum erscheint und mit mir spricht.

*

Die Polizeiwagen fuhren eine schmale Straße entlang, die auf einer Seite von Bäumen flankiert wurde.

„Anhalten", sagte Sjurd.

Sie stiegen aus. Die Hände des Hexenlehrlings waren mit Handschellen gefesselt und zwei Polizisten wichen ihm nicht von der Seite. Aus dem Fahrzeug hinter ihnen kamen Saatweber und drei weitere Beamte.

„Wo genau lagen die Fahrräder?“, fragte Dirks.

„Hinter dem Baum da. Sie lagen dort ineinander verkeilt im Feld, als ob sie jemand weggeworfen hätte.“

Zwei Beamte gingen zu der Stelle, um nach Spuren zu suchen. Dirks hatte auch Altmann angerufen, aber die Spurensicherung würde frühestens in einer halben Stunde hier sein.

Dirks blickte sich um. „Dann war das hier also der Tatort“, stellte sie fest. „Eine gute Stelle, um jemandem aufzulauern. Hier könnte man sogar abseits des Weges ein Auto parken. Die Bäume bieten Sichtschutz.“

„Was genau ist hier geschehen?“, fragte Breithammer.

„Sjurd hat beide Fahrräder gefunden, also hat der Täter hier sowohl Imke als auch Mark überrascht.“ Dirks ging zu der Stelle, wo sie glaubte, dass das Auto des Täters geparkt hatte. „Imke ist das erste Opfer, denn sie wird bereits um 10:00 Uhr vermisst. Mark ist bis 10:45 Uhr bei Krayenborg, danach wollte er Imke wahrscheinlich abholen fahren.“

„Der Täter hat also eine ganze Stunde auf Mark gewartet“, sagte Breithammer. „Wo war Imke zu dem Zeitpunkt? In seinem Auto? Hat er sie gefesselt? Musste sie etwa mitansehen, wie er Mark ermordet?“

Dirks ging wieder auf die Straße zurück. „Wahrscheinlich hat der Täter sich hier auf den Weg gestellt, als Imke kam. Sie hat angehalten. Vielleicht haben sie ein paar Worte gewechselt. Und dann hat sich der Täter Imke geschnappt. Vielleicht hat er sie betäubt. Dann hat sie von Marks Ermordung nichts mitbekommen.“

„Wenn er sie nicht auch ermordet hat“, sagte Saatweber.

Dirks wollte das nicht denken, aber es fiel ihr immer schwerer, das nicht zu glauben. „Woher wusste der Täter, dass sie hier langfahren?", fragte sie.

Breithammer schien eine andere Frage zu beschäftigen.

„Sag schon, worüber grübelst du nach?"

„Warum tut der Täter das?", fragte Breithammer.

„Was?"

„Warum lauert er *beiden* auf? Ich meine: Imke und Mark waren voneinander getrennt. Es gab keine bessere Gelegenheit für ihn zuzuschlagen, wenn er es nur auf einen von ihnen abgesehen hätte. Wenn der Täter nur Mark töten wollte, hätte er bei Krayenborg auf ihn gewartet und wenn der Täter es alleine auf Imke abgesehen hätte, dann hätte er ihr hier aufgelauert. Er wollte aber offensichtlich etwas von beiden. Warum? Mark und Imke waren doch erst seit kurzem ein Paar."

„Vielleicht gerade deswegen. Das könnte der Auslöser für diese Tat gewesen sein, dass einer von ihnen beiden plötzlich eine Beziehung hatte. Oder der Täter hat sich spontan überlegt, Mark zu töten, nachdem er Imke überwältigt hat." Dirks überlegte. „Wenn der Täter es wirklich von Anfang an auf beide abgesehen hätte, hätte er ihnen dann nicht schon vorher auflauern können? Zwischen Wilhelmshaven und Bensersiel liegen einige ruhige Kilometer."

„Nicht unbedingt." Breithammer schüttelte den Kopf. „Zwei Menschen zusammen sind stärker und unberechenbarer. Was ist, wenn einer von beiden entkommt? Auch wenn man es auf beide abgesehen hat, ist es am einfachsten zuzuschlagen, sobald jeder von ihnen alleine unterwegs ist."

Dirks musste Breithammer zustimmen.

„Hier liegt etwas!", rief einer der Polizisten, die den Tatort nach Spuren untersuchten.

Dirks und Breithammer eilten zu ihm. „Was ist es?"

Der Polizist zog sich gerade einen Silikonhandschuh über, um das Objekt aus dem Dreck zu ziehen. „Eine Uhr", sagte er. „Auf einer Seite fehlt des Armband."

Auch Saatweber beugte sich zu ihm hinunter. „Für eine Herrenuhr ist sie zu schmal."

„Dann ist es Imkes Uhr", folgerte Breithammer. „Und das Armband wurde abgerissen, als sie sich gewehrt hat."

„Die Uhr sieht zwar edel aus", meinte Saatweber, „aber auch recht ungewöhnlich. Was ist das für ein seltsames Material, aus dem das Ziffernblatt gemacht ist? Nach Plastik sieht es nicht aus."

Dirks wusste genau, wo sie eine solche Uhr schon einmal gesehen hatte. Bei ihrer Antwort guckte sie der Staatsanwalt an, als würde sie einen Scherz machen.

„Das ist Elfenbein. Von einem Mammut."

16. Schweigen

Als Harke Krayenborg die Tür öffnete und Dirks sah, lächelte er erfreut. Dann bemerkte er Breithammer und seine Laune trübte sich. Trotzdem blieb er ganz Gentleman. „Kommen Sie herein. Darf ich Ihnen vielleicht ein Getränk anbieten?"

Die Kommissare folgten ihm in den Showroom. Breithammer blickte sich fasziniert um.

„Haben Sie Ihrem Freund von meiner Kunst erzählt?", fragte Krayenborg, während er drei Gläser hinter der Bar hervorholte.

„Breithammer ist mein Kollege, wir sind dienstlich hier."

„Also kein Alkohol." Krayenborg stellte die Gläser wieder zurück und nahm stattdessen drei Flaschen französisches Edelwasser aus dem Kühlschrank. „Haben Sie etwa noch weitere Fragen zu Ihrem Kriminalfall? Ich bin gespannt."

„Sie haben mich angelogen", sagte Dirks.

„Inwiefern?"

Dirks zeigte ihm den Plastikbeutel mit der Armbanduhr, die sie am Tatort gefunden hatten.

Krayenborg wurde bleich.

„Diese Uhr stammt von Ihnen, nicht wahr?" Dirks beobachtete ihn genau. „Ein Geschenk an Ihre Exfreundin. Sie waren mit Imke Dreyer zusammen, bevor sie etwas mit Mark angefangen hat. Das war auch der wahre Grund dafür, dass Imke Mark am Samstag nicht begleiten wollte. Stattdessen war sie froh, in der Hotellobby die Visitenkarte einer Astrologin zu finden, um eine gute Ausrede zu haben."

„Was ist mit Imke? Bedeutet der Fund dieser Uhr, dass sie ..."

„Sagen Sie es uns!"

Der Kunsthandwerker schaute sie verstört an.

„Mark Mascher war niemals bei Ihnen", führte Dirks aus. „Er hat auf diesen Besuch verzichtet, um mit Imke zusammen die Astrologin zu besuchen. Sie haben beiden aufgelauert und Mark ermordet, weil er Imkes neuer Liebhaber war. Sie wollen Imke alleine für sich besitzen. Also, wo ist sie? Wo haben Sie sie eingesperrt?"

„Blödsinn!", rief Krayenborg. „Ja, ich habe gelogen, als ich sagte, dass ich Imke noch nie gesehen habe. Aber alles andere ist wahr! Mark Mascher war am Samstag hier." Er versuchte ruhig und beherrscht zu sprechen. „Bis zu dem Zeitpunkt, als Sie mir das Foto von Imke gezeigt haben, wusste ich nicht, dass sie mit Mascher zusammen war. Sie war meine Freundin und unsere Beziehung hat knapp ein Jahr gedauert. Aber nicht sie hat mit mir Schluss gemacht, sondern ich habe sie vor die Tür gesetzt."

„Warum?"

„Weil sie mich mit einem anderen Mann betrogen hat."

„Mit Mark Mascher?"

Krayenborg schüttelte den Kopf.

„Mit wem dann?"

Krayenborg nahm sich eine Wasserflasche und setzte sich auf einen Barhocker. Auch Dirks setzte sich. Das Ganze machte plötzlich nicht mehr den Eindruck einer Vernehmung, sondern als ob man jemandem in einer Kneipe zuhörte. Breithammer hielt sich im Hintergrund, aber Dirks wusste, dass er alles mitbekam.

„Imke hat mir einen wohlhabenden Kunden

vermittelt, der bei mir ein Fanzoj-Gewehr in Auftrag gegeben hat. Mit einem solchen Gewehr hat schon Kaiser Franz Joseph gejagt. Der Kunde ist irgendein hohes Tier in Ägypten und kommt aus einer einflussreichen Familie. Imke kannte ihn von früher, er hat mit ihr BWL studiert. Aber offenbar haben sie mehr gemacht, als Preis-Absatz-Funktionen zu berechnen. Nachdem er vor sechs Wochen hier war, um mir den Auftrag zu geben, ist sie wieder mit ihm ins Bett gestiegen. Das ist wohl ihre Form der Gastfreundschaft."

Sollte das stimmen, dann fand es Dirks nur allzu verständlich, dass Krayenborg mit Imke Schluss gemacht hatte.

„Natürlich habe ich auch den Auftrag des Ägypters storniert." Der Kunsthandwerker blickte steif geradeaus. „Dass Imke kein Engel ist, habe ich schnell mitbekommen. Sie stellte hohe Ansprüche und ließ sich gerne verwöhnen. Das war mir egal, solange sie mir treu war. Aber ihre Gefühlskälte, als ich sie auf die Affäre ansprach, hat mich schon erschüttert. Sie hat reagiert, als ob das gar nichts gewesen wäre. Ich solle mich nicht so haben, hat sie gesagt und: 'Du hast doch jetzt deinen Auftrag.'"

„Sie hassen Imke also", sagte Dirks.

„Ich hasse, was sie getan hat." Krayenborg drehte sich zu Dirks. „Hören Sie: Imke hat mich sehr verletzt. Trotzdem mache ich mir Sorgen um sie. Ich wünsche ihr nicht den Tod. Also sagen Sie mir bitte, was es bedeutet, dass Imkes Uhr gefunden wurde."

Dirks entwand sich seinem intensiven Blick und erhob sich. „Wir haben bisher nur Imkes Fahrrad und ihre Uhr gefunden. Das bedeutet es."

*

Dirks und Breithammer aßen noch ein Fischbrötchen in Bensersiel, dann fuhren sie zurück nach Aurich.

„Meiner Meinung nach hätten wir Krayenborg festnehmen sollen“, sagte Breithammer. „Er hat ein Motiv, kein wasserdichtes Alibi und indem er uns nicht von Imke erzählt hat, hat er sich unglaubwürdig gemacht.“

„Trotzdem haben wir nichts Konkretes gegen ihn in der Hand. Wir würden niemals einen Durchsuchungsbeschluss bekommen.“

„Sollten wir es nicht zumindest versuchen? Vielleicht würden wir ja dann etwas bei Krayenborg finden. Was ist, wenn er Imke in einem geheimen Kellerraum gefangen hält?“

Dirks trommelte nervös mit den Fingern auf dem Lenkrad herum. „Wir können ihn nicht einfach festsetzen, nur weil wir gerade keinen anderen Verdächtigen haben. Unsere Arbeit muss sachlich bleiben. Wir haben schon genug Zeit durch die Jagd auf Sjurd verloren. Jetzt müssen wir wieder dort weitermachen, wo wir waren, bevor du bei Graia Imkes Fahrrad entdeckt hast.“

Breithammer blickte geradeaus. „Du hast dich mit Mark beschäftigt und ich mich mit Imke.“ Er seufzte. „Das fühlt sich an, als ob wir nichts erreicht hätten und wieder bei null anfangen müssten.“

„Zumindest haben wir etwas Neues über Imke erfahren. Versuche, so viel wie möglich über diesen Ägypter herauszufinden. Wie genau sieht Imkes Beziehung zu ihm aus? Wie oft hat sie sich in letzter Zeit mit ihm getroffen?“

Breithammer nickte. „Ich werde sehen, was sich machen lässt."

Um 14:35 Uhr trafen sie in der Polizeiinspektion ein. Breithammer ging direkt ins Büro, Dirks hingegen wollte noch in den Pausenraum, um sich einen Schokoriegel zu holen. *Wir müssen Graia freilassen*, dachte sie. Sjurd würde allerdings noch in Untersuchungshaft bleiben, bis klar war, mit welchen Anklagen er zu rechnen hatte. Schlangen auf Polizisten zu hetzen, war keine Lappalie und vielleicht kam ja auch noch eine Anzeige von Bauer Jansen wegen des Diebstahls eines Widders dazu.

Während der Kaffeeautomat kreischend einen doppelten Espresso zubereitete, schaute Dirks auf ihr Smartphone. Die Anzahl der verpassten Anrufe von Jendrik hatte sich nicht weiter erhöht. Sie konnte das verstehen, trotzdem tat es ihr weh. *Wir hätten sowieso keine Zukunft.*

„Moin."

Dirks schaute auf. Vor ihr stand Doktor Alina Ehrenfeld. „Was treibt Sie denn hierher?"

„Das Bedürfnis nach mittelmäßigem Kaffee."

Dirks grinste. Irgendwie hatte sie der Psychologin keinen Humor zugetraut. Sie nahm ihre Tasse aus dem Automaten und ließ die Ärztin ihre Auswahl treffen.

„Ich sitze gerade an den Gutachten von Gerdina Behrends und Sjurd Oltmanns", erklärte Doktor Ehrenfeld. „Gerade Letzterer ist eine echte Herausforderung. Und wie kommen Sie mit dem *Horrorfund von Hollesand* voran?"

„Leider nicht so schnell, wie ich das gerne möchte. Mittlerweile haben wir ja nicht nur einen grausam zugerichteten Kopf, sondern wir suchen auch noch eine vermisste junge Frau. Ich habe Angst, dass wir ihre Leiche als Nächstes finden."

Die Psychologin guckte verständnisvoll.

Sie setzten sich gemeinsam an einen Tisch und während sie ihren mittelmäßigen Kaffee genossen, rief sich Dirks Doktor Ehrenfelds Referat über den Fund des Kopfes in Erinnerung. Ein Satz kam ihr dabei insbesondere in den Sinn. *„Sein Schweigen hat ein Ende."*

Dirks biss von ihrem Schokoriegel ab. „Ist Schweigen immer schlecht?"

„Es gibt zwei Arten des Schweigens", antwortete Doktor Ehrenfeld. „Das freiwillige Schweigen und das erzwungene Schweigen. Das Zweite ist das, was krank macht. Wenn die Seele reden will und es nicht darf."

„Warum darf die Seele nicht reden?"

„Ein Mensch verbietet es, die Umstände verbieten es oder die Gesellschaft. Aber irgendwann bricht es trotzdem hervor. Durch Gewalt an anderen oder an sich selbst."

„Und das freiwillige Schweigen? Was ist das?"

„Dafür gibt es verschiedene Gründe."

„Zum Beispiel?"

„Ein altes Ehepaar hat sich nichts mehr zu sagen; oder der Partner stirbt und man schweigt, um nicht zu vergessen; oder man schweigt, um nichts Falsches zu sagen; oder man verdrängt ein traumatisches Ereignis, weil man irgendwie weiterleben muss. Im letzten Fall hat Schweigen sogar eine Art Schutzfunktion wie das Pflaster auf einer offenen Wunde." Die Psychologin suchte Dirks' Augen, doch Dirks fixierte nur ihre leere Kaffeetasse.

„Schweigen bedeutet in jedem Fall, sich zu verstecken", sagte Doktor Ehrenfeld. „Man verbirgt sich vor den anderen und grenzt sie aus. Die anderen haben dann keine Chance, einen wirklich kennenzulernen. Insofern ist Schweigen immer schlecht, weil es einen nicht vorwärtsbringt."

Dirks spürte, dass die Psychologin sie herausfordern wollte. Doch sie bezog das Gesagte nicht auf sich selbst, sondern auf den Kriminalfall. „Wenn der Täter dazu gezwungen ist, zu schweigen, dann baut er eine falsche Identität auf. Er hat gelernt, nach außen hin anders zu wirken, als er in Wahrheit fühlt. Er hat gelernt zu lügen."

Doktor Ehrenfeld nickte. „Niemand kennt ihn wirklich. Der Täter könnte ein ganz normales unscheinbares Leben führen und selbst seine Freunde würden ihm niemals einen Mord zutrauen."

*

Breithammer saß an seinem Schreibtisch und öffnete die Akte, die er zu Imke Dreyer angelegt hatte. Auf einem Papier hatte er bereits eine Tabelle zu Imkes Lebenslauf angefangen. *BWL-Studium, Assistentin der Geschäftsleitung. Aktuell arbeitssuchend.* Er eröffnete eine weitere Spalte, die er mit der Überschrift „Partnerschaft" versah. Ganz unten schrieb er „Mark Mascher", darüber „Harke Krayenborg". *Wo füge ich den Ägypter ein? Bei ihrem Studium?* Waren sie jemals ein offizielles Paar, oder hatten sie ihre Beziehung geheim gehalten? Und jetzt? Schliefen sie jedes Mal miteinander, wenn er auf Deutschlandbesuch war? Reiste er vielleicht sogar manchmal ihretwegen extra hierher?

Krayenborg hatte ihnen den Namen des Ägypters aufgeschrieben. *Marwan Elshenawy.* Breithammer wollte versuchen, alles über seine letzten Aufenthalte in Deutschland herauszufinden, aber wenn er einen Diplomatenstatus besaß, würde das außerordentlich schwer werden.

Breithammer legte das Papier beiseite und sah sich die weiteren Unterlagen an, die in der Zwischenzeit zu Imke hereingekommen waren. Darunter befanden sich auch die Bankdaten der letzten acht Jahre. Er nahm den Hefter in die Hand. Aus den Kontoauszügen konnte man sehr viel über eine Person erfahren. Je öfter sie ihre Bankkarte eingesetzt hatte, desto mehr konnte man sehen, wo sie sich aufgehalten hatte. *Jetzt kann ich mir auch ansehen, wer ihr Gehalt gezahlt hat.* Nur aus dem Augenwinkel nahm er wahr, wie sich die Tür öffnete und Dirks den Raum betrat.

*

Dirks sah, wie vertieft Breithammer in seine Arbeit war, und verzichtete darauf, ihn anzusprechen. Sie setzte sich an ihren Schreibtisch und schlug die Fallakte auf. Ganz oben lag das Foto aus dem Comicroman, das sie in Maschers Wohnung gefunden hatte. *Alles Gute zum dreißigsten Geburtstag. Du bist mein bester Freund. Freddie.*

Dirks wusste noch genau, was sie getan hatte, als Breithammer ihr von Graias Festnahme erzählt hatte. Da hatte sie gerade frustriert in Mark Maschers Keller gestanden, weil sie auch dort keine Unterlagen über seine Computerfirma gefunden hatte. Würde man solche Unterlagen wirklich wegwerfen? Bei solch einem Projekt, an dem man jahrelang mit viel Herzblut gearbeitet hat? Da müsste man doch eigentlich stolz drauf sein.

Dirks wandte sich ihrem Computer zu. Vielleicht konnte ihr ja die allmächtige Suchmaschine etwas über *MarkMascherCom* erzählen.

In den Suchergebnissen fand sie eine Liste von Computerspielen und ein paar ältere Fotos von Mark Mascher. Viele Links waren allerdings veraltet und funktionierten nicht mehr. Eine der Weiterleitungen, die funktionierten, führte zu einem kurzen Artikel in einem Online-Computermagazin, in dem als Randnotiz der Verkauf der *MarkMascherCom* an die Firma *Delta Tec* in Bremen vermeldet wurde.

Ist das nicht alles viel zu lange her? Was soll denn eine Computerspiel-Firma mit Marks Tod zu tun haben? Ich weiß ja nicht einmal, ob Freddie wirklich ein Mitarbeiter in Marks Firma war.

Dirks schloss die Suchmaschine wieder. Es musste doch noch eine andere Möglichkeit geben, Freddie zu identifizieren. Sie betrachtete erneut das Foto. *Mark und Freddie. Im Hintergrund die Messestände.* Natürlich! Dirks drehte sich wieder zu ihrem Computer. Wenn Mark und Freddie als Vertreter ihrer Firma auf der Messe waren, dann waren sie dort auch als Fachbesucher registriert.

*

Breithammer nahm sich ein neues Blatt Papier, um sich Notizen zu machen. Wie es aussah, hatte sich Imke in den letzten Jahren bis auf einige Türkeiurlaube vor allem in Ostfriesland aufgehalten. Aber sie besaß ja schließlich auch eine schöne Wohnung in Emden. Breithammer notierte sich die Firmen, von denen Imke Gehaltszahlungen erhalten hatte. Keine dieser

Zahlungen war sonderlich hoch gewesen, doch wahrscheinlich war er noch nicht an dem Punkt ihrer Vergangenheit, wo sie Assistentin der Geschäftsleitung gewesen war. Das musste bereits kurz nach ihrem Studium gewesen sein.

Breithammer schaute auf das Datum des Kontoauszuges, den er sich gerade ansah. *31. August 2011.* Hier stand plötzlich eine sehr hohe Summe. *125.000 Euro.* Damit hatte Imke offenbar ihre Wohnung gekauft. Kurz vorher hatte ihr eine Bank 75.000 Euro überwiesen. Dabei handelte es sich um einen Hypothekenkredit. Aber wo kamen die letzten 50.000 Euro her?

Breithammer blätterte weiter zurück, bis zum Mai 2011. Dort fand er die Summe für Imkes Eigenkapital. Er blickte auf den Zahlungssender und stutzte. Das konnte doch nicht wahr sein! Als ob sich der Text verändern könnte, las er die Zeile erneut. *Abschlusszahlung von MarkMascherCom.*

17. Abfuhr

„Wie bitte?" Auch Dirks konnte es zuerst nicht glauben, als ihr Breithammer den Kontoauszug zeigte. Doch je mehr sie darüber nachdachte, desto mehr ergab es Sinn. „Imke hat für Mark als Assistentin gearbeitet. Wahrscheinlich waren sie schon damals ein Paar. Als Mark jedoch die Firma verkauft hat, war es auch vorbei mit dieser Beziehung. Und nachdem Harke Krayenborg Imke rausgeschmissen hat, ist sie zu ihrer alten Liebe zurückgekehrt. Deshalb war ihr Mark schon so vertraut, dass Imke ihn ihren Eltern vorstellen wollte."

„Warum ist die Beziehung zerbrochen, als Mark die Firma verkauft hat?", fragte Breithammer. „Wer von beiden hat die Beziehung beendet?"

„Ich weiß es nicht. Aber zumindest hatte Imke die berechtigte Hoffnung, dass Mark sie noch liebt, denn sonst wäre sie nicht zu ihm zurückgekehrt." Dirks stand auf und ging im Raum umher. „Verdammt noch mal, warum sind wir nicht früher darauf gekommen? Das ist doch eigentlich logisch!"

Breithammer blickte sie verwirrt an.

„Die ganze Zeit rätseln wir, warum der Täter es auf beide abgesehen hat. Es erschien uns so, als ob der eine nur zufällig in das Verbrechen an dem anderen hineingezogen worden wäre. Wir hätten schon früher nach einer weiteren Verbindung zwischen Mark und Imke suchen müssen."

Breithammer verstand. „Du meinst also, das Verbrechen hängt nicht mit einem aktuellen Ereignis zusammen, sondern mit etwas, was damals geschehen ist, als Imke noch für Mark gearbeitet hat."

„Genau. Dass Imke zu Mark zurückgekehrt ist, könnte der Auslöser für den Mord sein, aber den eigentlichen Grund müssen wir früher suchen."

„Es geht also um Mark Maschers Computerspiel-Firma", sagte Breithammer. „Das war dein Aufgabenbereich. Was hast du über die *MarkMascherCom* herausgefunden?"

„Leider nichts. Ich habe nach Marks Firmenunterlagen gesucht, aber ich habe sie nicht gefunden."

Breithammer hob überrascht die rechte Augenbraue. Auch Dirks wurde plötzlich klar, dass das kein Zufall sein konnte. „Damals ist irgendetwas geschehen, was Mark dazu bewogen hat, die Firma zu verkaufen."

Dirks griff nach ihrer Jacke.

„Wo willst du hin?"

„Wir fahren nach Bremen zur Firma *Delta Tec*. Dort werden sie ja wohl wissen, warum sie 2011 die *MarkMascherCom* gekauft haben."

*

Liebes Tagebuch.

Heute habe ich eine E-Mail von einem anderen Blogger bekommen. Er hat mir eine Videodatei geschickt und mich um meine Beurteilung gebeten. Das Video wurde während einer Demonstration aufgenommen. Die Männer treiben die Frauen auseinander und isolieren eine von ihnen. Dann bilden sie einen Kreis um sie und sie wird von der Meute vergewaltigt. Ich habe davon gehört, dass sie so etwas machen, aber das Video ist erschreckend brutal und ich wünschte, ich hätte es niemals gesehen. Doch so ist unsere Wirklichkeit.

Ja, ich glaube, die Meute wurde gezielt von der Geheimpolizei angestiftet, das zu tun, und einige der Männer sind selbst von der Polizei. Ich werde das Video nicht auf meinem Blog teilen, aber trotz allem bin ich stolz, dass mich ein anderer Aktivist um meine Meinung gefragt hat.

*

Um 17:10 Uhr fuhren Dirks und Breithammer an der Becks-Brauerei vorbei über die Stephanibrücke in Richtung Weser Tower. Die Räume der Firma *Delta Tec* befanden sich in einem alten Speicher in Bremens Überseestadt zwischen einem Business-Hotel und hippen Restaurants. Dirks registrierte auch ein Varieté-Theater und nahm sich vor, dort einmal hinzugehen.

Bevor sie losgefahren waren, hatte Dirks noch mit Firmenchef Kevin Eilers telefoniert, und sie war froh, dass er extra im Haus blieb, um sie persönlich zu empfangen.

Am Eingang begrüßte sie eine junge Frau mit hoch geknöpfter Bluse und offenem Lächeln. „Herzlich willkommen bei *Delta Tec*. Mein Name ist Jeanette und ich soll euch zu Kevins Büro führen."

Dirks' erster Impuls war, Jeanette das „Sie" anzubieten, doch wahrscheinlich war es besser, sich der Firmenkultur anzupassen. „Das ist Oskar und ich bin Diederike."

Auf dem Weg in die Chefetage bekamen Dirks und Breithammer auch einen Eindruck von den anderen Arbeitsräumen. Der Kicker- und der Billardtisch wirkten dabei noch am normalsten.

„In den kugelförmigen Sesseln ist man vollkommen von der Umgebung abgeschirmt", erklärte Jeanette. „Wenn man mal seine Ruhe haben und für sich alleine sein will, zieht man sich dorthin zurück."

„So einen bräuchte ich auch“, sagte Dirks. „Und das Smalland finde ich auch klasse. Sehr fortschrittlich, dass man seine kleinen Kinder mit in die Firma bringen darf.“ Sie deutete in einen Raum voller Schaumstoffwürfel und bunter Holzbauklötze.

„Das ist doch nicht für Kinder!“ Jeanette lachte herzlich über diesen offenbar völlig abwegigen Gedanken. „Wir arbeiten hier mit den modernsten Kreativtechniken. Wir wollen schließlich unser volles Potenzial nutzen.“

„Habe ich das Schild da richtig gelesen?“, fragte Breithammer. „Ihr bietet auch Massagen für die Mitarbeiter an?“

„Habt ihr das in eurer Firma etwa nicht?“

„Du musst den Newsletter besser lesen, Oskar“, sagte Dirks. „Das wollen sie einführen, sobald der Berliner Großflughafen eröffnet wird.“

Von Kevin Eilers' Büro aus hatte man einen herrlichen Blick über die Weser. Der Firmenchef trug einen teuren dunklen Anzug, aber keine Krawatte. Er lächelte, als er die Kommissare begrüßte, doch besonders im Vergleich mit Jeanette wirkten seine Gesichtszüge streng und kalt. Seine dunklen Haare waren fast militärisch kurz geschnitten und seine Augen strahlten eisblau.

Diesen Mann wollte Dirks nicht duzen. „Eine schöne Firma haben Sie, Herr Eilers. Ihre Angestellten müssen sich sehr wohl fühlen.“

„Happy Employee, happy Portemonnaie.“ Eilers grinste jovial. „Aber Scherz beiseite. Im IT-Bereich herrscht ein ständiger Wettbewerb um die besten Leute. Wenn man da keine entsprechenden Leistungen bietet, hat man von Anfang an verloren. Die Mitarbeiter sind der größte Wert von *Delta Tec*.“ Er ging zum

Schreibtisch und ließ sich auf seinem Chefsessel nieder. „Also, worum geht es?“, fragte er, als ob ihm das Dirks nicht schon am Telefon gesagt hätte.

„Mark Mascher ist ermordet worden. Sie haben seine Firma 2011 übernommen. Wir hätten gerne Einblick in die Firmenunterlagen von damals.“

Eilers formte mit seinen Händen eine Denkerpyramide. „Sechs Jahre. Das ist in der Hightech-Branche eine Ewigkeit.“

„Ich gehe trotzdem davon aus, dass Sie so weit zurückdenken können.“

„Wir sind auf die Zukunft ausgerichtet, Frau Dirks.“

„Und welchen Beitrag hat die *MarkMascherCom* für die Zukunft von *Delta Tec* geleistet?“

„Sie glauben wohl, die *MarkMascherCom* war unser einziger Zukauf. In den letzten Jahren haben wir sicherlich ein Dutzend Start-ups übernommen. Und die meisten waren größer und wichtiger.“

Dirks blitzte Eilers zornig an. Es war klar, dass er ihr auswich. Leider war sie auf seine freiwillige Mitarbeit angewiesen. Sie konnte ihn nicht zwingen, die Unterlagen herauszugeben und würde sie das versuchen, könnten seine Anwälte das bis zum Sankt-Nimmerleins-Tag herauszögern.

Eilers schien über das alles sehr amüsiert.

„Warum lassen Sie uns extra hierherkommen, wenn Sie uns sowieso nicht weiterhelfen wollen? Am Telefon haben Sie mir noch zugesagt, mit uns zusammenzuarbeiten.“

„Ich wollte mal eine Kriminalhauptkommissarin kennenlernen. Schließlich wird Ihr Gehalt auch von meinen Steuern bezahlt.“

Dirks verabscheute Eilers' Grinsen. *Wollte er uns von*

Anfang an keine Auskunft geben, oder hat er seine Meinung geändert, nachdem er sich erkundigt hat, um welche Firma es genau ging?

Eilers drückte einen Knopf auf seinem Schreibtisch. „Jeanette - bitte begleite unsere Gäste wieder nach draußen."

„Aber Herr Eilers …", begann Breithammer.

„Genug!" Der Firmenchef drehte sich in seinem Sessel und blickte über die Weser.

Dirks war wütend über diese Abfuhr, aber sie mussten das akzeptieren. Sie folgten Jeanette zurück und die Empfangsdame fühlte sich durch die angespannte Atmosphäre merklich unwohl. *Dann lässt sie sich halt eine Massage geben, wenn ich weg bin.* Dirks stutzte. Eine Sache hatte ihr der Firmenchef doch verraten. Er war immer auf der Suche nach den besten IT-Leuten. Wäre es vielleicht möglich, dass Eilers beim Kauf von *MarkMascherCom* nicht nur die Softwarelizenzen übernommen hatte? Sie blieb stehen.

„Was ist los?", fragte Breithammer.

Dirks holte die Fotografie von Mark und Freddie hervor und zeigte sie Jeanette. „Kennst du diesen Mann?" Sie deutete auf Freddie.

Jeanette nickte. „Das ist Alf."

„Alf?"

„Eigentlich heißt er Alfred." Jeanette klang leicht genervt. „Er will, dass man ihn Freddie nennt, aber alle nennen ihn Alf."

Sehr kollegial, dachte Dirks sarkastisch. „Wo ist sein Arbeitsplatz? Wir würden uns sehr gerne mit ihm unterhalten."

Jeanette führte sie in einen Raum mit mehreren Computerarbeitsplätzen, von denen im Moment nur einer besetzt war. Der Mann hatte ein schmales Gesicht und auf seiner spitzen Nase ruhte eine große Brille, die so dreckig war, dass er eigentlich gar nichts sehen dürfte.

„Hallo, Torsten", begrüßte Jeanette ihn.

Torsten hob seine Hand zum High-Five, aber niemand klatschte sie ab.

„Hier sitzt Alf normalerweise und programmiert." Jeanette zeigte auf einen alten Bürostuhl, dessen schwarzes Kunstleder schon an einigen Stellen aufgebrochen war. „Eigentlich ist er um diese Zeit auch immer noch da."

Freddies Arbeitsplatz sah nicht gerade einladend aus, was vor allem an den Pizzakrümeln lag, die an den Rückständen von Cola klebten. An seinem Monitor hing ein ausgetrockneter Duftbaum und die eigentlich matte Tastatur glänzte durch die häufige Benutzung. Im Papierkorb lagen ausschließlich Packungsreste von Schokoladenriegeln. *KitKat Chunky mit Erdnussbutter.* Dirks wäre froh, den mal im Automaten vom Pausenraum zu finden.

„Kevin hält große Stücke auf Alf, aber die anderen meiden ihn. In der Kantine sitzt er immer alleine, wenn er überhaupt kommt."

Torsten schaltete sich ungefragt in das Gespräch ein. „Er ernährt sich hauptsächlich von Schokolade, aber irgendwo muss das Fett in seinen Haaren ja herkommen." Torsten war offensichtlich der Typ in der Firma, der vor allem durch schlechte Witze glänzte.

„Weißt du, wo Freddie gerade ist?", fragte Dirks ihn.

Torsten zuckte mit den Schultern. „Vielleicht macht er Homeoffice. Er ist schon die ganze Woche nicht gekommen."

Dirks horchte auf. „Wann genau hast du ihn das letzte Mal gesehen?“

„Freitag.“ Torsten hob erneut die Hand zum High-Five. „Und dann ist Wochenende!“

Dirks blickte zu Breithammer und wusste, dass er dasselbe dachte. Über Torsten und über Freddie. *Es kann kein Zufall sein, dass Freddie seit Samstag nicht mehr zur Arbeit gekommen ist.*

18. Freddie

Obwohl man sich in der Firma nur mit Vornamen ansprach, konnte Torsten ihnen auch Freddies Nachnamen sagen und er wusste sogar, wo er wohnte, denn Freddie hatte ihn einmal zum Geburtstag eingeladen. Dirks rief bei der Bremer Kriminalpolizei an und bat um ihre Mithilfe. Zwanzig Minuten später trafen Dirks und Breithammer die Kollegen zusammen mit einem Schlüsseldienst vor einem Mietshaus im Bremer Stadtteil Hohentor.

„Alfred Sander." Dirks las sich die Klingelschilder durch. „Dritter Stock."

„Vielleicht liegt er ja nur mit Fieber im Bett." Breithammer klang wenig überzeugend.

„Das werden wir ja gleich sehen." Dirks drückte den Klingelknopf.

Es gab keine Reaktion, auch als Dirks ein zweites Mal läutete.

Der Mann vom Schlüsseldienst blickte sie erwartungsfreudig an.

„In den Hausflur kommen wir auch so." Dirks drückte auf den Knopf unter Sander.

Sie wollte gerade eine weitere Klingel ausprobieren, da rauschte die Gegensprechanlage auf. „Wer ist denn da?", fragte neugierig eine ältere Dame.

„Kriminalpolizei", antwortete Dirks. „Bitte öffnen Sie uns die Haustür."

„Ich bin aber schon Mitglied in einer Kirche."

Diese Antwort hatte Dirks noch nie bekommen. „Es geht nicht um Sie. Es geht um Ihren Nachbarn Herrn Sander."

„Ach so. Na, dem wird es guttun, wenn ihn mal jemand besucht." Der Türsummer brummte und Breithammer drückte die Haustür auf. Dirks zog ihre Pistole. Es war besser, auf alles vorbereitet zu sein.

Im dritten Stock klingelte Dirks erneut bei Freddie und klopfte laut gegen die Wohnungstür. „Herr Sander! Wenn Sie da sind, dann öffnen Sie!"

Keine Antwort.

„Jetzt sind Sie dran." Dirks nickte dem Mann vom Schlüsseldienst zu.

Freddies Tür ließ sich nicht so leicht öffnen wie die von Mark, der Programmierer hatte mehrmals abgeschlossen. „Ich kann das Schloss aufbohren oder eine Methode benutzen, bei der Sie wegschauen müssen", sagte der Türöffnungsspezialist.

„Machen Sie das, was schneller geht."

Sie mussten nicht lange wegschauen. Breithammer ging mit gezückter Waffe voran. „Das Wohnzimmer ist sicher", rief er. Die Bremer Kollegen überprüften die anderen Räume.

Freddies Wohnzimmer war genauso einladend wie sein Arbeitsplatz in der Firma. Auf dem Boden lagen mehr Pizzakartons, als Dirks in ihrem ganzen Leben bestellen würde. Überall lag irgendwelches Zeug, man wusste gar nicht, wo man hintreten sollte.

„Sieh dir das an." Breithammer deutete auf den Couchtisch. „Freddie hat aus Schokoriegeln einen Jenga-Turm gebaut."

„Wir haben jetzt keine Zeit zum Spielen." Dirks schaute in das Bücherregal. Es war voll mit Comics, viele von der Art, wie Freddie Mark einen geschenkt hatte.

Einer der beiden Bremer Kollegen erschien in der Tür.

„Sie sollten sich unbedingt mal das Schlafzimmer ansehen."

Dirks folgte ihm. „Ach, du Riesenschiet!" Was sie sah, verschlug ihr den Atem. Sie war einerseits angeekelt, andererseits verspürte sie große Traurigkeit. Alle Wände und sogar der Schlafzimmerschrank waren voll gehängt mit Bildern von barbusigen Frauen. Alle besaßen höchst unterschiedliche Körpermerkmale, trotzdem hatten alle den Kopf von Imke Dreyer. Manchmal passte er besser, manchmal weniger gut und einmal klebte er sogar auf der blauen Frau von *Avatar*.

„Die Bilder hat er wahrscheinlich aus dem Internet ausgedruckt." Breithammer trat neben sie. „Und Imkes Köpfe hat er einfach darüber geklebt."

„Wo sind die Fotos, aus denen er die Köpfe ausgeschnitten hat?"

Breithammer deutete auf einen kleinen Klapptisch in der Ecke. Darauf lagen eine bunte Bastelschere und ein Pritt-Klebestift. Daneben stand ein Aktenordner und es gab einen Stapel mit Ausdrucken von Fotos.

„Warum hat er das mit seinen Händen gemacht?", fragte Breithammer. „Ich meine: Er ist Computerspezialist. Warum nimmt er dafür nicht Photoshop?"

„Vielleicht will er sich mit dieser Tätigkeit bewusst von seiner Computerwelt abgrenzen", entgegnete Dirks. „Oder es handelt sich um eine alte Angewohnheit, die bis in seine Kindheit zurückreicht. Solch eine bunte Bastelschere ist wahrscheinlich nicht gerade angenehm für Freddies dicke Finger, trotzdem benutzt er sie." Dirks nahm den Papierstapel mit den Fotoausdrucken in die Hand. Sie zeigten Imke in ihrem Auto, Imke an der Nordsee, eine junge Imke mit ihren Eltern, Imke bei der Einschulung, Klein-Imke beim Kindergeburtstag.

„Wo hat er all diese Fotos her?", fragte Breithammer. „Hat ihm Imke etwa eine Foto-CD von sich selbst geschenkt? Aber solche Bilder sind doch viel zu privat, um sie einfach so weiterzugeben!"

Dirks blätterte den Stapel weiter durch und kam zu einer anderen Fotoserie.

„Riesenschiet hoch drei", fluchte Breithammer.

Dirks' Puls beschleunigte sich. Auf diesen Fotos war Imke zusammen mit Mark zu sehen. Doch Marks Gesicht war entstellt, auf jedem Bild hatte ihm Freddie mit einem Kugelschreiber die Augen durchgestrichen, manchmal so intensiv, dass ein Loch im Fotopapier entstanden war.

„Mal sehen, was er hier drin gesammelt hat." Breithammer legte den Aktenordner auf den Tisch und klappte ihn auf.

Der Ordner war ordentlich in unterschiedliche Abschnitte unterteilt. Auf der obersten Registerkarte stand „Bestellungen", darunter „E-Mails", dann „Facebook", gefolgt von „Playlists" und „Kontoauszüge". Breithammer öffnete den ersten Reiter. Der Teil enthielt die Ausdrucke von einem bunten Frühlingskleid, einem Paar schwarzer Lacklederstiefel und einem Set roter Spitzen-Unterwäsche, alles samt Preis und Größenangabe. Es folgten zwei Bücher: ein Liebesroman und *Astro-Logisch: Großes wagen mit dem Großen Wagen*.

„Das sind alles Imkes Bestellungen." Breithammer schlug die Registerkarte „Playlists" auf, die Screenshots von Ordnern mit Musikdateien enthielt. „Freddie hat Imkes Computer gehackt! Er hat Zugriff auf all ihre persönlichen Dateien und so ist er auch an ihre privaten Fotos gekommen. Außerdem beobachtet er all ihre

Online-Aktivitäten, seien es Bestellungen, E-Mails oder YouTube-Videos."

„Wenn er ihre E-Mails mitgelesen hat, dann wusste er auch, dass sie am Samstag um 10:00 Uhr mit Graia verabredet war", sagte Dirks. „Imke hat in der E-Mail außerdem geschrieben, dass sie mit Graia über ihre Beziehung mit Mark reden wollte."

„Okay ...", Breithammer drehte sich zu ihr, „wie genau haben wir uns das vorzustellen?"

„Beginnen wir bei den Verhältnissen in Marks Computerfirma", fasste Dirks zusammen. „Mark war der Chef, Imke seine Assistentin und Freddie der geniale Programmierer. Freddie war mit Mark befreundet und hat für Imke geschwärmt."

„Glaubst du, Imke hat mitbekommen, dass Freddie sie mochte? Wusste Mark davon?"

„Jedenfalls kamen Mark und Imke irgendwann zusammen. Das muss ein Schock für Freddie gewesen sein. Wahrscheinlich hat er sich von seinem besten Freund hintergangen gefühlt. Das war gewiss nicht gut fürs Betriebsklima."

„Vielleicht hat Mark die Firma deshalb verkauft", mutmaßte Breithammer, „weil sich Privatleben und Geschäft so sehr miteinander vermischt haben, dass plötzlich alles auseinandergebrochen ist."

„Und wann haben sich Mark und Imke getrennt? Vor dem Verkauf oder danach?"

„Wichtig ist vor allem, *dass* sie sich getrennt haben. Dadurch gewinnt Freddie die Hoffnung, dass Imke sich vielleicht doch noch irgendwann für ihn entscheidet."

Dirks nickte. „Nach dem Firmenverkauf arbeitet Freddie für *Delta Tec* und lebt in Bremen. Er bleibt von Imke besessen und nimmt über seinen Computer an ihrem Leben teil. Am Freitagabend liest er den E-Mailverkehr zwischen Imke und Graia. Als Freddie realisiert, dass sich Imke erneut für Mark entschieden hat, dreht er durch. Das ist der Auslöser dafür, dass er Imke entführt und Mark ermordet." Dirks nahm ihr Telefon und rief in der Zentrale an. „Großfahndung nach Alfred Sander", wies sie die Kollegen an. „Sein Handy muss geortet werden und sein Auto muss gesucht werden. Ich schicke euch seine Meldeadresse und sein Foto." Danach ließ sie sich mit der Spurensicherung verbinden. „Andreas? Klasse, dass du noch im Büro bist. Ich brauche dich in Bremen. Du musst hier den Computer des Täters untersuchen. Ich will eine Übersicht von allem Material, das er zu Imke Dreyer gesammelt hat." Sie legte auf.

„Wo könnte Freddie Imke festhalten?", fragte Breithammer.

„Das müssen wir möglichst schnell herausfinden." Dirks überlegte. „Ich glaube nicht, dass er sie hier in Bremen eingesperrt hat, hier sind wir zu weit vom Tatort entfernt. Vielleicht hat er sich eine Ferienwohnung an der Küste gemietet! Versuch mal, ob du dir an seinem Computer die E-Mails ansehen kannst."

Was gab es noch für eine Möglichkeit, etwas über ein Versteck herauszufinden? Vielleicht war es ja eine Ferienwohnung, die er regelmäßig anmietete und schon kannte. Wo könnte Freddie dazu Unterlagen aufbewahren?

Oder er ist gar nicht an dem Ort, wo er Imke gefangen hält? Aber wo war Freddie dann?

Dirks' Blick fiel erneut auf den Basteltisch. Darunter stand ein Papierkorb. Sie beugte sich hinunter und holte die Fotos heraus, bei denen Freddie als Letztes Imkes Köpfe ausgeschnitten hatte. Auf dem ersten Bild war nur Imke zu sehen, beziehungsweise ein Teil ihres Körpers, darüber prangte ja ein Loch. Auf dem nächsten Foto war allerdings wieder ein Mann, dem Freddie die Augen durchgestrichen hatte. Diesmal handelte es sich jedoch nicht um Mark Mascher. Dirks schluckte. *Harke Krayenborg.*

19. Rettungsaktion

Einen Moment lang war Dirks wie gelähmt. Würde Harke Freddies nächstes Opfer sein? Das war natürlich naheliegend, der Graveur war schließlich ebenfalls mit Imke zusammen gewesen.

„Können wir noch etwas tun?", fragte einer der Bremer Kollegen.

„Diese Wohnung muss überwacht werden, falls Freddie zurückkommt." Dirks bemühte sich, klar zu denken. *Es darf auf keinen Fall einen weiteren Kopf geben. Wir müssen Freddie vorher finden.* Ihre Hand zitterte, während sie Harke Krayenborgs Nummer in ihr Telefon eingab.

Es klingelte dreimal, dann meldete sich die Mailbox. Dirks legte auf. *Übertreibe ich nicht?* Ihre Angst war gewiss unbegründet, Krayenborg war nur in seine Arbeit vertieft, deshalb ging er nicht ans Telefon. Doch es gelang ihr nicht, sich selbst zu beruhigen.

Dirks wählte erneut Krayenborgs Nummer. Wieder spulte der Anrufbeantworter seine Grußbotschaft ab. Diesmal hinterließ Dirks eine Nachricht nach dem Piepton. „Herr Krayenborg, hier ist Kriminalhauptkommissarin Dirks. Hören Sie: Es kann sein, dass es der Mörder von Mark auch auf Sie abgesehen hat. Wenn Sie zuhause sind, schließen Sie sich ein, wenn Sie unterwegs sind, suchen Sie die Gemeinschaft anderer Menschen. Ich werde einen Streifenwagen zu Ihrem Haus schicken. Oder dorthin, wo Sie sich gerade aufhalten. Bitte rufen Sie mich umgehend zurück, sobald Sie diese Nachricht hören."

Breithammer kam ins Schlafzimmer. „Was ist los?",

fragte er besorgt.

„Sag bloß, du hast eine gute Nachricht für mich", entgegnete Dirks.

Breithammer grinste. „Freddies Computer habe ich mir noch nicht angeguckt. Dafür habe ich etwas in seinem normalen Postkorb entdeckt." Er hielt einen Brief hoch.

„Was ist das?"

„Die Rechnung für eine Gebäudeversicherung. Für ein Haus in Werdum."

Dirks schaltete schnell. „Freddie muss sich gar keine Wohnung in Ostfriesland mieten. Er besitzt dort selbst ein Ferienhaus!" Sie drückte die Schnellwahltaste zur Zentrale in Aurich. „Dann werden wir mal wieder das Einsatzkommando zusammentrommeln."

*

Liebes Tagebuch.

Sie haben Neri vergewaltigt. Sie wollte gar nicht an einer Demonstration teilnehmen, sie war nur auf dem Nachhauseweg von der Arbeit. Irgendwie kam sie dabei an einer Gruppe von Frauen vorbei und ist mit ihnen mitgelaufen. Genau wie in dem Video, das ich gesehen habe, wurden die Frauen voneinander getrennt und mehrere Männer haben sich an ihr vergangen.

Ich weiß nicht, wie Neri es bis nach Hause geschafft hat. Ihre Augen sind tot. Da ist kein Leben mehr und keine Freude, aber trotzdem versucht sie zu lächeln, wenn sie mich sieht.

Sie sagt, sie gehöre zu diesem verfluchten Land, ich jedoch nicht. Ich hätte die Chance, es zu verlassen.

Ich sollte ihren Nachttischschrank öffnen und einen Briefumschlag herausholen. In dem Umschlag befanden sich meine Ausweisdokumente, meine Geburtsurkunde und der Ausweis, den meine Mutter für mich aufgehoben hatte.

Neri erzählte mir, der Cousin ihrer Freundin wäre ein Fußballspieler und würde über internationale Kontakte verfügen. Er hätte sich nach der aktuellen Adresse erkundigt und sogar eine E-Mailadresse bekommen.

Ich habe Neri geantwortet, dass ich jetzt nicht dieses Land verlassen kann. Niemand hätte gedacht, dass solch eine Revolution möglich wäre, aber nun würde etwas Großes geschehen.

Neri sagte, falls ich das wirklich glauben würde, wäre ich dumm. Wenn beim Schachspiel der König fällt, dann hat man gewonnen, aber die Wirklichkeit würde anders funktionieren. Wenn in der Wirklichkeit der König fällt, dann werden einfach die Spielregeln geändert und die Soldaten übernehmen die Macht.

„Deine Mutter hat alles dafür riskiert, um dir diese Möglichkeit zu geben", hat Neri gesagt. „Und ich kann mich jetzt nicht mehr um dich kümmern. Versprich mir, dass du es wenigstens versuchst." Sie hat meine Hand gegriffen und erst wieder losgelassen, nachdem ich ihr das versprochen habe.

Ich weine um Neri und die Tränen tropfen auf das Papier. Aber ich versuche auf meinen Verstand zu hören. Meinen Blog kann ich von überall aus weiterführen. Vielleicht kann ich sogar mehr bewirken, wenn ich woanders bin und mehr Möglichkeiten habe. Und finanziell hat es Neri auch leichter, wenn sie mich nicht mehr durchfüttern muss.

Aber ich habe Angst. Ich habe Angst, an diese E-Mailadresse zu schreiben. Mehr Angst als vor der Geheimpolizei? Das kann nicht sein. Aber was ist, wenn er nichts mit mir zu tun haben will? Was, wenn er mich ablehnt?

*

Um 20:13 Uhr nahmen alle Einsatzkräfte ihre Position bei Freddies Ferienhaus in Werdum ein. Große Wolken schoben sich vor den Mond und so gab es hauptsächlich das trübe Licht der Laternen auf der anderen Straßenseite. Diesmal trugen auch Dirks und Breithammer kugelsichere Westen und Helme. Sie stellten sich mit dem Rücken an die Wand neben die Tür, die Pistolen im Anschlag.

Genau um 20:15 Uhr wollten sie zuschlagen. Dirks hoffte, dass sie auf diese Weise auch am wenigsten Aufmerksamkeit von den Anwohnern erhalten würden, denn es war ja Hauptsendezeit im Fernsehen. Nach der Tagesschau wurde ein Fußballländerspiel übertragen, das dürfte für genug Ablenkung sorgen.

Dirks drehte ihren Kopf nach rechts und konnte in das Wohnzimmer des Nachbarhauses sehen. Sie erkannte die Rückseite eines Sessels und im Fernseher lief der Wetterbericht. *Jendrik wird auch gerade auf der Couch sitzen. Mit zwei Flaschen Pils und einer Tüte Chips.*

Es knackte in ihrem rechten Ohr. „Noch eine Minute", meldete Saatweber. Er saß im Einsatzwagen, der diagonal vor dem Haus geparkt war.

Dirks schaute wieder nach vorne und versuchte, ihren Atem zu beruhigen. „Gibt es etwas Neues von Krayenborg?", flüsterte sie in das Funkgerät. Der Graveur hatte sie immer noch nicht zurückgerufen. Vor seinem Haus wartete mittlerweile ein Polizeiwagen und die Kollegen standen in Verbindung mit Saatweber.

„Nein", rauschte es in Dirks' Ohr. „Krayenborgs Haus ist immer noch dunkel."

Ist es vielleicht schon zu spät?, dachte Dirks. Sollten sich die Polizisten nicht Zugriff zum Haus des Graveurs verschaffen, um nach Harke zu suchen? Sie schob diesen Gedanken beiseite. Jetzt ging es erst mal darum, Freddies Haus zu stürmen und Imke zu befreien. *Hoffentlich geht es ihr einigermaßen gut.* Was hatte Freddie wohl mit ihr angestellt? Am besten stellte sie sich das lieber nicht vor.

Ein Kollege vom Einsatzteam hinter Freddies Haus schaltete sich in den Funkverkehr ein. „Könnt ihr bei uns etwas erkennen?"

„Negativ." Das Funkgerät knisterte. „In keinem Raum brennt Licht, es ist niemand zu sehen."

Dirks wusste nicht, ob das ein gutes oder ein schlechtes Zeichen war. Freddies BMW stand zwar nicht in der Einfahrt, aber er könnte sich auch in der Garage befinden, deren Tor verschlossen war. „Wir gehen davon aus, dass Sander alleine arbeitet", sagte Dirks. „Er ist kein Athlet und seine Kampferfahrung erstreckt sich nur auf Computerspiele. Trotzdem bringt er einiges an Körpermasse mit. Wir dürfen auf keinen Fall leichtsinnig sein."

„Zwanzig Sekunden", verkündete Saatweber.

Dirks blickte wieder in das Wohnzimmer des Nachbarn. Der Nachrichtensprecher verabschiedete sich gerade und eine Gestalt erhob sich vom Sessel. Sollte der Mann zu seinem Fenster gehen, würde er gleich etwas erleben. Sie würden sich nicht erst ankündigen, sondern sofort das Türschloss sprengen. Freddie durfte auf keinen Fall die Möglichkeit erhalten, Imke umzubringen.

„Zehn Sekunden."

Dirks zählte innerlich mit. Bei „Drei" erklang wieder Saatwebers Stimme. „Zwei, Eins – Zugriff!"

Ein Polizist setzte den Sprengsatz und ging in

Deckung. Kurz darauf gab es die Explosion. Der Polizist stieß die Haustür auf und lief zügig ins Haus, Dirks stellte ihre Helmlampe an und folgte ihm.

Sie sah einen überdimensionalen Filzpantoffel gefüllt mit Hausschuhen. Die Garderobe war dagegen leer genauso wie der Schuhständer. Dann kam sie schon ins geräumige Wohnzimmer. Es gab eine große Sitzecke und einen sauberen Kamin. Rechts führte eine Holztreppe zu einer Galerie, der Kollege ging nach oben.

Kurz darauf trafen sich in der Stube mehrere Lichter. Sie stammten vom Einsatzteam, das von der Rückseite her ins Haus eingedrungen war. „Die Schlafräume sind leer", meldete einer von ihnen.

„Die Küche ist sicher!", rief ein anderer.

„Oben ist auch niemand", klang es aus dem zweiten Stock.

Dirks senkte ihre Waffe.

„Ich mache mal das richtige Licht an", sagte Breithammer und man hörte das Klicken eines Lichtschalters. Nichts passierte.

„Du musst erst die Hauptsicherung einschalten." Dirks verbarg ihre Enttäuschung nicht. „Das hier ist einfach nur ein unbewohntes Ferienhaus." Sie nahm den Helm ab und spürte die kühle muffige Luft eines ungeheizten Zimmers, das lange nicht gelüftet worden war.

„Vielleicht gibt es ja noch einen geheimen Raum, oder Imke ist in der Garage eingesperrt." Breithammer wollte noch nicht aufgeben. „Oder wir sind bei der falschen Adresse."

„Achtung!", rief Saatweber per Funk. „Ein Auto fährt vor. Ein schwarzer BMW."

„Sofort alle Lampen aus und jeder sucht sich ein Versteck!“, befahl Dirks.

Der Kollege im zweiten Stock ging hinter der Galerie in Deckung, die beiden unten duckten sich hinter die Sessel, Breithammer und Dirks verschwanden im Flur, der zu den hinteren Schlafzimmern führte.

Es knackte in ihrem Ohr. „Der BMW biegt in die Einfahrt ein. Es steigen zwei Personen aus. Ein dicker Mann und eine dünne Frau.“

Freddie und Imke, dachte Dirks. Das Mondlicht schien jetzt etwas heller ins Wohnzimmer, offenbar nahm die Bewölkung ab.

„Der Mann und die Frau öffnen den Kofferraum und holen Gepäck heraus“, berichtete Saatweber über das Funkgerät. „Bei Krayenborg gibt es übrigens noch keine Veränderung, Diederike.“

„Danke“, flüsterte Dirks. *Ist das ein gutes oder ein schlechtes Zeichen?*

Von draußen drang ein leises kollektives Jubelgeräusch zu ihnen.

„Beim Länderspiel hat Deutschland gerade ein Tor geschossen“, berichtete Saatweber. „Müller war's.“

Einer der Polizisten hinter dem Sessel ballte seine Faust vor Freude.

Dirks fragte sich, mit wie vielen Funkkanälen Saatweber noch verbunden war, und hoffte, dass er sie nicht durcheinanderbringen würde. Nicht, dass er ihnen plötzlich die Gutenachtgeschichte für seine Kinder vorlas.

„Der Mann und die Frau gehen zur Haustür. Er kramt seinen Schlüssel hervor - aber jetzt sieht er das gesprengte Türschloss.“

Verdammt.

Die Stimmen des Pärchens drangen gedämpft zu ihnen. „Was ist denn hier los?“, fragte der Mann.

„Sei vorsichtig, Schmetterling!“, sagte die Frau.

Die beiden kamen hinein.

„Mach das Licht an!“, forderte die Frau.

„Moment.“ Der Mann schnaufte vor Anstrengung. Er öffnete den Sicherungskasten und legte den Schalter für die Hauptsicherung um. Kurz darauf wurde es hell im Haus.

„Willst du nicht lieber die Polizei rufen?“, schlug die Frau vor.

„Zugriff!“, brüllte Dirks.

Fünf Polizisten in Kampfmontur sprangen aus ihren Verstecken und richteten ihre Waffen auf das Pärchen. Der Dicke war nicht Alfred Sander und die Frau war nicht Imke Dreyer.

„Wer sind Sie?“, rief Dirks.

„Wir haben dieses Haus für eine Woche gemietet.“ Der Mann war kreideweiß und schnaufte noch heftiger als zuvor. Wahrscheinlich konnte man von Glück reden, dass er keinen Herzinfarkt erlitten hatte. „Und wer sind Sie?“

„Wir haben dieses Haus nur überprüft.“ Dirks steckte ihre Waffe wieder ein. „Sie müssen sich keine Sorgen machen. Es ist alles sauber.“ Sie wandte sich an Breithammer. „Bitte nimm du ihre Aussage auf. Ich muss dringend mal frische Luft schnappen.“

Dirks war froh, dass Saatweber eine große Thermoskanne mit Kaffee im Einsatzwagen hatte. Er schwieg verständnisvoll, als sie sich einfach nur auf die Stoßstange des Kleintransporters setzte und geradeaus starrte. Aus den umliegenden Häusern jubelte es erneut, aber das munterte sie nicht auf. Sie wollte auch gar nicht wissen, wer diesmal das Tor geschossen hatte.

Breithammer kam zu ihr und erstattete Bericht. „Sie haben das Haus schon mehrmals gemietet. Sander hat den beiden vor zwei Wochen den Schlüssel per Post geschickt. Offenbar kennen sich alle aus einem Online-Fantasy-Spiel und der gemeinsame Kampf gegen einen Drachen hat sie zusammengeschweißt. Alfred Sander ist bei dem Spiel eine geschmeidige Amazone, der dicke Mann eine zarte blonde Elfe und die Frau ein fetter brauner Oger mit giftgrünem Horn."

„Hast du noch mehr Informationen, die niemand braucht?" Dirks starrte geradeaus. „Ich habe wirklich geglaubt, dass wir Imke retten könnten. Ich wollte sie unbedingt retten, verstehst du, Oskar?"

„Noch ist es nicht vorbei."

Dirks rieb sich angestrengt die Stirn. „Ich kapiere das nicht. Es würde für Freddie doch Sinn ergeben, Imke hier festzuhalten."

„Nicht, wenn er das Haus schon an seine Online-Freunde vermietet hat."

„Also hält er Imke doch woanders fest. Dann müssen wir noch mal seine Wohnung auf den Kopf stellen. Und wir brauchen möglichst schnell all seine Kreditkartendaten." Dirks seufzte. „Die Ortung von Freddies Smartphone hat leider nichts ergeben."

„Vielleicht findet Altmann ja auch etwas Hilfreiches auf Sanders Computer", meinte Breithammer.

Dirks wollte ihn gerade anrufen, da klingelte ihr Telefon. Es war tatsächlich der Leiter der Spurensicherung. Eilig ging sie ran. „Bitte sag mir, dass ihr auf Freddies PC die Adresse eines zweiten Hauses gefunden habt."

„Ich rufe tatsächlich an, weil ich etwas auf Sanders

Computer gefunden habe", sagte Altmann. „Aber es ist keine Adresse."

Dirks atmete enttäuscht aus. „Und was habt ihr gefunden?"

„Eine Film-Datei. Und zwar die Aufzeichnung eines Videoanrufs."

„Okay. Und was ist das für ein Anruf?"

„Sieh es dir am besten selbst an. Ich schicke dir die Videodatei an dein Smartphone."

Dirks wartete ungeduldig, bis ihr Telefon die Datei empfangen hatte. Dazu hatte Altmann einen kurzen Text geschrieben. „Der Anruf stammt von letztem Sonntag um 20:37 Uhr."

„Nun mach schon auf!", forderte Breithammer.

Dirks öffnete das Video. Darauf war Imke Dreyer zu sehen.

„Imke!" Die Stimme des Mannes klang freudig überrascht. *„Du bist es wirklich!"*

Sie lächelte entspannt. *„Wie schön, dich zu sehen, Freddie! Es ist lange her."*

„Viel zu lange." Freddies Aufregung war deutlich zu spüren. *„Wie geht es dir?"*

„Gut. Aber ich habe nicht viel Zeit. Können wir uns treffen? Ich brauche deine Hilfe!"

„Bist du – bist du wirklich wieder mit Mark zusammen?"

„Mark ist kein Problem mehr." Imkes Gesichtsausdruck war hart. *„Er ist tot."*

„Tot?" Freddie klang nicht unglücklich. *„Wie ist das passiert?"*

„Ich werde dir alles erklären, wenn wir uns sehen. Bitte komme um Mitternacht nach Bensersiel zum Fähranleger."

„In Ordnung. Ich fahre sofort los."

20. Betrogen

Dirks konnte nicht glauben, was sie da gerade gesehen und gehört hatte. Das konnte doch unmöglich wahr sein! Hilfesuchend blickte sie von Breithammer zu Saatweber. Auch sie waren verwirrt. Sie spielte das Video ein zweites Mal ab, doch das festigte nur den Eindruck, den sie schon beim ersten Mal gewonnen hatte. „Imke ist nicht das Opfer, sondern die Täterin."

„Das Video muss genauestens analysiert werden!", forderte Saatweber.

„Auf mich hat es sehr authentisch gewirkt", sagte Breithammer.

„Zeichnet Sander denn all seine Videoanrufe auf?", fragte Saatweber. „Ich wusste gar nicht, dass das überhaupt geht."

„Das ist wie ein Screenshot, bloß von einem Video", erklärte Breithammer. „Wenn man ein entsprechendes Programm installiert hat, muss man dazu nur einen Knopf drücken. Freddie war besessen von Imke, er hat alles gesammelt, was mit ihr zu tun hat. Da passt es auch, dass er es sofort aufzeichnet, wenn sie ihn mal per Webcam anruft."

„Aber warum ruft Imke ihn an?" Dirks lief ziellos hin und her. „Was will sie von ihm? Warum ermordet sie Mark? Was soll das Ganze?"

„Freddie ist ein Computerspezialist. Wenn sie seine Hilfe braucht, dann muss das irgendetwas mit einem Computer zu tun haben", mutmaßte Breithammer.

Dirks schüttelte ungläubig den Kopf. Alles hatte sich umgedreht. Plötzlich war nicht nur Imke die Täterin, sondern auch Freddie das Opfer. *Oder hilft er ihr freiwillig? Ist das hier die Erfüllung seiner Träume? Nein. Selbst wenn Imke ihm vorgaukelt, dass er eine Zukunft mit ihr hätte, wird sie solch ein Versprechen niemals einlösen. Wenn sie Mark den Kopf abgehackt und die Augen entfernt hat, wird sie mit Freddie nicht zimperlich sein. Wahrscheinlich werden wir seinen Kopf als Nächstes in einer Plastiktüte finden.*

„Das klingt jetzt vielleicht nicht gerade modern, aber ich verstehe nicht, wie eine Frau so etwas tun kann", sagte Breithammer. „Ich meine das mit dem Kopf. Sie hat Mark die Augen herausgenommen und außerdem noch die Ringfinger abgehackt. Folinde kann sich nicht mal das Gesicht von einem toten Fisch ansehen."

„Vielleicht arbeitet sie ja auch nicht alleine", mutmaßte Saatweber.

„Wir müssen bei den Fakten bleiben", mahnte Dirks. „Auch wenn die Fakten im Augenblick unklar scheinen. Jedenfalls können wir nicht einfach von einem Mittäter ausgehen, nur weil wir Imke solch einen Mord nicht zutrauen."

„Vielleicht hat sie es gerade deswegen gemacht", sagte Breithammer.

Dirks blickte ihn fragend an.

„Na ja – ist es nicht eine gute Tarnung, wenn man etwas tut, was niemand von einem erwartet?"

„Du meinst, sie hat den grausamen Mord inszeniert, um von sich selbst abzulenken?"

„Also, Imke ermordet Mark", führte Breithammer seinen Gedanken aus, „das Motiv ist zunächst zweitrangig. Was würde normalerweise passieren? Szenario eins: Man findet die Leiche und daran gibt es so viele Spuren, dass man schnell auf Imke als Täterin kommt. Szenario zwei: Die Leiche wird entsorgt und

Mark wird als vermisst gemeldet. Auch dann werden Imke unangenehme Fragen gestellt und sie würde bald als Verdächtige ins Visier genommen werden."

„Stattdessen entscheidet sich Imke für Szenario drei." Dirks nahm den Gedankengang auf. „Sie erzeugt den Eindruck, als ob Mark einem brutalen Serienmörder zum Opfer gefallen wäre, und taucht selbst unter. Dadurch erscheint sie ebenfalls als Opfer." Dirks war überrascht, wie viel Sinn das alles plötzlich ergab. „Sie hat sozusagen nach dem Prinzip 'Angriff ist die beste Verteidigung' gehandelt."

Breithammer nickte. „Irgendwann hätten wir den Fall eingestellt und Imke für tot erklärt. Vielleicht hat sie ja bei Mark so viel Geld erbeutet, dass sie sich ein solches Leben leisten kann."

„Oder sie taucht irgendwann wieder auf. Als Opfer eines unbekannten Täters könnte man sich unter Umständen herausreden. Wenn man es so darstellt, als sei man lediglich gefangen gehalten worden und habe nichts von seiner Umgebung mitbekommen, kann einem niemand so schnell das Gegenteil beweisen." Dirks und Breithammer blickten zu Saatweber, um zu hören, was er zu ihrer Theorie sagte.

„Trotzdem", behauptete der Staatsanwalt stur. „Trotzdem könnte es sein, dass Imke Dreyer mit jemandem zusammenarbeitet."

Dirks' Smartphone klingelte. War das etwa wieder Altmann mit einer neuen Überraschung? „Ja?", meldete sie sich.

„Moin. Hier ist Harke Krayenborg. Ich wollte Sie nur wissen lassen, dass ich gerade Ihre Nachricht gehört habe. Ich war bei einem Kunden in Hamburg und fahre jetzt zurück."

„Sehr gut." Wenigstens ein kleiner Stein fiel Dirks vom Herzen. An den Graveur hatte sie gar nicht mehr gedacht.

„Nett, dass Sie sich Sorgen um mich machen. Soll ich Sie auch anrufen, sobald ich zu Hause bin?"

„Nein, das ist nicht nötig."

„Schade. Ich dachte, Sie würden mich vielleicht sogar persönlich bewachen. Dann würde ich mich nämlich noch sicherer fühlen."

Was soll das denn bedeuten? Dirks hatte keinen Nerv mehr für Ego-Rätsel. „Die Gefahr ist für Sie vorbei, es besteht keine Notwendigkeit mehr für Personenschutz. Wir ziehen auch den Polizeiwagen vor Ihrer Tür ab." Dirks legte auf und merkte plötzlich, wie erschöpft sie war.

Saatweber blickte sie verständnisvoll an. „Es bringt jetzt nichts mehr, sich den Kopf zu zerbrechen. Ihr solltet euch ausruhen und morgen mit klarem Kopf an die Sache gehen. Vielleicht haben wir dann ja auch noch mehr Daten von Sanders Computer."

„Aber Imke!", sagte Dirks verzweifelt. „Wir müssen sie finden."

„Wir suchen ohnehin schon nach ihr", entgegnete der Staatsanwalt. „Alle Polizeistationen haben ihre Daten."

„Aber sollten wir nicht noch in Imkes Wohnung nach Emden, um nach einem Hinweis zu suchen, wo sie sich versteckt?", fragte Breithammer.

„Das sollen die Kollegen in Emden tun", entschied Saatweber. „Versucht zu schlafen. Wenn die Kollegen etwas finden, dann rufen sie euch an."

*

Alfred Sander saß vor dem Computer. Der Raum wurde hauptsächlich von einer alten Schreibtischlampe beleuchtet, darunter strahlte nur noch der Computermonitor. Die Vorhänge waren zwar offen, trotzdem blieb das Mondlicht draußen, denn das Fenster war mit einer Holzplatte vernagelt.

Es war ein Gästezimmer im Obergeschoss eines Hauses, so viel war klar, aber Alfred hatte keine Ahnung, wo sich dieses Haus befand. Die Einrichtung war alt und einfach. Ein Schrank aus Pressspan, ein Sessel aus Großvaters Zeiten und ein Holztisch, den man aus unerfindlichen Gründen grün gestrichen hatte. Das Bett hatte eine Rückseite, was er hasste, aber egal war, wenn wenigstens die antike Matratze besser für sein Gewicht geeignet wäre. Der Lattenrost war auch schon an einer Stelle gebrochen. Vielleicht würde er die Matratze heute Nacht einfach auf den Boden legen, aber richtig Platz gab es dafür nicht. Hinter dem Bett hatte jemand mit Filzstiften an die Tapete gemalt; es gab ihm ein gutes Gefühl zu wissen, dass hier einmal ein Kind gewohnt hatte.

Alfred erhob sich von seinem Bürostuhl, dessen Stahlfeder erleichtert quietschte. Er ging in das kleine Badezimmer und bei jedem Schritt raschelte die Kette an seinem Fuß. Mittlerweile hatte er sich an die eiserne Fessel gewöhnt und er dachte gar nicht mehr darüber nach, wie er sie loswerden könnte. Er besaß ja auch gar kein Werkzeug, um die dicken Schrauben aus dem Boden drehen zu können.

Im Badezimmer duftete es nach Chemie-Frühlingsblüten aus einem dunkelroten Gel-Block, der von Tag zu Tag kleiner wurde. Wegen der Kette ließ sich die Tür nicht schließen, aber hier war sowieso niemand, der sich an seinem Anblick stören konnte.

Er erleichterte sich, wusch sich die Hände und verließ das Bad wieder. Auf dem Rückweg blieb er stehen und starrte auf die Zimmertür. Manchmal, wenn das Licht im Flur dahinter brannte, gab es einen hellen Schein um diese Tür, aber gerade war es dunkel und man konnte kein Geräusch von draußen hören. Selbst wenn die Tür nicht verschlossen wäre, würde ihn die Kette daran hindern, weiter zu kommen.

Seltsamerweise fühlte es sich auch gar nicht so an, als ob hinter der Tür die Freiheit wartete, sondern eher, als ob dahinter ein Labyrinth läge. Alfred hatte keine Ahnung, wie er sich jemals wieder da draußen zurechtfinden sollte, jetzt, wo er all seine Orientierung im Leben verloren hatte.

Wie konnte mich Imke nur so betrügen? Er war so glücklich gewesen, als sie ihn angerufen hatte. Und dann hatte sie sich auch noch mit ihm treffen wollen! Voller Vorfreude hatte er um Mitternacht am Fähranleger auf sie gewartet. Doch Imke war nicht gekommen. Stattdessen hatte ihm plötzlich jemand ein Tuch mit Chloroform ins Gesicht gedrückt. Er kannte den Geruch gut, denn seine Oma hatte damit immer die Hühner vor dem Schlachten betäubt. Bevor er das Bewusstsein verlor, hatte er geglaubt, dass er auch sterben würde, aber dann war er in diesem Zimmer aufgewacht mit der Kette am Fuß.

Zuerst hatte er nicht wahrhaben wollen, dass wirklich sie es gewesen war, die ihn entführt hatte, aber dann war sie irgendwann in das Zimmer gekommen und hatte ihm Essen gebracht. Er hatte eine Erklärung von ihr verlangt und sie hatte ihm erklärt, was sie von ihm wollte. „Mark ist tot“, hatte sie wieder zu ihm gesagt und ihm ein Foto gezeigt, auf dem Marks Kopf zu sehen war. Dort, wo seine Augen gewesen waren, klafften blutumrandete, schwarze Löcher. „Ich weiß, dass du der Beste bist, Freddie. Wenn du das schaffst, dann gibt es eine Zukunft für uns!“

Er wollte ihr glauben! Sein Herz wollte jede Chance ergreifen, auch wenn sie noch so klein war, doch sein Verstand sagte ihm klar, dass das eine Illusion war. Imke hatte niemals etwas für ihn empfunden.

Hatte er auch damals dem Falschen die Schuld gegeben? Mit einem Stich im Herzen dachte er an Mark. Er hatte ihn gehasst dafür, dass er ihm Imke gestohlen hatte. Aber vielleicht war die Beziehung ja damals gar nicht von Mark ausgegangen, sondern von Imke und Mark war trotz allem sein Freund gewesen. *Mark hat auf keinen Fall solch einen grausamen Tod verdient.* Auf Alfreds Stirn bildeten sich Schweißtropfen. Das Foto von dem Kopf hatte ihm Angst eingejagt.

Er ging zum Schrank und stopfte sich einen KitKat-Chunky-Erdnussbutter-Riegel in den Mund. Zum Glück wurde er ausreichend mit Pizza und Schokoriegeln versorgt. Wenn er hier auch noch Gemüse fressen müsste, wäre es unerträglich.

Die Schokolade beruhigte seine Nerven. *Ich muss einfach tun, was Imke von mir verlangt.* Etwas anderes blieb ihm auch gar nicht übrig. Es gab hier nichts, womit er sich ablenken konnte, keine Comichefte, keinen Fernseher. Er konnte nur arbeiten und die einzige Erholung war der Schlaf, in dem er davon träumte, ein anderer Mensch zu sein.

Alfred setzte sich wieder an den Computer und legte sich die Tastatur zurecht. *Ich kann das nicht schaffen. Ohne Internet geht es einfach nicht.* Natürlich durfte man ihm hier keinerlei Verbindung nach außen geben, denn sobald er online war, konnte er um Hilfe rufen. Aber so war es, als ob er mit einer Haarnadel einen Tresor knacken sollte. Und selbst, wenn er das schaffen würde, würde das nichts bringen. Dann würden die anderen einfach einen neuen Tresor bauen.

Oder war das nur eine Ausrede? Hatte er nur keine Vision? Alfred kratzte sich hektisch. Er hatte schon einmal solch eine Blockade gehabt. Damals, als er entdeckt hatte, dass Imke und Mark ein Paar waren. Seine Fingernägel waren schon so kurz, dass er nichts mehr daran abknabbern konnte.

Auch wenn es unmöglich war, musste er zumindest so tun, als ob er der an ihn gerichteten Forderung Folge leistete. Sobald er Imke sagte, dass er ihr nicht helfen konnte, würde er sterben. Er musste also irgendetwas programmieren, einfach nur, um Zeit zu gewinnen. Das war seine einzige Chance. Vielleicht geschah ja das Unmögliche, und irgendjemand würde ihn befreien.

Ob überhaupt irgendjemandem auffällt, dass ich nicht in der Firma erscheine? Würde Torsten sich Sorgen machen? Aber Torstens Hirn war genauso undurchsichtig wie seine Brille.

Alfred zwang sich, sich auf sein Projekt zu konzentrieren. Es sollte etwas sein, was wenigstens für ihn selbst Sinn ergab. Es war auch für seine Nerven am besten, wenn er sich ablenkte, auf diese Weise würde er diese Gefangenschaft am ehesten ertragen. Er überlegte kurz und stellte sich dann einer Aufgabe, die ihn schon lange gereizt hatte. Alfred lockerte seine wulstigen Finger und tippte los.

21. Zweites Frühstück

Am Donnerstag schlief Dirks länger, als sie eigentlich wollte. Sie hatte gedacht, sie hätte den Wecker nach dem Klingeln auf „Schlummern“ gestellt, aber offensichtlich hatte sie sich das eingebildet. Das war ihr lange nicht mehr passiert.

Sie stand auf und schaute aus dem Fenster auf den Kutterhafen. *Das ist die letzte Nacht in diesem Hotel,* schwor sie sich. Gleichzeitig wusste sie, dass sie nach dem Frühstück ihren Aufenthalt erneut verlängern würde.

Dirks widmete sich ihrem Smartphone. Es zeigte keinen Anruf vom Revier an und es gab auch keinen neuen Anruf von Jendrik. Sie seufzte und ging ins Bad, um sich fertig zu machen.

Erst nach dem Frühstück rief sie in Aurich an.

„Moin, Diederike“, meldete sich Breithammer. „Langsam wird es ja zur Gewohnheit, dass ich vor dir im Büro bin.“

„Gibt es etwas Neues?“

„Sven Holm hat die ganze Nacht Imkes Wohnung durchsucht, aber nichts Hilfreiches gefunden.“

Na toll, dachte Dirks, *muss das denn ausgerechnet Holm machen?* „Er hat wahrscheinlich im Bücherregal ein Buch von Karl May entdeckt und die Nacht durchgelesen.“

„Wäre er alleine gewesen, würde ich dir Recht geben.“

Dirks seufzte. Sie wusste, dass sie unfair gegenüber Holm war und nur ihren Unmut an ihm ausließ. Es fühlte sich einfach nicht wie ein Erfolg an, dass sie Imke als Mörderin von Mark identifiziert hatten. Im

Gegenteil, es war, als ob sie gescheitert wäre. *Am Ende schmeckt die Realität immer bitter.*

„Was ist unser nächster Schritt?", fragte Breithammer. „Wo sollen wir nach Imke suchen?"

„Wir müssen alle Quellen anzapfen, die etwas über ihren Aufenthaltsort wissen könnten."

„Und das bedeutet im Klartext?"

„Ihre Eltern und ihr Exfreund."

Es gab eine kurze Pause. „Meinst du wirklich, es ist notwendig, Imkes Eltern damit zu konfrontieren, dass ihre Tochter eine Mörderin ist?"

„Wir müssen jede Möglichkeit nutzen. Imke hat Freddie entführt. Wir sind es ihm schuldig, sie möglichst schnell zu finden."

„Du hast ja recht."

„Normalerweise würde ich zu Imkes Eltern fahren, aber ich bin hier schon in der Nähe von Krayenborg. Außerdem hast du schon das letzte Mal mit ihnen gesprochen."

„Schon in Ordnung. Ich werde sehen, was ich durch sie in Erfahrung bringen kann."

*

Eine halbe Stunde später war Breithammer in Emden. Er wollte diese undankbare Aufgabe so schnell wie möglich hinter sich bringen. Imkes Eltern mussten auf jeden Fall informiert werden. Es wäre nicht richtig, wenn sie erst aus den Nachrichten erführen, dass ihre Tochter auf einmal die Hauptverdächtige war.

Breithammer hatte schon zweimal Eltern den Tod ihres Kindes mitteilen müssen. Das war eine Sache, die zu seinem Aufgabenbereich gehörte. Dabei war jedoch immer klar, dass man nur der Überbringer einer schlimmen Nachricht war, und die Eltern richteten ihre Wut auf das Schicksal, auf Gott oder das Universum. Aber diese Situation war etwas anderes. Dass die eigene Tochter eine Mörderin war, musste für die Eltern ein ganz anderer Schock sein. Daran war schließlich niemals das Schicksal schuld, sondern die Person selbst.

Antje und Jelto Dreyer saßen dicht nebeneinander auf dem Sofa und hielten sich an den Händen. Die Angst stand ihnen ins Gesicht geschrieben. „Und? Weswegen wollten Sie uns so dringend sprechen? Es geht um Imke, nicht wahr?“

Breithammer nickte.

„Ist sie - ist sie -“

„Sie lebt.“

Endlose Erleichterung zeigte sich auf den Gesichtern der Eheleute. „Wo ist sie?“, fragte Herr Dreyer ungeduldig. Seine Frau brachte kein Wort heraus, Tränen von Glück flossen über ihre Wangen.

Breithammer schluckte den Kloß in seinem Hals hinunter. Er musste jetzt sachlich bleiben und durfte kein Mitleid zeigen. Sein Ziel bestand alleine darin, möglichst schnell Imke zu finden. „Das möchte ich gerne von Ihnen wissen.“

„Von uns?“ Jelto Dreyer war verwirrt. „Was meinen Sie damit?“

„Wie es aussieht, ist Ihre Tochter die Täterin. Sie hat Mark Mascher ermordet.“

Die Tränen auf Antje Dreyers Gesicht versiegten und sie blickte Dirks noch entgeisterter an als ihr Mann. „Was erzählen Sie uns da?“

„Ich weiß, das muss ein Schock für Sie sein. Aber wir brauchen jetzt Ihre Mithilfe.“

Jelto Dreyers Mundwinkel zuckte. „Was bilden Sie sich ein? Sie wissen nicht im Geringsten, was das für ein Schock für uns ist!“ Seine Stimme zitterte vor Wut. „Wir haben die ganze Zeit in Erwägung gezogen, dass Imke tot sein könnte, das war die Möglichkeit, auf die wir uns halbwegs einstellen konnten. Aber das hier? Imke soll eine Mörderin sein? Wie können Sie so etwas behaupten?“

Natürlich durfte Breithammer kein Verständnis erwarten. Aber vielleicht konnte Jelto ihm ja trotzdem irgendeinen Anhaltspunkt geben. „Ich würde nicht auf diese Weise zu Ihnen kommen, wenn es nicht um das Leben eines Menschen ginge. Imke hat einen jungen Mann namens Alfred Sander in ihrer Gewalt. Wo könnte sie ihn verstecken? Gibt es vielleicht einen Ort, an dem sich Imke besonders gut auskennt? Haben Sie früher irgendwo ein Ferienhaus öfter gemietet?“

Jelto Dreyer wirkte immer verstörter.

„Bitte.“ Breithammer fixierte Imkes Vater mit seinem Blick. „Niemand kennt Imke so wie Sie. Wo könnte sie sich aufhalten?“

„Wenn Imke wirklich eine Mörderin ist, dann habe ich sie niemals gekannt!“, brüllte Jelto Dreyer. Er ließ die Hand seiner Frau los und stand auf. „Ich brauche frische Luft. Hier drin kann ich nicht mehr atmen.“

Breithammer ließ ihn gehen und widmete sich Frau Dreyer, die hilflos und gebrochen dasaß. „Haben Sie vielleicht eine Idee, wo sich Ihre Tochter aufhalten könnte?“

„Imke würde so etwas niemals tun“, wimmerte Antje Dreyer. „Sie würde niemals einem Menschen das Leben nehmen.“ Sie schüttelte ungläubig den Kopf. „Sie haben von uns verlangt, nicht die Hoffnung aufzugeben, dass

Imke noch lebt. Jetzt flehe ich Sie an: Geben Sie die Hoffnung nicht auf, dass Imke unschuldig ist!"

Breithammer begriff, dass er hier nicht weiterkam. Zumindest jetzt nicht. Vielleicht würden sich Imkes Eltern ja später noch bei ihm melden, wenn sie die neuesten Informationen ein wenig verarbeitet hatten.

*

Dirks parkte vor Harke Krayenborgs Haus und stieg aus. Es war kälter geworden und es fühlte sich an, als ob der Winter zurückkommen wollte.

„Schön, Sie zu sehen." Krayenborg lächelte warm. „Haben Sie schon gefrühstückt? Ich habe frische Croissants im Ofen."

„Sie backen sogar?"

Krayenborg tat so, als wäre das nichts. „Ich bin eben ein Genussmensch und der Geruch von frischem Brot ist eine Wohltat."

„Dann werde ich Ihre Backkünste mal ausprobieren." Dirks folgte dem Kunsthandwerker in die Küche.

„Möchten Sie Tee?"

„Gerne."

„Bünting oder Thiele?" Krayenborg verschwand hinter einer Hängeschranktür. „Ach, und ich habe hier auch noch diese fantastische Kakaomischung mit echtem Lübecker Marzipan."

„Ich will Ihre Zeit nicht zu sehr in Anspruch nehmen." Dirks wollte lieber direkt zum Punkt kommen, bevor Krayenborg ihr ein noch größeres Frühstücksbüffet präsentierte als *Mingers Hotel*. „Imke hat Mark ermordet. Als ihr Exfreund wissen Sie vielleicht, wo sich Imke verstecken könnte."

Krayenborg schloss die Schranktür wieder. „Als ihr Exfreund traue ich ihr das nicht zu. Sie hat mich zwar hintergangen, aber so etwas … Sie müssen sich irren."

„Ich habe Sie nicht gefragt, ob Sie ihr das zutrauen, sondern ob Sie einen Ort kennen, an dem sich Imke verstecken könnte." Neben ihr stand ein Obstkorb und Dirks steckte sich eine Weintraube in den Mund.

„Wie soll Imke Mark denn ermordet haben?"

„Nachdem Mark bei Ihnen war, wollte er Imke in Koldewind abholen. Auf dem Weg hat Imke ihm aufgelauert. Vielleicht hat sie ihn sogar mit der alten Pistole erschossen, die Mark Ihnen gezeigt hat. Wir haben die dazugehörige Munition in ihrem Hotelzimmer gefunden."

„Ist Marks Leiche am Tatort gefunden worden?" Krayenborg bereitete den Tee mit der Ostfriesen-Mischung von Bünting.

„Nein", entgegnete Dirks.

„Wie hat Imke die Leiche dann wegtransportiert? Sie war schließlich nur mit dem Fahrrad unterwegs."

Dirks musste zugeben, dass Krayenborgs Argument nicht von der Hand zu weisen war. Sie nahm den Obstkorb und setzte sich an den Küchentisch. Krayenborg holte die Croissants aus dem Ofen.

„Nachdem Sie am Dienstag weg waren, habe ich mir auch die Zeitung gekauft und die Zeichnung mit dem Kopf herausgenommen", sagte der Graveur. „Hing der Kopf wirklich in einer Plastiktüte im Hollesand?"

Dirks nickte. „Aldi Nord." Die Croissants dufteten herrlich.

Krayenborg setzte sich zu ihr. „Ich glaube, der Schlüssel zum Täter liegt in dem Kopf. Es ist wie ein Rätsel, das man lösen muss."

„Ach so!", entgegnete Dirks spöttisch. „Glauben Sie tatsächlich, das hätten wir nicht versucht? Natürlich haben wir die Meinung eines Psychologen eingeholt."

„Ein Psychologe hat auch nur eine begrenzte Sicht auf die Welt. Er richtet sich nach seinen Lehrbüchern und Theorien. Aber was ist, wenn die Präparierung von Maschers Kopf kein Ausdruck einer unbewussten, unverarbeiteten Erfahrung ist, sondern eine ganz bewusste Handlung eines vernünftigen Menschen?"

Dirks blickte ihn überrascht an. *Aber ist das nicht genau das, was wir von Imke glauben? Wenn sie den Kopf inszeniert hat, um einen Serientäter vorzutäuschen, dann wäre das die Tat eines vernünftigen Menschen.* Krayenborg schien jedoch etwas anderes zu meinen.

„Wie wirkt der Kopf auf Sie?" Krayenborg schnitt sich sein Brötchen auf.

„Grausam und menschenverachtend."

„Was, wenn er genau das Gegenteil ist? Könnte er nicht auch den Menschen auf besondere Weise respektieren?"

„Sie meinen, wie bei einer Beerdigung?" Dirks überlegte. „Aber: In einer Plastiktüte?"

„Warum nicht?" Der Graveur schmierte sich Heidelbeermarmelade auf sein Croissant. „Ich verwende für meine Gravuren häufig Motive aus der afrikanischen Tierwelt und einige meiner Kunden haben mich nach Afrika auf eine Safari eingeladen. Solch ein Aufenthalt in einem anderen Land verändert den Blick auf die Welt. Man muss über den eigenen Tellerrand hinausschauen. Wir sehen nur auf die Tüte, aber vielleicht ist das Wesentliche hierbei, dass der Kopf nicht in Berührung mit der Erde ist."

Dirks bediente sich nun ebenfalls an den

Frühstücksleckereien. „Sie kennen bisher nur eine Zeichnung des Kopfes“, sagte sie. „Wenn Sie den Kopf in Wirklichkeit gesehen hätten, so wie ich, dann wären Sie auch angewidert und könnten nicht so sachlich bleiben.“

„Ich weiß nicht“, widersprach Krayenborg. „Aufgrund meiner Kunst beschäftige ich mich viel mit der Jagd. Ein Jäger ist es gewohnt, mit Blut umzugehen und seine Beute nach einer bestimmten Technik zu zerlegen. Auf den modernen Stadtmenschen wirkt alles grausam, was mit Blut zu tun hat. Aber für den erfahrenen Jäger ist es lediglich eine Handwerkstechnik.“

„Der Täter ist also ein Jäger und Mark Mascher seine Beute.“

„So würde ich das aus meiner Perspektive sehen. Jeder hat eben seine eigenen Denkmuster.“

Den Rest des Frühstücks aßen sie still. Nachdem die Teekanne leer war, machte Dirks deutlich, dass sie gehen wollte, und Krayenborg begleitete sie zur Tür. „Vielen Dank für das Essen und das Gespräch“, verabschiedete sie sich. „Es war sehr anregend, sich mit Ihnen zu unterhalten.“

„Wir sollten das wiederholen.“ Krayenborg schaute ihr in die Augen. „Was halten Sie davon, wenn ich Sie am Samstag zum Essen einlade?“

Damit hatte Dirks überhaupt nicht gerechnet. „Meinen Sie das ernst?“

„Sie sind äußerst attraktiv, wunderschön und geistreich. Ich würde Sie gerne näher kennenlernen.“

Dirks schluckte. „Ich bin bereits mit dem Mann zusammen, mit dem ich mein Leben verbringen will.“

„Sehr schade.“ Krayenborg versuchte, seine Enttäuschung zu verbergen. „Aber das kann passieren.

Wer ist denn der Glückliche?"

„Sie haben gewiss schon einmal einen Artikel von ihm gelesen. Jendrik ist Sportjournalist bei der *Ostfriesen-Zeitung*."

„Wenn ich Zeitung lese, dann gewiss nicht den Sportteil." Krayenborg nickte ihr zu. „Alles Gute bei Ihrer Arbeit. Ich hoffe, Sie finden den Täter und es ist nicht Imke."

*

Liebes Tagebuch.

Ich habe mich getraut, ihm zu schreiben, und ihm ein Beweisfoto geschickt.

Er hat sich sehr gefreut und geschrieben, er hätte dem jungen Mann nicht seine E-Mailadresse gegeben, wenn er nichts mit mir zu tun haben wollte.

Er sagte, er würde sich sehr große Sorgen machen, die Bilder im Fernsehen machten ihm Angst. Er hat ein Flugticket gekauft und mir gemailt. Schon in drei Tagen fliege ich!

Es geht alles so schnell, aber Neri sagt, das ist okay. Sie freut sich für mich. Sie freut sich, dass sie ihr Versprechen meiner Mutter gegenüber einlösen konnte und sie sich gut um mich gekümmert hat. Das hat sie! Sie ist die mutigste Frau, die ich kenne! Ich kann sie doch nicht alleine lassen! Mein Herz blutet. Aber vielleicht kann ich sie ja bald nachholen.

Das ist eine schöne Hoffnung und mir wird warm ums Herz. Ich kann es nicht glauben. Es ist wie ein wunderschöner Traum. Ich habe lange nicht mehr schön geträumt. Ich wünsche mir, dass es uns allen besser geht.

22. Dämonen

Dirks ging zu ihrem Auto und versuchte, möglichst natürlich zu wirken. Krayenborg sollte nicht merken, wie sehr sie seine Frage nach ihrem Lebenspartner getroffen hatte. *„Wer ist denn der Glückliche?"* Sie hatte ohne Zögern geantwortet und sie hatte es ernst gemeint. Sie wollte mit Jendrik ihre Zukunft verbringen. Es tat gut, das einmal laut auszusprechen. Tränen stiegen in ihr hoch. *Ich muss um ihn kämpfen. Wenn ich Jendrik nicht verlieren will, dann darf ich diese Sache nicht weiter aufschieben.* Hoffentlich war es dazu nicht bereits zu spät.

Sie wischte sich die Augen trocken und fuhr los. Der Himmel lastete grau und schwer auf der unnatürlich grünen Landschaft. Es sah nach Gewitter aus, aber es wollte nicht regnen. Musste sie sich nicht um den Kriminalfall kümmern? Um Freddie, um Imke? Aber sie konnte nicht mehr klar denken. Zuerst musste sie diese Sache aus dem Weg räumen, wenn sie das jetzt nicht machte, würde sie es niemals tun. Dirks hoffte mit aller Kraft, dass ihr Vater nicht zuhause, sondern auf dem Kutter wäre.

Sein alter VW stand nicht in der Einfahrt. Dirks parkte trotzdem nicht auf dem Grundstück, sondern an der Straße.

Als sie ausstieg, hörte sie nicht das dumpfe Zuschlagen einer Autotür, sondern das grelle Zischen der Schulbustür. Mit einem Mal war sie wieder neun Jahre alt und ging nach Hause.

Diederike war fröhlich. In der Vertretungsstunde hatte die Lehrerin ihnen ein paar Sätze Englisch beigebracht und sie freute sich darauf, ihrer Mutter davon zu erzählen. *„My name is Diederike Dirks." „How are you?" „I am fine."* Sie hob die Steinkatze neben der Eingangstür an und holte den Schlüssel darunter hervor. Ava mochte es nicht, wenn jemand an der Tür klingelte und sie machte niemals auf. Der Paketbote war der Einzige, für den sie eine Ausnahme machte, aber auch erst nach dem dritten Läuten.

Diederike schlüpfte aus den Schuhen, ließ ihren Schulranzen neben der Tür stehen und rannte in die Küche. Ava war nicht da. Auf der Herdplatte stand kein Essen. Aber heute war doch Montag, da gab es immer Puffert un Peer. So viel, wie man wollte, damit man den Montag gut überstand. Auch im Ofen wartete kein Essen und Avas Katzenschürze hing noch sauber am Haken neben der Tür.

„Mama?", rief Diederike laut.

Niemand antwortete.

Vielleicht hat sie sich ja hingelegt und schläft ein bisschen. Diederike ging vorsichtig die Treppe hinauf, um ihre Mutter nicht zu wecken. Sie blickte ins Schlafzimmer ihrer Eltern. Aber dort war Ava nicht. Auf dem Schminktisch lagen ein Lippenstift und eine offene Lidschattenpalette. Außerdem stand da Avas Parfüm, das sie immer auftrug, wenn es etwas Besonderes gab. *Gibt es denn heute irgendetwas zu feiern?* Diederike bekam ein Hochgefühl. Vielleicht bekam sie ja bald ein Brüderchen oder Schwesterchen, so wie die olle Silke aus ihrer Schulklasse. Freudig ging sie in den Flur.

Sie beschloss, sich eine Scheibe Brot zu schmieren. Mit Leberwurst und richtiger Wurst. Oder dick mit Marmelade. Wenn Ava nicht zuhause war, dann konnte sie schließlich auch nicht schimpfen.

Aber vorher musste sie sich die Hände waschen.

Diederike hüpfte zum Badezimmer und wunderte sich, warum die Tür offenstand. „Mama?"

Diederike trat in den Raum und konnte nicht fassen, was sie sah. „Mama!"

Ava lag in der Badewanne. Regungslos, bleich. Nur die Lippen waren rot. Und das Wasser.

Auf dem Boden lag eine Rasierklinge von Papa.

Danach setzte sich ihre Erinnerung nur noch aus einzelnen Bildern zusammen. Wie sie die Polizei anrief. Wie sie draußen auf die Polizei wartete. Dann hatte sie endlich das Blaulicht gehört. Einer der Polizisten war eine Frau gewesen. Sie hatte sie an der Hand genommen und Diederike hatte sich bei ihr sicher gefühlt. *„Tapferes Mädchen"*, hatte die Polizistin zu ihr gesagt. *„Tapferes Mädchen."*

Jetzt stand Dirks wieder in der Badezimmertür und blickte auf die leere Wanne. Damals hatte sie einfach innerlich zugemacht. Es war keine Zeit gewesen, um Gefühle zu zeigen, sie musste irgendwie weiterleben. Aber jetzt konnte Dirks ihre Tränen nicht zurückhalten.

Sie stieg in die Badewanne und saß dort so, wie Ava vor vierundzwanzig Jahren.

Dirks wusste nicht, wie lange sie dort saß, und es war ihr auch egal. Nachdem ihre Tränen ein bisschen versiegt waren, zog sie ihr Smartphone hervor und wählte Jendriks Nummer.

Es klingelte mehrmals.

Schließlich meldete sich Jendrik. „Diederike." Seine Stimme klang sachlich und beherrscht.

„Danke, dass du rangehst." Eben hatte Dirks noch gewusst, was sie sagen wollte, aber jetzt, wo ihr klar wurde, wie sehr sie Jendrik verletzt hatte, rang sie nach Worten. „Es tut mir leid."

„Warum willst du nichts mehr mit mir zu tun haben?", fragte er. „Empfindest du denn gar nichts mehr für mich?"

„Genau das Gegenteil ist der Fall." Dirks schluckte. „Du hast mein Herz gewonnen. Noch niemals war mir ein Mensch so nah. Plötzlich fallen all meine Schutzmauern und ich erinnere mich an Dinge, an die ich mich niemals erinnern wollte."

„Wovon sprichst du?" In Jendriks Stimme blitzte Sorge durch. „Was für Dinge?"

„Als ich neun Jahre alt war, habe ich zuhause meine tote Mutter gefunden. Sie hat sich die Pulsadern aufgeschnitten." Dirks sprach in einzelnen kurzen Sätzen. Sie wusste, dass es befreiend sein würde, darüber zu sprechen, aber in diesem Moment fühlte es sich so an, als würde jemand mit Knopfabsätzen über ihr Herz stapfen. „Ich habe das niemals an mich herangelassen, sondern mich verschlossen. Ich musste stark sein, verstehst du? Mein Vater war niemals eine Stütze für mich gewesen. Er war wütend, dass ich kein Sohn war, der die Krabbenfischertradition weiterführen konnte. Meine Mutter war die Person gewesen, die sich um mich gekümmert hat, und plötzlich musste ich ganz alleine zurechtkommen."

Jendrik schluckte. „Aber du warst erst neun Jahre alt! Was war mit deinen Großeltern?"

„Es gab nur noch die Eltern meines Vaters und die waren noch enttäuschter, dass ich ein Mädchen war. Ich habe die meiste Zeit bei meiner Freundin Iba verbracht. Sie hatte auch nur noch ein Elternteil, da habe ich mich mit ihr verbunden gefühlt. Ihre Mutter war eine großartige Frau, die ich sehr für ihre Unabhängigkeit bewundert habe." Dirks spürte erneut die Tränen in sich aufsteigen. „Warum hat Ava das getan? Warum hat sie mich alleine gelassen? Warum wollte sie nichts mehr mit mir zu tun haben?“ Sie ließ die Tränen gewähren und redete trotzdem weiter. „Du hast eine perfekte Familie, Jendrik. Wenn ich in deiner Wohnung am Kühlschrank die Fotos deiner Eltern und deiner Geschwister sehe, dann fühle ich mich plötzlich arm, schwach und wehrlos. Ich habe dir nichts zu geben. Und ich habe Angst, dass ich so bin wie meine Mutter. Ich will mit dir zusammen sein, aber ich habe Angst, dass wir es nicht schaffen.“

„Wir schaffen das, Diederike.“ Jendriks Stimme klang warm und tröstend. „Du brauchst keine Angst um uns zu haben.“

„Aber ich kenne es doch nicht anders.“

„Dann wirst du jetzt eine neue Erfahrung machen. Die letzten Tage ohne dich haben mich wahnsinnig gemacht. Wir sind ein gutes Team, Diederike.“

Dirks merkte, dass sie nicht mehr weinen musste. „Danke, dass du mich nicht aufgegeben hast.“

„So schnell gebe ich dich nicht auf.“

Dirks wischte sich das Gesicht mit dem Ärmel trocken. „Was machst du gerade?“, fragte sie beiläufig. Jetzt war Jendrik mal an der Reihe zu erzählen.

„Ich?“ Es war, als ob er kurz überlegte, was er ihr antworten sollte. „Ich interviewe gerade den Trainer von Werder Bremen.“

Dirks blieb für einen Moment die Luft weg. „Das tut mir leid, ich wollte nicht ...“

„Das muss dir nicht leidtun. Du bist wichtiger als mein Job.“

Jetzt glaubte Dirks wirklich, dass sie es schaffen konnten.

„Und du jagst den Horrormörder von Hollesand?"

„Oder *Horrormörderin*. Der Fall nimmt mich viel mehr mit, als ich dachte." Dirks wollte mit Jendrik jetzt auch offen über den Fall reden. „Die vermisste Frau ist so alt wie meine Mutter damals war, als sie sich das Leben genommen hat. Ich habe versucht, sie zu retten, aber plötzlich scheint sie gar nicht das Opfer zu sein, sondern die Täterin. Alles vermischt sich und ich weiß kaum noch, was ich denken soll." Es war nicht schön, wieder in den Fall gesogen zu werden.

„Kann ich dir irgendwie helfen?"

Normalerweise hätte Dirks abgewunken, aber gerade wollte sie Jendrik nicht ablehnen, sondern zurück in ihr Leben holen. Sie überlegte, wie sie ihn beteiligen konnte. „Das Mordopfer besaß eine Firma mit Namen *MarkMascherCom*. Darüber haben wir sehr wenig herausbekommen. Mascher hat sein Unternehmen 2011 an die Firma *Delta Tec* in Bremen verkauft, dort habe ich aber auf Granit gebissen. Es würde mir sehr helfen, wenn du etwas über diesen Deal herausfinden könntest. Als Journalist hast du dazu vielleicht mehr Möglichkeiten als ich. Ich darf ja nur die offiziellen Wege gehen."

„Na, hör mal, was hast du denn für eine Meinung von meinem Berufsstand?" Jendrik lachte. „Aber ich werde sehen, was ich machen kann. Mir fällt schon jemand ein, den ich fragen kann."

„Danke."

„Dafür nicht." Dirks bildete sich ein, zu sehen, wie Jendrik lächelte. „Sehen wir uns heute Abend?"

„Ich komme zu dir", sagte Dirks. „Heute werden wir mindestens eine Flasche Wein zusammen trinken."

„Wirklich?"

„Ich werde auf jeden Fall kommen. Versprochen."

„Ich freue mich! Dann werde ich mal möglichst schnell meinen Bericht über Werder Bremen fertig machen." Jendrik legte auf.

Dirks lehnte sich zurück und schloss die Augen. Einen Moment lang war sie glücklich. Dann merkte sie, dass sie noch mit jemand anderem reden musste.

23. Über den Tellerrand

Jendrik zitterte am ganzen Körper. Er hatte nicht mehr daran geglaubt, dass Diederike ihn anrufen würde. Aber jetzt hatte sie es getan und was für ihn vollkommen unverständlich gewesen war, ergab plötzlich tatsächlich einen Sinn. Er freute sich sehr darauf, sie heute Abend wieder in die Arme schließen zu können. Auf dem Nachhauseweg wollte er unbedingt noch einen Blumenstrauß kaufen.

Sein Körper beruhigte sich wieder, doch bevor er zu seinem Termin zurückging, rief er seine Bekannte in der investigativen Abteilung der *Neuen Osnabrücker Zeitung* an.

„Moin, Jendrik. Lange nichts voneinander gehört. Wie geht es dir?"

„Moin, Silke. Leider habe ich keine Zeit zu quackeln. Ich rufe dienstlich an."

Jendrik glaubte, ihren Schmollmund vor sich zu sehen.

„Worum geht es denn?"

Er erzählte ihr kurz von *MarkMascherCom* und *Delta Tec*. „Weißt du, an wen ich mich wenden muss, um etwas über solch einen Firmenverkauf herauszufinden? Wie würdest du vorgehen?"

„Hm." Silke überlegte. „Beim Namen *Delta Tec* klingelt etwas bei mir. Da war mal was und auch das Jahr 2011 könnte stimmen. Ich überprüfe das eben und rufe dich zurück. Wahrscheinlich kann ich dir einen Kontakt vermitteln."

*

Breithammer saß im Büro. Vor ihm lagen die Ausdrucke von Imkes Fotos, die sie in Freddies Wohnung gefunden hatten. Ihn interessierten besonders die Bilder, auf denen auch Mark Mascher zu sehen war. Überall waren Marks Augen durchgestrichen, was gespenstisch wirkte, wenn man an den Kopf von Hollesand dachte.

„Wo ist Diederike?“, fragte Saatweber.

Breithammer hatte nicht gehört, wie er gekommen war, aber auch andernfalls hätte er nicht aufgeblickt. „Nicht hier.“

Saatweber setzte hörbar an, etwas zu sagen, schien es sich dann aber anders zu überlegen. „Warum siehst du dir diese Fotos an?“, fragte er schließlich.

„Sie sind entstanden, als Mark und Imke das erste Mal zusammen waren, also im Jahr 2011“, sagte Breithammer. „Aber wo sind sie entstanden? Was würdest du sagen?“

„Imke trägt einen Bikini und Mark eine Badehose und sie sind beide am Strand. Das sind Urlaubsfotos, Oskar.“

„So weit war ich auch schon. In welchem Land waren sie? Ich habe nach Hinweisen im Hintergrund gesucht, aber nichts Eindeutiges gefunden.“ Breithammer reichte dem Staatsanwalt eines der Bilder. „Am ehesten verrät uns dieses Bild etwas. Es wurde in einem Hotelzimmer aufgenommen.“

„Der Stil ist orientalisch. Und gediegen. Das ist kein Hotel für Pauschaltouristen.“ Saatweber betrachtete das Foto eindringlich. „Dort liegen Papiere auf dem Tisch. Die Schriftzeichen wirken auf mich arabisch. Aber das dort scheint mir ein deutscher Reiseführer zu sein. Hast du mal eine Lupe?“

Breithammer suchte in seiner Schreibtischschublade ein Vergrößerungsglas, doch das gehörte zu den Ermittlungsmethoden vom letzten Jahrtausend. Schließlich fand er ein altes Schweizer Taschenmesser, an dem sich auch eine Lupe befand.

Saatweber kniff die Augen zusammen. „Ich würde sagen, das heißt 'Kairo'. Also waren sie in Ägypten."

Breithammer erinnerte sich an seinen Besuch bei Harke Krayenborg. „Imke hatte vom Studium her Kontakt zu einem reichen Ägypter", erzählte er. „Sie hat ihn als Kunden an Krayenborg vermittelt." Er überlegte. „Es kann kein Zufall sein, dass sie zusammen in Ägypten sind in dem Jahr, als die Firma verkauft wird."

„Vielleicht wollte Mascher seine Firma zuerst an diesen Ägypter verkaufen und *Delta Tec* war nur seine zweite Wahl", mutmaßte Saatweber.

„Auf jeden Fall war das keine normale Urlaubsreise, auf der sich Imke und Mark näher gekommen sind." Breithammer kramte den Zettel hervor, auf dem Harke den Namen des Ägypters notiert hatte. „Wir müssen genau herausfinden, wer das ist und welche Funktion er innehat."

*

Liebes Tagebuch.

Der Koffer ist gepackt und steht im Flur. Ich habe niemals viel besessen, deshalb ist er kaum gefüllt. Ich gehe noch nach draußen, um etwas Süßes zu kaufen, was ich als Geschenk mitbringen kann. Dabei schaue ich auch hoch in die Bäume und verabschiede mich von den Papageien, an denen ich mich immer erfreut habe. Mir wird wehmütig ums Herz und ich versuche, alles noch einmal ganz bewusst anzuschauen und in mich aufzunehmen. Alles um mich herum sehe ich heute zum letzten Mal. Es tut weh, sich zu verabschieden, aber gleichzeitig freue ich mich auf das Land, in das ich reisen werde. Ein neuer Lebensabschnitt beginnt für mich und ich bin aufgeregt.

Als ich wieder nach Hause komme, wundere ich mich, dass Neri noch stiller und trauriger ist. Im Wohnzimmer sitzen drei Männer. Sie sind von der Geheimpolizei, ein Offizier und zwei Gehilfen.

Sie klagen mich an und sie legen mir Beweise vor. Sie wissen genau, welche Texte und Fotos ich im Internet veröffentlicht habe, und sie wissen auch, unter welchem Namen ich auf Facebook aktiv bin. Sie kennen alle Daten von meinem Computer und es bringt nichts, irgendetwas zu leugnen.

Jetzt soll ich ihnen die Namen von Freunden und anderen Bloggern verraten, aber ich weigere mich.

Der Offizier sagt, dass es gerecht ist, was Neri angetan wurde, und dass sie mit mir dasselbe machen werden. Sie werden mich foltern und ich solle nicht denken, dass ich hier ungestraft herauskomme.

Trotzdem gebe ich nicht nach und sage ihm, er solle sich zum Teufel scheren.

Der Offizier erschießt Neri.

Dann befiehlt er seinen Schergen, im Wohnzimmer zu warten. Ich sei ein hübsches Ding und er will mich erst alleine nehmen. Er packt mich am Handgelenk und zerrt mich in mein Zimmer. Er schließt die Tür und seine Augen glänzen geil. Aber jetzt, wo er alleine ist, habe ich eine Chance. Während er sich die Hose auszieht, krieche ich zurück auf das Bett. Ich weiß genau, wo Mutters Dolch ist, und finde ihn, ohne hinzusehen. Der Polizist packt meine Beine und zieht mich zu sich, ich schwinge den Dolch und steche zu.

Die Waffe steckt in seiner Schulter, doch er schreit nicht. Stattdessen lächelt er. Er glaubt immer noch, dass er alleine mit mir fertig wird. Aber er ist verwundet und ich bin schneller als er. Ich springe auf, greife den Schreibtischstuhl und schlage zu.

Er liegt still auf dem Boden. Ich weiß, er ist nicht tot, aber ich werde es sein, sobald seine Gehilfen die Tür öffnen. Vielleicht hätte ich wirklich eine Chance gehabt, zu überleben, wenn ich ihnen sofort die Informationen gegeben hätte, die sie von mir haben wollten. Aber jetzt werden sie keine Gnade walten lassen, wenn sie mich finden, und mich töten.

Ich schnappe mir mein Tagebuch und fliehe durch das Fenster. Die Dächer von Kairo sind eine Parallelwelt und ich kann den Polizisten vorerst entkommen.

*

Dirks ging durch das Friedhofstor und es fühlte sich an, als ob sie eine andere Welt beträte. Unwillkürlich verlangsamten sich ihre Schritte. Sie hörte auf die Spatzen in den Büschen und betrachtete die alten Bäume. Hier zählte die Zeit noch weniger als im Rest Ostfrieslands.

Bei der Friedhofsgärtnerei hatte sie vierundzwanzig Lilien gekauft, für jedes Todesjahr ihrer Mutter eine. Glücklicherweise hatten sie so viele dagehabt. „Die Lilie symbolisiert Verbundenheit, Trauer und Ehrung", hatte die Verkäuferin gesagt. Das war genau das, was Dirks ausdrücken wollte.

Das letzte Mal war sie bei der Beerdigung ihres Großvaters hier gewesen. Avas Vater war ein Jahr vor ihr gestorben. Damals war Dirks unendlich traurig gewesen. Bei der Beerdigung ihrer Mutter hatte sie sich dagegen in ihrem Zimmer eingeschlossen und keine einzige Träne geweint.

Der Grabstein befand sich neben dem ihres Vaters.

Ava Dirks, 1965-1993.

„Ava bedeutet 'Wildes Wasser'", hatte ihr Großvater einmal verraten. „Passt das nicht gut zu ihrer unzähmbaren Schönheit?"

Die Grabstätte war gut gepflegt, es gab kein Unkraut und das Grablicht war neu. Deddo besuchte seine Frau offenbar regelmäßig.

„Tut mir leid, dass ich erst jetzt komme", sagte Dirks. Eine Zeitlang stand sie da, unfähig, irgendetwas zu tun. Dann kniete sie sich hin und verteilte vorsichtig die Lilien auf dem ordentlichen Grab. Sie spürte, dass ihr Herz immer noch voller Anklage war. *Ich habe dich gehasst dafür, dass du mich alleine gelassen hast.* Laut sagte sie etwas anderes. „Ich weiß jetzt, dass du Depressionen hattest." Diese rationale Betrachtungsweise fiel Dirks schwer, sie hätte nicht gedacht, dass sie innerlich immer noch so aufgewühlt war. Nach dem Gespräch mit Jendrik hatte sie sich so stark gefühlt und bereit dazu, Ava zu vergeben. Aber jetzt fühlte es sich so an, als ob es ein Fehler gewesen sei, hierherzukommen. Tränen stiegen ihr in die Augen und sie konnte nicht klar sehen, wie sie die Blumen anordnen wollte. All die Jahre hatte sie nichts von Ava wissen wollen, aber nun war sie voller Fragen. *Als ich mit Jendrik telefoniert habe, konnte er mir antworten, aber Ava bleibt still.*

Dirks beschloss, dass es unfair war, wie sie sich gerade verhielt. Sie wollte Ava nicht anklagen. Sie stand auf und ging ein paar Schritte, sie musste erst mal innerlich zur Ruhe kommen. Wahrscheinlich hatte sie sich doch zu viel auf einmal vorgenommen. Trotzdem wollte sie auch nicht einfach wieder gehen, das fühlte sich so an, als würde sie aufgeben.

Dirks ging in die Friedhofskapelle. Die Stille in dem

alten Gemäuer tat gut. Hier war es noch kälter als draußen, aber das störte Dirks nicht. Dieser Raum fühlte sich neutral an, als ob hier drinnen Frieden möglich wäre.

Dirks entzündete mit einem Streichholz eine Kerze für Ava. Sie betrachtete die Flamme und nach einer Weilte meinte sie, darin ihre Mutter zu sehen. Wie sie abends in ihr Zimmer kam und sie auf die Stirn küsste. Wie sie ihr die Schultüte übergab, stolz und traurig zugleich. Wie sie ein Pflaster auf ihr Knie klebte und darauf pustete. Dirks wandte sich ab.

Sie ging nach vorne und setzte sich in die vorderste Reihe. Überrascht stellte sie fest, dass sich ihr Herz schon ein bisschen leichter anfühlte. Sie hielt sich an der dicken Holzsitzbank fest und ließ den Blick über den grauen Stein und die Bleiglasfenster wandern. Wie alt diese Kapelle wohl war? Von wie vielen Toten wurde hier schon Abschied genommen? Wie viele Trauernde hatten schon auf dem Platz geweint, auf dem sie gerade saß? Sie blickte auf das Kreuz und es war, als ob die Christusfigur sie gütig und voller Vergebung anschaute.

Ihr war vorher noch nie aufgefallen, welche Kraft Religion haben konnte. Allein solch ein kleines Ritual, wie eine Kerze für jemanden anzuzünden – es war schön, sich an eine Anleitung halten zu können und irgendetwas tun zu können in der eigenen Hilflosigkeit. Man war verbunden mit einer Gemeinschaft und teilte den eigenen Schmerz mit allen anderen. Und nicht nur den Schmerz, sondern alle Gefühle, die Wut, den Hass und die Schuldgefühle.

Die Schuldgefühle. Plötzlich musste Dirks an Mark Maschers Kopf aus dem Hollesand denken. Und an das Gespräch, das sie vorhin mit Harke Krayenborg geführt hatte. *„Auf den modernen Stadtmenschen wirkt alles grausam, was mit Blut zu tun hat. Aber für den erfahrenen Jäger ist es lediglich eine Handwerkstechnik." „Der Täter ist also ein Jäger und Mark Mascher seine Beute." „So würde ich das aus meiner Perspektive sehen."* Was, wenn man den Kopf aus einer religiösen Perspektive betrachten würde? Könnte es sich bei dem Entfernen der Augen um ein religiöses Ritual handeln?

Einen Menschen zu töten, war etwas anderes, als ein Tier zu töten. Wenn ein Mord nicht im Affekt geschah, sondern geplant, dann stellte das normalerweise eine große Herausforderung für einen Menschen dar. Wie überwand er seine inneren Hürden, jemandem Leid zuzufügen? Wie ging er mit seinen Schuldgefühlen um? Religion war ein Weg, um die Hemmschwelle herabzusetzen. Dirks dachte an Graia und ihren Vorwurf der Inquisition. Vor wenigen hundert Jahren war man dazu fähig gewesen, Menschen im Namen der Religion zu verbrennen. Vielleicht war der Mörder von Mark mit seiner Tat ja irgendeinem Vorbild gefolgt, irgendeiner Anleitung, die ihn erst dazu befähigt hatte, diesen Mord zu begehen. Indem er nach einer bestimmten Lehre handelte, der er sich zugehörig fühlte, konnte er seine Schuldgefühle mit allen anderen teilen, die dieser Lehre folgten.

Einen Augenblick lang glaubte Dirks, klar zu sehen, doch schon im nächsten Moment kam ihr das alles vollkommen absurd vor. Wo bitte sollte es hier in Ostfriesland solch eine Form von Sekte geben, in der man jemanden ermorden durfte, wenn man ihm den Kopf abschlug, die Augen herausnahm und alles in einer Plastiktüte auf einem hohen Berg an einen Baum hängte? Sie dachte an Sjurd, dem hätte sie so etwas zugetraut, aber der hatte ja ein Alibi. Oder log seine Freundin für ihn?

Verwundert realisierte Dirks, dass sie gar nicht mehr daran glaubte, dass Imke Mark ermordet hatte. *Hoffentlich hat Oskar in der Zwischenzeit etwas Sinnvolles herausgefunden. Was ich mache, ist ja blanke Spekulation.*

Ihr Smartphone klingelte. Auf dem Display erkannte sie, dass es sich bei dem Anrufer um Harke Krayenborg handelte. „Moin."

„Ich habe nur zwei Fragen", sagte der Graveur. „Die Tüte mit dem Kopf wurde auf dem höchsten Berg in Ostfriesland gefunden, nicht wahr?"

„Das ist richtig."

„Und befand sich in der Tüte noch etwas anderes? Ich meine, abgesehen von dem Kopf?"

Dirks' Herz schlug schneller. Sie dachte an die beiden Finger, aber das wollte sie Krayenborg nicht einfach so verraten.

„Das deute ich mal als ein 'Ja'", stellte Krayenborg fest. „Gehe ich recht in der Annahme, dass es sich dabei um die zwei Ringfinger des Opfers handelt?"

„Woher wissen Sie das?"

Dirks spürte Krayenborgs Zufriedenheit. „Ich habe hier etwas, das Sie sich unbedingt ansehen sollten."

24. Träume

Der Kontakt, den Jendrik durch seine Kollegin vermittelt bekommen hatte, wohnte in Bremen und so konnte sich Jendrik sogar persönlich mit ihm treffen. Um 13:00 Uhr verabredeten sie sich zum Mittagessen im *Teestübchen im Schnoor*. Jendrik war froh, dass es so schnell ging. Diederike würde Augen machen, wenn er ihr schon heute Nachmittag die ersten Ergebnisse präsentieren konnte. Er hoffte sehr, dass der Mann wirklich etwas zu erzählen hatte und Diederike etwas mit den Informationen anfangen konnte.

Das *Teestübchen* war klein, aber urgemütlich, hier sollte er unbedingt auch mal mit Diederike hingehen. Es gab nur noch einen einzigen freien Platz und Jendrik ging davon aus, dass das seiner war, denn seine Kontaktperson wollte einen Tisch reservieren. Als sich Jendrik dorthin drängelte, richteten sich die Augen mehrerer eifersüchtiger Touristen auf ihn.

Der Mann an dem Tisch war in seine Zeitung vertieft und reagierte gar nicht, als Jendrik sich setzte. Trotzdem hatte Jendrik das Gefühl, dass der Mann alles um sich herum mitbekam. Erst als er einen Schluck Kaffee trinken wollte, legte er die Zeitung ab. Er hatte ein graues, schmales Gesicht, aber ein breites Lächeln. „Jendrik Bleeker", stellte er fest. „Schön, Sie kennenzulernen."

Auch Jendrik lächelte. Er wusste von seiner Bekannten, dass der Mann Olav hieß und irgendetwas mit Amnesty International zu tun hatte. Das reichte ihm zunächst an persönlichen Informationen.

„Ich habe mir ein paar Ihrer Artikel in der Online-

Ausgabe der *Ostfriesen-Zeitung* angesehen", sagte Olav. „Wieso interessiert sich ein Sportjournalist für den Zusammenschluss von zwei Firmen in der Computerbranche?"

„Es ist ein Gefallen für meine Freundin." Jendrik sah keinen Grund dafür, Olav irgendetwas zu verheimlichen. „Sie arbeitet bei der Polizei."

„Polizei?" Olav trank seinen Kaffee aus. Jendrik hatte schon Angst, dass das Gespräch bereits zu Ende war, doch Olav griff nur nach der Speisekarte. „Sie sollten unbedingt eines der Pastagerichte probieren."

Jendrik richtete sich nach der Empfehlung und beide bestellten ein Hauptgericht. „Was hat es denn nun mit *Delta Tec* und *MarkMascherCom* auf sich?"

„Die Polizei." Jetzt wirkte es so, als ob Olav das amüsierte. „Ach, wäre das schön, wenn diesen Herrschaften mal jemand kräftig in die Suppe spucken würde. Aber leider wird das wohl niemals der Fall sein. Als wir 2012 über die Sache berichtet haben, hat sich kaum jemand dafür interessiert. Ich wusste nicht, dass Gras so schnell wachsen kann."

„Silke hat sich daran erinnert, sonst wäre ich jetzt nicht hier. Also, worum geht es? Und was hat Amnesty International damit zu tun?"

*

Dirks parkte neben Krayenborgs Porsche. Im Innenspiegel überprüfte sie noch einmal ihr Aussehen. Der Graveur sollte auf keinen Fall bemerken, dass sie geweint hatte, also wischte sie die schwarzen Flecken vom Gesicht und trug neue Mascara auf. Als sie einigermaßen zufrieden war, stieg sie aus und ging zum

Haus. Sie klingelte, aber diesmal öffnete ihr Krayenborg nicht persönlich, sondern es erklang nur der Türsummer.

Dirks trat ein. Der Flur wirkte anders ohne den Kunsthandwerker. Alles war so ordentlich, fast steril, es fehlte die menschliche Wärme. „Herr Krayenborg?“, rief sie. „Wo sind Sie?“

Er antwortete nicht. Sie ging in sein Wohnzimmer und betrachtete erneut die Wandbilder und die Jagdgewehre. Sie konnte sich nicht vorstellen, dass Krayenborg hier oft jemanden einfach so alleine herumwandern ließ, und sie wusste nicht, ob sie diesen Vertrauensvorschuss mochte.

„Harke?“, rief sie erneut.

„Bin schon da.“ Als er in den Raum trat, umfing ihn eine Aura kindlicher Begeisterung. In der Hand hielt er ein altes Buch. „Verzeihen Sie, aber ich war noch ganz in meine Lektüre vertieft. Das Werk ist äußerst faszinierend und die Zeichnungen darin sind einmalig! Aber sehen Sie selbst.“ Er überreichte Dirks das Buch.

Von außen war der Buchumschlag neutral aus festem dunkelbraunem Karton, nur die Ränder waren schon etwas angestoßen. Dirks schlug das Buch auf, das alte Papier duftete wie Parfüm. Auf der linken Seite prangte die unscharfe Schwarz-weiß-Fotografie eines freundlichen jungen Mannes mit dichtem schwarzen Haar. Sein Gesicht umgab eine üppige Fellkapuze und auch um seinen Hals hatte er Pelz gehüllt. Auf der rechten Seite stand der Titel des Buches. „*Grönlandsagen.* Von Knud Rasmussen. Berlin 1922.“

„Hauptsächlich sammle ich alle Bücher über Scrimshaw“, erklärte Krayenborg. „Aber auch Bücher über die Jagd und was entfernt damit zusammenhängt.

Das hier stammt von einem grönländisch-dänischen Polarforscher, der die Eskimo-Kultur erforscht hat. Als Sie zu mir gesagt haben, dass ich Mark Maschers Kopf nur von einer Zeichnung her kenne, habe ich mich an dieses Buch erinnert. Irgendetwas in mir wusste, dass ich mal etwas in dieser Hinsicht gelesen hatte." Er tippte ungeduldig auf das Buch. „Schlagen Sie Seite 266 auf."

„'Wenn ein Mann einen Mord begehen will ...'", las Dirks vor. *Wie bitte?* „'Der Überfall muss plötzlich geschehen, so dass der Überfallene sich erst über sein Schicksal klar wird, wenn er sich nicht mehr wehren kann. Sobald das Opfer tot ist, [...] muss der Kopf vom Rumpfe, der zweite Finger von der Hand und der zweite Zeh von den Füßen getrennt werden. Der Rumpf kann entweder zerlegt und auf dem Lande in kleinen Stücken über weite Strecken verstreut oder mit Hilfe eines Steines ins Meer versenkt werden. [...] Darauf schneidet der Mörder die Augen aus dem Kopf, legt sie mit dem Kopf und den Goldfingern in die Fangblase des Ermordeten und trägt sie über Land in Richtung des Inlandeises. Die Augen werden in einem Bergsee versenkt, der so tief sein muss, dass er im Sommer nie austrocknet. [...] Die Fangblase mit dem Kopf und den Fingern kann [...] auf einem Berge an einem Stein aufgehängt werden. Diese Vorsichtsmaßregeln werden getroffen, damit der Ermordete seinen Körper nicht sammeln und sich an dem Mörder rächen kann.'"

„Der Täter hat sich genau an diese Anleitung gehalten!", sagte Krayenborg. „Zumindest so gut, wie es ging. Der Kugelberg im Hollesand ist zwar der höchste Berg Ostfrieslands, aber dort gibt es keine Felsen, sondern nur Bäume, an die man die Tüte hängen kann. Ich frage mich allerdings, was er mit den Augen gemacht hat. Einen Bergsee gibt es hier nun wirklich nicht."

„Wenn man etwas zum ersten Mal tut, dann ist es immer gut, sich an eine Anleitung zu halten." Dirks schüttelte ungläubig den Kopf. „So wie bei einem Kochrezept. Ich hätte nur nicht geglaubt, dass es so etwas auch für einen Mord gibt." Woher kannte der Mörder diesen Text? War es doch Imke? Hatte sie das Buch gelesen, als sie mit Krayenborg zusammen war? *Nein, es muss jemand sein, der sich wirklich mit der Eskimo-Kultur verbunden fühlt und sich mit ihrer Weltanschauung identifiziert.*

Dirks las noch etwas weiter in dem Text. „'Trotz aller Vorsichtsmaßregeln aber kann der Mörder nie sicher sein, dass der Tote sich nicht doch rächt, und muss sich darum noch mit Hilfe von Amuletten und Amulettriemen, den sogenannten Qigssutit, schützen. Alle Ostgrönländer sind mit einem Amulett versehen, das aus einem Stück altem Speckschlamm aus einer Lampe besteht, das in einem Fellbeutel eingenäht und an Amulettriemen auf der Brust getragen wird.'"

Dirks fiel eine Person ein, die solch ein Amulett trug. Aber diese Person konnte doch unmöglich etwas mit diesem Fall zu tun haben! Oder doch?

*

Die Kellnerin brachte zwei Flaschen Becks an ihren Tisch und Jendrik prostete Olav zu. Während Olav trank, schien er sich die Worte zurechtzulegen.

„Wir leben in einer vernetzten Welt. Noch nie war es für die Menschen leichter, miteinander zu kommunizieren. Über die sozialen Netzwerke kann man seine

Meinung verkünden, Videos und Fotos teilen und Veranstaltungen organisieren. Das ist für uns mittlerweile selbstverständlich geworden. Und diese Möglichkeiten nutzen auch Aktivisten und Regimekritiker."

Das Essen wurde gebracht, aber weder Jendrik noch Olav reagierten darauf.

„Autoritäre Regime haben grundsätzlich zwei Möglichkeiten, um darauf zu reagieren. Der klassische Weg ist die Zensur. Man beschränkt das Internet und reagiert mit harten Strafmaßnahmen gegen Demonstrationen. Aber dieser Weg wird immer schwerer, denn der technische Fortschritt lässt sich nicht aufhalten. Also sind autoritäre Machthaber in den letzten Jahren auf einen anderen Weg eingeschwenkt. Offiziell ist das Internet vollständig frei, aber gleichzeitig überwacht man ganz gezielt die Regierungskritiker. Verstehen Sie? Man verhindert es nicht, dass die Regimegegner das Internet nutzen, sondern lässt ihnen alle Freiheiten. Aber man beobachtet diese Aktivitäten genau. Auf diese Weise kann man ganz gezielt einzelne Blogger und Journalisten festnehmen. Ab und zu kommt es auch zu gesammelten Säuberungsaktionen. Dann wird das Internet in einer Region nachts für ein paar Stunden abgestellt und während die Polizei Verhaftungen durchführt, haben die Oppositionellen keine Möglichkeit, andere zu warnen oder Videos für die Öffentlichkeit hochzuladen. Früher waren die Geheimgefängnisse überfüllt mit Leuten, die völlig willkürlich verhaftet wurden; heute können solche Regime ganz gezielt gegen diejenigen vorgehen, die ihnen am unbequemsten erscheinen. Das hält den Aufschrei bei den Leuten gering."

Jendrik schluckte. „Wie muss ich mir die Überwachung eines Journalisten vorstellen?“

„Die Rechner und Smartphones der Regierungskritiker werden gezielt mit einer Überwachungssoftware infiziert. Dabei handelt es sich um eine hochentwickelte Schadsoftware, die nicht durch einen normalen Virenscanner aufgespürt werden kann. Konkret läuft das zum Beispiel so ab: Ein Blogger bekommt eine E-Mail, in der ihn ein Menschenrechtsaktivist um seine Meinung für ein Video bittet, das während einer Demonstration aufgenommen wurde. Der Blogger sieht sich das Video an. Natürlich sind die Aufnahmen echt und zeigen, wie die Polizei auf Zivilisten einprügelt, also schöpft der Blogger keinen Verdacht. In Wirklichkeit hat er sich jedoch gerade eine Spionagesoftware heruntergeladen, mit der man seine Festplatten durchsuchen und seinen Standort bestimmen kann. Diktatoren und autoritäre Regime investieren heutzutage sehr viel Geld, um an die modernste Sicherheitssoftware zu gelangen und um große Abteilungen für die elektronische Überwachung aufzubauen. Und das Ganze geschieht auch mit deutscher Sicherheitstechnik.“

Jendrik begriff. „*Delta Tec* stellt solch eine Überwachungssoftware her.“

Olav nickte. „*Delta* liefert das volle Programm. Sie verkaufen sowohl die Lizenzen für die Spionagesoftware als auch die Sicherheitstrainings, bei denen Mitarbeiter in die entsprechenden Staaten reisen, um dort die Leute im Umgang mit der Software zu schulen.“

„Aber so, wie ich es verstanden habe, ist *MarkMascherCom* eine Computerspiel-Firma gewesen.“

„Die Papiere, die mir vorliegen, sagen etwas anderes.

Ja, *Delta Tec* hat 2011 auch einige wertlose Spiellizenzen von *MarkMascherCom* übernommen. Aber worum es ihnen eigentlich ging, war die *MarkMascher Spyware*, die sie zur Grundlage ihrer Überwachungsprogramme gemacht haben. Mark Mascher hatte diese Software zuvor erfolgreich in Ägypten getestet und *Delta Tec* hat mit dem Kauf der Firma auch den Programmierer der Software unter Vertrag genommen.“ Olav wandte sich seinem Essen zu.

„Vielen Dank.“ Jendrik ließ die Informationen noch einen Moment sacken. Er war sich sicher, dass Diederike sie gebrauchen konnte.

„Und jetzt sind Sie dran.“ Olav blickte nicht von seinem Essen auf. „Silke hat mir erzählt, dass Sie gerade den Trainer von Werder Bremen interviewt haben. Ich will alles wissen!“

*

Dirks stand unschlüssig vor dem alten Backsteinhaus am Ortsrand von Westeraccumersiel. Sollte sie nicht wenigstens Breithammer Bescheid geben, wo sie war? Aber sie hoffte ja immer noch, dass sie sich irrte.

Dirks klingelte, doch niemand öffnete. Eine Krähe kreischte über ihr, zog einen weiten Kreis am Himmel und setzte sich auf den Schornstein des Nachbarhauses. Dirks merkte, dass nicht nur sie den Vogel beobachtete, sondern auch der Vogel sie.

Sie ging um das Haus herum. Auch die Hintertür war verschlossen, doch sie war bei weitem nicht so massiv wie die Eingangstür. Vielleicht steckte ja sogar der Schlüssel von innen. Dirks hob einen Stein vom Boden auf und zerbrach damit die Scheibe in der Tür. Sie drückte die Glasscherben an den Rändern heraus, dann griff sie durch das Loch und ihre Hand fand tatsächlich den Schlüssel unter dem Türgriff. Wenig später betrat Dirks das Haus.

Die alte Tapete blätterte schon an einigen Stellen ab. An der Decke hing eine Lampe ohne Schirm, bei der nur noch eine von drei Glühbirnen funktionierte. Dirks bewegte sich langsam vorwärts, die Holzdielen quietschten bei jedem Schritt.

Sie dachte an etwas, das Krayenborg gesagt hatte. *„Ich frage mich, was er mit den Augen gemacht hat. Einen Bergsee gibt es hier nun wirklich nicht."* Hatte der Täter sie stattdessen in einen der Binnenseen geworfen oder im *Ewigen Meer* versenkt? *Oder er hat sich dieses Detail für später aufgehoben. Vielleicht will er damit später mal zu einem Bergsee fahren.* Dann musste er die Augen bis dahin allerdings irgendwo aufbewahren.

Zu ihrer Linken befand sich die Küche. Dirks trat durch einen raschelnden Vorhang aus bunten Plastikfäden. Ein leichter Geruch nach Verbranntem und kaltem Fett hing in der Luft. Der Abwasch stapelte sich in der Spüle. Einem inneren Impuls folgend öffnete Dirks den Kühlschrank und hob die Klappe zum Eisfach an. Aus einer Gefriertüte heraus glubschten sie zwei menschliche Augäpfel an. Dirks erbrach sich auf den Küchenboden.

„Hallo, Diederike."

Sie blickte auf. „Ich wollte es nicht glauben. Ich bin hierhergekommen, um mir zu beweisen, dass ich mich täusche. Aber du bist es wirklich."

Peet leugnete es nicht. „Wie bist du darauf gekommen?"

„Rasmussens *Grönlandsagen*. Ein Zeuge hat mich auf

das Buch aufmerksam gemacht."

„Das Buch! Ich habe es verschlungen, als ich auf einem Kutter angeheuert hatte, der vor Grönland fischte. Ich war neugierig darauf, mit den Einheimischen zusammenzutreffen und bei einer Geisterbeschwörung dabei zu sein. Im Eis beginnt man an das Übernatürliche zu glauben, Diederike. Es ist dort niemals still und man ist niemals allein. Die Natur flüstert und ächzt, und wenn man in der erdrückenden Finsternis ein Feuer entzündet, sieht man, wie sich die Geister aus der Umgebung lösen."

„Warum?" Dirks konnte es nicht begreifen. „Du warst eine der wenigen guten Erinnerungen in meinem Leben, Peet. Ich habe zu dir aufgesehen. Was hat dich zu einem Mörder gemacht?"

„Komm mit."

Dirks folgte ihm ins Wohnzimmer. Auf dem Couchtisch lagen ein Notizbuch und ein dicker Hefter. Peet reichte ihr das Notizbuch. Dirks schlug es auf und sah darin arabische Schriftzeichen. „Was ist das?"

„Ein Tagebuch." Peet nahm ihr das Buch wieder ab und gab ihr stattdessen den Hefter. „Ich habe es übersetzen lassen. Es hat eine Weile gedauert, um die richtige Person dafür zu finden. Aber letztlich habe ich durch den Übersetzer auch aufschlussreiche Informationen bekommen." Er schlug den Hefter weit hinten auf. „Lies den letzten Abschnitt."

„Liebes Tagebuch.

Es ist nur eine Frage der Zeit, bis mich die Polizisten schnappen. Wie haben sie mich gefunden? Nur ein Tag! Ich wünschte, sie wären nur einen Tag später zu mir gekommen.

Ich habe noch mein Flugticket, aber es ist nichts weiter als ein wertloser Ausdruck. Sobald ich am Flughafen auftauche, werden sie mich verhaften. Ich werde es trotzdem versuchen.

Aber vorher muss ich es noch zu Neris Freundin schaffen. Ich will sie und ihre Familie nicht mit hineinziehen und sie könnten mich auch niemals beschützen. Doch ihr Cousin soll dieses Tagebuch zu meinem Vater nach Deutschland schicken. Peet soll wissen, dass ich ihn geliebt habe, auch wenn wir uns niemals wirklich kennengelernt haben. Er soll wissen, dass ich sehr gerne bei ihm gelebt hätte. Ich habe von einem Leben in Deutschland geträumt, auch wenn es dort kalt ist. Ich wollte die Nordsee sehen und den Kutter, auf dem mein Vater arbeitet. Ich wollte zur Universität gehen in Osnabrück oder Oldenburg, auch wenn ich nicht weiß, wie man die Namen dieser Städte ausspricht.

Vielleicht wird Peet dieses Buch ja irgendwann übersetzen lassen und lesen können."

Dirks blickte ihn überrascht an. „Du hast eine Tochter?"

„Ich hatte eine Tochter! Aynur ist niemals hier angekommen. Weißt du, was die Männer in solch einem Foltergefängnis mit den Frauen machen? Ich kann nur hoffen, dass sie einen schnellen Tod hatte."

„Aber wie kann das sein?"

„Was glaubst du denn? Natürlich bin ich in den Häfen mit Frauen zusammen gewesen. Vielleicht ist das in diesen verteufelten Zeiten anders, aber 1994 war Alexandria ein Hafen wie jeder andere auch. Die Nacht mit Aynurs Mutter war magisch gewesen." Peet lächelte selig bei dieser Erinnerung. „Ich glaubte, ich hätte sie mir ausgewählt, aber im Nachhinein ist mir klargeworden, dass sie zu mir gekommen ist. Als ich zum Schiff zurückkam, hatte ich meinen Bordausweis nicht mehr, glücklicherweise ließen sie mich aber trotzdem hinauf. Erst als Aynur mit mir in Kontakt getreten ist, habe ich begriffen, warum mir ihre Mutter den Ausweis gestohlen hatte. Sie wollte einen Beweis dafür haben, dass ich Aynurs Vater bin. Sie hat mich gezielt ausgewählt, um ein Kind von mir zu bekommen. Wahrscheinlich hatte sie geglaubt, dadurch Ägypten irgendwann verlassen zu können. Doch sie hat niemals Kontakt mit mir aufgenommen. Aynur hat sich bei mir gemeldet. Verflucht, Diederike, plötzlich hatte ich eine Tochter!" Peets Augen leuchteten. „Ich hatte mich bereits damit abgefunden, im Alter alleine zu sein, das ist das Schicksal eines Seemannes. Doch als ich von Aynur erfahren habe, habe ich plötzlich gemerkt, dass ich eine Familie haben wollte. Ich war so glücklich! Ich wollte alles für Aynur tun! Ich wollte ihr alles geben, was ich besaß! Aber dann saß sie nicht im Flugzeug und plötzlich ist der Kontakt zu ihr abgebrochen. Erst zwei Jahre später habe ich ihr Tagebuch per Post bekommen." Peet senkte den Blick. „Ich habe über eine Hilfsorganisation Kontakt zu einem Ägypter aufgenommen, der mir das Tagebuch übersetzt hat. Und nicht nur das, er konnte mir auch erzählen, warum Aynur so plötzlich verhaftet werden konnte. Das ging nur aufgrund einer Spionagesoftware, die Mark Mascher an die ägyptischen Sicherheitsbehörden verkauft hat." Peet blickte Dirks unendlich traurig an. „Sie hätte nur noch einen Tag unentdeckt bleiben müssen, Diederike." Er schluckte. „Du hättest dich gewiss gut mit ihr verstanden."

Dirks fiel es schwer, sich innerlich zu verschließen und ihre Distanz zu wahren. „Was hast du mit Imke Dreyer gemacht? Und mit Alfred Sander?"

„Ich wollte ein besserer Vater als Deddo sein", sagte Peet. „Er hat dich doch immer alleine gelassen. Er hat niemals gewusst, welches Glück er mit dir und Ava hatte."

„Halt meine Eltern da raus!", rief Dirks fassungslos. „Du bist ein Mörder, Peet!"

Seine Faust traf sie vollkommen unvorbereitet und sie stürzte hart auf den Boden. Gerade als sich ihre Benommenheit so weit lichtete, dass sie nach ihrer Pistole greifen konnte, packte er ihren Kopf von hinten und presste ihr ein Tuch ins Gesicht. Ein beißender Geruch stieg ihr in die Nase und plötzlich war jede Gegenwehr unmöglich.

„Chloroform." Sie hörte Peets Stimme nur noch, als wäre er weit entfernt. „Dein Vater benutzt es als Lösungsmittel für seinen Kutter, ich benutze es als Lösungsmittel für meine Probleme."

*

Am Donnerstagabend saß Jendrik alleine an seinem Wohnzimmertisch. Die Kerzen im Leuchter waren schon drei viertel heruntergebrannt und die Lasagne war kalt. Die Playlist war längst zu Ende und das einzige Geräusch war das gleichmäßige Ticken der Standuhr. Wie schon in den letzten Tagen zählte er mit, wenn sie schlug, und registrierte eine weitere halbe Stunde ohne Diederike. Vorhin hatte er sie noch angerufen, aber mittlerweile war er es leid, immer nur mit der Mailbox verbunden zu werden.

Er goss sich den letzten Rest aus der Weinflasche ein und leerte das Glas in zwei Zügen. Dann machte er das normale Zimmerlicht an und löschte die Kerzenstümpfe. Er packte das Essen in den Kühlschrank und räumte das Geschirr und das Besteck zurück. Zum Schluss nahm er den Blumenstrauß aus der Vase und entsorgte ihn im Biomüll.

Warum tat sie ihm das an? Das Telefongespräch heute Vormittag war doch so gut verlaufen! Sie hatte ihm doch versprochen zu kommen! Aber offensichtlich war ihr Versprechen nichts wert.

25. Vermisst II

Am Freitag war Breithammer um 7:55 Uhr im Büro. Dirks war wieder nicht da, aber die letzten Tage war sie ja auch erst spät ins Büro gekommen. Trotzdem würde er gerne mit ihr über die neuesten Entwicklungen reden und sie fragen, ob sie etwas von Harke Krayenborg erfahren hatte. Am Vortag hatte er den ganzen Nachmittag damit verbracht, Informationen über den Ägypter zu sammeln. Saatweber hatte schließlich mit jemandem aus dem Auswärtigen Amt in Berlin gesprochen, aber genauere Informationen, als dass Elshenawy irgendeine Unterabteilung der Geheimpolizei leitete, hatten sie nicht erhalten. Wenn sie nicht wirklich handfeste Beweise dafür fanden, dass er etwas mit dem Mord an Mark Mascher zu tun hatte, konnten sie diese Spur vergessen.

Breithammer seufzte. Letztlich brauchten sie irgendeine neue Spur zu Imke. Er studierte die aktuellen Berichte der Kollegen, doch auch die brachten keine neuen Erkenntnisse. Frustriert schaute er wieder auf den leeren Arbeitsplatz seiner Vorgesetzten.

Allmählich machte sich Breithammer doch Sorgen um Dirks. Laut seiner Armbanduhr waren allerdings erst zehn Minuten vergangen. Bis 8:30 Uhr wollte er noch warten, ehe er sie anrief. Er stand auf, um sich einen Kaffee aus dem Pausenraum zu holen.

*

So früh am Morgen war der Supermarkt noch schön leer. Fröhliche Musik schallte aufmunternd durch die breiten Gänge, nur unterbrochen durch aberwitzige Werbung, in der schöne Stimmen Banalitäten verkündeten.

Deddo Dirks steuerte den Einkaufswagen an einem Angestellten vorbei, der klimpernd Flaschen verräumte. Er kaufte gerne in diesem Laden ein. Es gab ihn erst seit wenigen Jahren und Deddo mochte, wie ansprechend das Obst und Gemüse präsentiert wurde, die riesige Auswahl an Produkten - es gab sogar Kleidung - und überhaupt die ganze Atmosphäre. Ava wäre bestimmt auch gerne hierher gefahren. Er stellte sich manchmal vor, wie er mit ihr durch die Reihen ging, und er versuchte zu erraten, welche Dinge sie sich aussuchen würde. Wahrscheinlich wären das schon mal alle, bei denen das Wort „Neu" auf die Packung gedruckt war, einfach nur, um sie auszuprobieren.

Deddo war glücklich. Als er am Vortag vom Besuch seiner Eltern nach Hause gekommen war, hatte er einen Zettel von Diederike auf dem Küchentisch gefunden. *„Wir müssen reden, Papa. Ich komme Freitag zum Tee vorbei."* Er freute sich nicht nur auf das Treffen mit ihr, sondern auch darüber, dass sie bei ihm zuhause gewesen war und an ihn gedacht hatte. Das erinnerte ihn an früher, wenn sie zu ihrer Freundin gefahren war und ihm eine Nachricht auf dem Küchentisch hinterlassen hatte. *„Ich schlafe heute bei Iba." „Bin im Freibad." „Fenna nimmt mich mit zum Zelten."* Er hatte diese Zettel alle aufgehoben.

Deddo hielt beim Regal mit den Eiern und nahm den Karton von einem Bauernhof, auf dem die Hühner frei herumlaufen durften. Während er kontrollierte, ob die Eierschalen unbeschädigt waren, bemerkte er eine Person, die sich ebenfalls für die Eier interessierte. „Peet!

Schön, dass ich dich treffe."

„Moin, Käpt'n." Peet grinste.

„Mit den Zähnen wieder alles in Ordnung?"

„Der Doktor hat alles gerichtet. Tut mir leid, dass das ausgerechnet am letzten Wochenende kam, wo so gutes Wetter war."

„Hör auf zu janken. Stechen wir morgen in See?"

„Jau, Käpt'n. Ich war gestern schon auf dem Kutter und habe alles überprüft."

„Sehr gut." Deddo war froh, dass sie endlich rausfahren konnten. Glücklicherweise konnte man im Alter die Dinge etwas gelassener sehen und musste nicht mehr der Fischer sein, der im März die Fangsaison eröffnete. „Heute kommt mich Diederike besuchen", erzählte er.

„Was du nicht sagst."

„Ich will für sie Puffert un Peer machen. Die werde ich wohl nicht so hinbekommen wie Ava, aber ich will es trotzdem probieren."

„Puffert." Peet überlegte. „Wenn du das sagst, werde ich die wohl auch machen."

Deddo griente. „Was hast du denn da?" Er deutete auf Peets Einkaufswagen, in dem sich zwei Kisten Schokoriegel befanden. „Hast das ganze Süßwarenregal geplündert, was?"

„Hiervon habe ich wirklich alle genommen." Peet nahm eine Packung in die Hand. „KitKat Chunky mit Erdnussbutter. Ist sehr lecker. Solltest du probieren." Er gab Deddo die Packung.

Deddo wollte zuerst ablehnen, doch dann dachte er an Ava. Sie hätte das bestimmt gekauft, wenn Peet es ihr empfohlen hätte. *Vielleicht mag es ja auch Diederike.* Er legte die Schokoriegel in seinen Einkaufswagen. „Wir telefonieren noch mal wegen morgen?“

„Aye, Aye, Käpt'n.“

Deddo nickte und machte sich auf den Weg zur Kasse. Peet war sein Freund, aber trotzdem musste man nicht auch noch gemeinsam im Supermarkt unterwegs sein. Auf dem Kutter würde man sowieso lange genug aufeinander hocken. Endlich würde er das Meer wieder unter den Füßen haben! Hoffentlich würde das Wetter genauso gut sein wie vor einer Woche.

*

Diederike Dirks erwachte mit stechenden Kopfschmerzen. Sie öffnete die Augen, aber es blieb dunkel.

Nein, ein bisschen Licht gab es, den matt leuchtenden Umriss eines Quadrats. Jemand hatte offenbar das Fenster in diesem Raum abgedeckt.

Je mehr sich ihre Augen an das trübe Licht gewöhnten, desto schwächer wurden die Kopfschmerzen. Dirks versuchte, ruhig und gleichmäßig zu atmen, um Sauerstoff in ihr Hirn zu pumpen.

Allmählich kehrte die Erinnerung an die letzten Ereignisse zurück. *Peet hat Mark Mascher ermordet.* Aber was hatte er mit Imke gemacht? Und mit Freddie? Dirks wollte aufstehen, doch das ging nicht. Erst jetzt merkte sie, dass Peet ihr die Hände auf dem Rücken zusammengebunden und die Fessel mit einem Eisenring am Boden fixiert hatte.

Wo bin ich hier? Etwa in Peets Haus? Wahrscheinlich. Das Haus war groß genug und wenn das Zimmer nach hinten rausging, konnte kein Nachbar sehen, dass das Fenster zugenagelt worden war.

Dirks blickte sich um, um mehr von dem Raum zu

erkennen. Da waren große Schränke und ein breites Bett, offenbar handelte es sich um das alte Schlafzimmer von Peets Eltern. Schlief Peet etwa in seinem alten Kinderzimmer? Oder unten auf dem Sofa? Das konnte ihr nun wirklich egal sein, er hatte sie bitter betrogen. Es tat ihr im Herzen weh, dass Peet sich gegen sie gestellt hatte.

Dirks versuchte erneut, ihre Fesseln zu lösen.

„Das geht nicht", erklang die Stimme einer Frau von der anderen Seite des Betts. „Ich scheuere mir schon seit Tagen die Handgelenke wund."

Dirks erkannte die Stimme von dem Videoanruf, den sie auf Freddies Computer sichergestellt hatten. „Imke! Gott sei Dank, du lebst!" Das „Du" kam Dirks automatisch über die Lippen, nicht nur weil sie die Situation mit der Frau verband, sondern auch, weil sie sich in den letzten Tagen so intensiv mit Imke Dreyer beschäftigt hatte. Trotzdem hatte Imke natürlich keine Ahnung, wer ihre Mitgefangene war. „Diederike Dirks, Kriminalpolizei."

„Na großartig - soll das etwa heißen - sag bloß, niemand weiß, dass du hier bist."

Dumm war Imke jedenfalls nicht. „Wo ist Alfred?"

„Im Zimmer am Ende des Flurs."

„Also lebt er auch." Dirks atmete erleichtert auf.

„Noch", sagte Imke bitter. „Die Frage ist, ob er hinkriegt, was dieser Typ von ihm verlangt. Ich bin mir nicht mal sicher, ob ich das richtig verstanden habe, und ich war diejenige, die Freddie den Auftrag gegeben hat." Imke seufzte. „Am Anfang habe nur ich mit Freddie gesprochen und der alte Sack ist gar nicht in Erscheinung getreten. Freddie musste glauben, dass ich hinter all dem stecke."

Dirks nickte. „Wir haben eine Aufzeichnung von deinem Videoanruf auf Freddies Computer gefunden. Es klang so, als ob du ihn wirklich von dir aus um Hilfe bätest. Da war kein Anzeichen davon, dass dich irgendjemand unter Druck setzt. So sah es auch für uns aus, als ob du Mark ermordet hättest."

Imke schluchzte auf. „Was sollte ich denn tun? Zu dem Zeitpunkt war es meine größte Chance, einfach zu tun, was der Kerl von mir verlangt. Er hat gesagt, dass ich nichts wert bin für ihn, und dass er mich tötet, genauso, wie er Mark getötet hat. Ihm von Freddie zu erzählen, war meine einzige Möglichkeit. Und er hat gesagt, dass er mich freilässt, wenn Freddie tut, was er will."

Dirks beschloss, ihr keinen Vorwurf deswegen zu machen. „Erzähl mir, was genau passiert ist. Wie lautet deine Seite der Geschichte?"

Imke antwortete nicht.

Na gut. Ich habe hier ja offensichtlich genug Zeit, um mir meine eigenen Gedanken zu machen.

„Der Job bei *MarkMascherCom* war der beste, den ich jemals hatte", begann Imke. „Es war eine kleine Firma mit netten Leuten und einem tollen Arbeitsklima. Als Assistentin vom Chef habe ich viel gelernt, Mark hat mich gleich in die Verantwortung genommen. Wir waren in der Endphase der Entwicklung eines neuen Spiels, auf das alle sehr große Hoffnung setzten. Leider konnte es die hohen Erwartungen nicht erfüllen und die ersten Leute mussten entlassen werden. Bisher hatten nur wenige unserer Spiele Gewinn erwirtschaftet und die Firma steuerte auf die Insolvenz zu."

Imke setzte sich gerade hin und Dirks meinte, ihre blonden Haare im matten Licht zu sehen.

„Mark war frustriert. Sein Vater hatte so viel Geld in die Firma investiert, Geld, das er eigentlich in den Fahrradladen hätte stecken können. Mark wollte nicht scheitern, sondern seinem Vater wenigstens die Investitionssumme zurückzahlen können. Ich habe vorgeschlagen, dass wir von den Computerspielen weggehen und uns ansehen, ob wir noch irgendetwas in der Schublade hatten, aus dem wir ein gewinnbringendes Produkt herstellen konnten. Natürlich waren die Hoffnungen äußerst gering. Ich dachte dabei an innovative Programmteile unserer bisherigen Spiele, an denen vielleicht andere Spielehersteller Interesse haben könnten, aber Freddie berichtete uns von einem ganz anderen Projekt, an dem er die ganze Zeit nebenbei gearbeitet hatte."

„Eine Spionagesoftware." Dirks dachte daran, wie umfassend Freddie Imkes Computer überwacht hatte.

„Freddie wusste gar nicht, wie gut sein Programm war. Er hat kein besonders großes Selbstbewusstsein und Mark war sein Freund, deshalb hat er für ihn gearbeitet. Seine Hacker-Fähigkeiten hat er hauptsächlich dafür gebraucht, Gutscheincodes für Pizza-Lieferdienste zu generieren, was ihm auch bei den anderen Mitarbeitern eine gewisse Beliebtheit einbrachte. Da er alles auf dem Firmencomputer programmiert hat, waren die Lizenzen offiziell Firmeneigentum, aber er hätte Mark auch so geholfen, nicht nur, weil sie befreundet waren, sondern auch, um mir zu imponieren. Jedenfalls nutzten wir unsere letzten Ressourcen, um aus Freddies Programm ein Produkt zu machen, die *MarkMascher Spyware*. Ich hatte durch mein Studium einen Kontakt zu einem hochrangigen Ägypter und ich wusste, dass verschiedene staatliche Stellen nach Sicherheitssoftware suchten, um Journalisten und Oppositionelle zu überwachen. Mark und ich reisten nach Ägypten, um meinem Kontakt das Programm vorzustellen und seine Leute darin zu schulen. Es lief viel besser, als erwartet! Mark und ich kamen sogar zusammen und es war der Sommer meines Lebens. Ich hoffte, dass dies erst der Anfang wäre und es so weitergehen würde. Schließlich gab es noch weitere autoritäre Staaten in der Region und mit unserer Referenz aus Ägypten hätten wir das Programm gewiss noch nach Bahrein und woanders hin verkaufen können. Ich hatte schon an einem Marketingkonzept gearbeitet und mir einen griffigen Werbeslogan ausgedacht."

„Aber Mark wollte nicht mehr", bemerkte Dirks trocken.

„Er hatte tatsächlich ein schlechtes Gewissen. 'Ich wollte Computerspiele entwickeln, damit die Leute Spaß haben', hat er gesagt, 'und nicht Software, die Leute ins Gefängnis bringt, nur weil sie für eine regierungskritische Zeitung schreiben oder für mehr Freiheit demonstrieren.' Außerdem war Freddie ein psychisches Wrack, nachdem er sah, dass ich mit Mark zusammen war. Mark führte heimlich Gespräche mit *Delta Tec*, um die Firma zu verkaufen, und stellte uns eine Woche später vor vollendete Tatsachen. Wir mussten das akzeptieren, er war schließlich der Chef und ihm gehörte die Firma. Er hat auch einen guten Deal für Freddie herausgeholt, denn Freddie wurde mit einem hervorragenden Gehalt als Programmierer von *Delta Tec* übernommen. Ich habe eine großzügige Abschlusszahlung erhalten und konnte mir davon eine Wohnung in Emden kaufen. Aber ich war trotzdem von Mark enttäuscht und habe mit ihm Schluss gemacht."

Dirks lehnte sich mit dem Kopf nach hinten an die Wand. „Und dann?"

„Ich habe mich auch bei *Delta Tec* beworben", erzählte Imke. „Ich sagte, dass ich schon mit der *MarkMascher Spyware* gearbeitet und einen wertvollen Kontakt in Ägypten hätte. Aber ich war ihnen trotzdem nicht gut genug. 'Skrupellos zu sein, reicht nicht aus für diesen Job', hat der Chef mir direkt ins Gesicht gesagt, 'und Kontakte ins Ausland haben wir genug. Wir suchen hier die Elite, aber du bist nur Durchschnitt. Es gibt klügere, jüngere und hübschere Bewerberinnen.' Solche Absagen habe ich später immer wieder erhalten, auch wenn die anderen sich diplomatischer ausgedrückt haben." Imke schluckte. „Als ich mit Harke zusammenkam, dachte ich, mit meinem Leben würde es noch einmal bergauf gehen. Aber dann habe ich blöde Kuh das selbst vermasselt, weil ich unbedingt wieder mit meinem Ägypter in die Kiste steigen musste. Danach habe ich gedacht, dass ich das wahrscheinlich niemals gemacht hätte, wenn ich Harke wirklich geliebt hätte, und mir wurde klar, dass es nur einen Mann in meinem Leben gab, bei dem ich wirklich glücklich war. Letztlich hat mich Mark immer gut behandelt und er war ein Mensch mit inneren Werten - im Gegensatz zu den karrieregeilen Typen, auf die ich mich ansonsten eingelassen hatte. Plötzlich habe ich gemerkt, wie wichtig das ist. Und als ich in Bremerhaven in Marks Fahrradladen aufgetaucht bin, da habe ich mich ganz neu in Mark verliebt. Vorher wollte ich noch nie einen Kerl meinen Eltern vorstellen, aber bei Mark lag die Sache anders. Die Radtour mit ihm war wundervoll, wir hatten echt Spaß und ich habe mich auf die Zukunft mit ihm gefreut. Doch dann steht da plötzlich dieser Verrückte auf der Straße, fesselt und knebelt mich und ich muss aus seinem Auto mitansehen, wie er Mark mit einer Harpune erschießt."

Peet.

„Der Mann hat mich nach der Firma ausgefragt und welche Rolle ich in dem Ganzen spiele. Als er erfahren hat, dass ich den Kontakt nach Ägypten hergestellt habe, wollte er mich sofort erschießen. Dann habe ich ihm erzählt, dass gar nicht Mark die Software programmiert hat, sondern Freddie. Da hat er mir einen Deal angeboten. Wenn ich Freddie dazu bringe, hierherzukommen und ein Programm zu entwickeln, das seine eigene Spionagesoftware unschädlich macht, dann würde er uns beide freilassen."

Dirks hob überrascht die Augenbrauen. „Freddie sitzt in dem anderen Raum und programmiert ein Antivirenprogramm gegen seine eigene Überwachungssoftware?" Für einen Moment genoss sie diesen Gedanken. Wie schön wäre es, wenn die Menschenrechtsaktivisten auf der ganzen Welt in die Lage versetzt werden würden, sich der Überwachung zu entziehen?

„Ich hoffe, Freddie schafft das bald. Morgen ist es eine Woche, die ich in diesem Raum eingesperrt bin. Ich weiß nicht, wie lange ich das noch aushalte."

Dirks fiel es schwer, Imkes Hoffnung zu teilen. Auch wenn es Freddie schaffen würde, solch eine Antispionagesoftware zu programmieren, zweifelte sie daran, dass Peet Imke wirklich gehen lassen würde. *Jetzt, wo ich Peet identifiziert habe, steht er mächtig unter Druck. Dass er selbst mich betäubt und eingesperrt hat, beweist, dass er keine Grenzen mehr kennt und zu allem fähig ist.*

Sie hörte, wie die Haustür geöffnet wurde. Die

weiteren Geräusche aber waren zu weit weg, um sie deuten zu können.

„Was ist los?", fragte Imke.

„Peet ist zurückgekommen."

„Peet? Ist das sein Name?"

Dirks antwortete nicht, sondern lauschte angestrengt. Sie hörte, wie jemand die Treppe hinaufkam. Das Licht im Flur ging an und unter der Tür hindurch strahlte es hell in den Raum. Die Schritte wurden lauter und Dirks hielt den Atem an. Schließlich war Peet vor ihrer Tür, und der Lichtstreifen unter der Tür wurde unterbrochen. Doch Peet ging weiter und blieb erst hinten im Flur stehen.

*

Breithammer rief Dirks an, aber es meldete sich sofort die Mailbox. Nachdem es beim zweiten Mal genauso war, probierte er es bei Jendrik. „Sag mal, weißt du, wo Diederike ist?"

„Nein." Jendrik klang bitter. „Sie wollte gestern Abend zu mir kommen, aber sie hat mich wieder versetzt."

„Wann hast du das letzte Mal mit ihr gesprochen?"

„Gestern. So um 11:00 Uhr vormittags."

Breithammer überlegte. „Dann war das, nachdem sie bei Harke Krayenborg gewesen ist. Von wo hat sie dich angerufen? Hat sie gesagt, was sie danach vorhatte?"

„Wieso fragst du mich das?" In Jendriks Stimme schwang nun Angst mit. „Meinst du, ihr ist etwas passiert?"

„Von wo hat sie dich angerufen, Jendrik?"

„Vom Haus ihres Vaters aus. Es ging um etwas sehr

Persönliches. Um den Tod ihrer Mutter. Sie war sehr mitgenommen und aufgewühlt."

Breithammer wusste, dass ihre Mutter an einer Krankheit gestorben war, als Dirks noch ein Kind war, aber mehr hatte sie ihm nicht erzählt. Er hatte auch mitbekommen, dass das Verhältnis zu ihrem Vater sehr angespannt war, was er schade fand, denn immerhin besaß ihr Vater einen Fischkutter. „Hoffen wir, dass sie nur aus persönlichen Gründen heute nicht zur Arbeit gekommen ist", sagte er. „Trotzdem werde ich zu ihrem Vater fahren. Vielleicht ist sie ja immer noch bei ihm."

„Kannst du mich an der Redaktion abholen?", fragte Jendrik. „Ich möchte mitkommen."

Breithammer wusste, dass das gegen die Vorschriften war. „Geh schon mal auf die Straße, ich bin in zwei Minuten da."

*

Peet hielt Dirks' Dienstwaffe in der Hand. Bisher hatte er sich mit Maschers alter blauer Pistole Respekt verschafft, aber die neue Waffe war besser.

Er öffnete die Tür zu Alfreds Zimmer. Erschrocken drehte sich der Programmierer um. Offensichtlich war er ganz vertieft in seine Arbeit gewesen. Peet grinste zufrieden. Trotzdem wollte er einen Zwischenbericht von ihm haben. Erst, wenn er wusste, wie lange Alfred noch brauchen würde, konnte er entscheiden, was er mit Imke und Diederike machen würde.

„Ich habe dir deine Schokolade mitgebracht." Peet wollte freundlich klingen. „Zwei Kartons." Er warf die Riegel auf das Bett.

Auf Alfreds Stirn zeigten sich Schweißperlen. Er

schielte auf die Pistole in Peets Hand. Peet packte die Waffe nicht weg. Es war ein erhebendes Gefühl, Macht zu haben.

„Wie kommst du mit unserem Projekt voran?" Peet blickte auf den Monitor, aber der Bildschirm war schwarz.

„Wo ist Imke? Warum redet sie nicht mit mir?"

„Sie lebt, wenn es das ist, was du wissen willst." Peet schwenkte spielerisch die Pistole. „Wie lange sie noch lebt, hängt allerdings von dir ab. Wie weit bist du mit dem Programm?"

„Ich arbeite daran." Alfred kratzte sich nervös an den Armen. „Aber es dauert länger, als ich dachte."

„Trotzdem musst du schon irgendetwas erreicht haben. Erkläre mir, was du bisher gemacht hast."

„Das würdest du nicht verstehen. Das Thema ist zu speziell und man muss die Fachbegriffe kennen."

„Dann erkläre es so, dass ich es verstehe."

„Es ist besser, wenn ich einfach weiterarbeite."

„Zeig mir den Zwischenstand!" Peet hob die Pistole.

„Es ist nur Computercode." Alfreds Stimme zitterte. „Nur Nullen und Einsen."

„Irgendetwas wird dieser Computercode ja wohl machen. Du hattest fünf Tage Zeit, Mann! Also zeig mir, was du bisher erreicht hast."

Alfreds Atem ging schwer, aber bis auf seinen Brustkorb bewegte sich nichts an ihm.

Peet schoss in die Wand und sah, wie Alfreds Hose feucht wurde. „Mach schon! Ich werde Imke erschießen, wenn du nicht tust, was ich sage. Also zeig mir, was du die ganze Zeit über programmiert hast!"

Freddie drückte eine Taste und ein Bild leuchtete auf dem Monitor auf. Unten war ein Acker zu sehen und darüber der weite ostfriesische Himmel. Anstelle von Möwen wurde er allerdings von anderen Vögeln bevölkert.

„Moorhühner?", fragte Peet verdattert.

Alfred griff nach der Computermaus und richtete ein Fadenkreuz auf ein Moorhuhn. Ein Klick auf die linke Taste erzeugte ein Schussgeräusch und der Vogel fiel vom Himmel. Freddie knallte auch die anderen Moorhühner ab.

„Das gibt es doch gar nicht!" Peet drückte Alfred beiseite und versuchte hektisch herauszufinden, ob es noch irgendein anderes Programm auf dem Computer gab. „Ist das alles, was du die ganze Zeit über gemacht hast? Du hast ein blödes Computerspiel programmiert anstatt das, was ich von dir verlangt habe?"

„*Moorhuhnjagd* ist ein Klassiker. Ich wollte schon immer mal meine eigene Version davon herausbringen."

Peet zitterte vor Wut und er presste Alfred die Pistole an die Stirn. „Die Schokolade hat dir wohl dein Hirn verfettet! Es geht hier um das, was *ich* will!"

Alfred schwitzte so stark, dass er seinen eigenen Gestank riechen musste. „Das ist unmöglich! Ich kann unter solch einem Druck nicht arbeiten. Und selbst, wenn ich das könnte, würde das nichts bringen. Mittlerweile sind zu viele Leute beteiligt. Sobald ich ein Gegenprogramm schreibe, dauert es nicht lange und *Delta Tec* behebt seine Schwachstelle. Ich bin nur ein kleines Rad im Getriebe."

„Dann brauche ich dich nicht mehr." Peet entsicherte die Waffe, Alfred schloss ängstlich die Augen und wimmerte. „Ich werde euch alle töten: dich, Imke und Diederike."

*

Breithammer und Jendrik fuhren schnell über die Landstraße in Richtung Esens. Breithammer wusste nicht genau, wo Diederikes Vater wohnte, er wusste nur, dass Diederike aus Westeraccumersiel kam. Außerdem hatte sie einmal erwähnt, dass auf dem Hausdach eine Eisenkatze angebracht war. Die Kollegen würden während der Fahrt die genaue Adresse für ihn heraussuchen.

Jendrik war sichtlich nervös. Breithammer wusste nicht, was er sagen konnte, um ihn zu beruhigen. Um sich selbst abzulenken, konzentrierte er sich auf den Verkehr. Zum Glück war um diese Uhrzeit wenig los und auch wenn vor ihm ein Traktor fuhr, konnte er ihn bereits nach kurzer Zeit überholen.

Das Telefon klingelte und Breithammer nahm den Anruf entgegen.

„Moin, Oskar." Saatwebers Stimme hallte aus der Freisprechanlage.

„Hat die Ortung von Diederikes Handy etwas ergeben?", fragte Breithammer.

„Leider nicht. Sie hat ihr Telefon offenbar ausgestellt."

Das war kein gutes Zeichen. „Und die Adresse von ihrem Vater?"

„Es gibt Dietrich und Grete Dirks in dem Ort und einen Deddo Dirks."

„Deddo Dirks. Die anderen sind Diederikes Großeltern." Breithammer erhaschte einen eifersüchtigen Blick von Jendrik. Was war nur los mit ihm und Diederike?

„Gut. Hier ist die Adresse." Saatweber nannte ihnen

Straße und Hausnummer und Jendrik gab sie ins Navigationsgerät ein.

„Danke. Ich melde mich, sobald ich etwas Neues weiß." Breithammer beendete den Anruf.

Zwanzig Minuten später meldete das Navi, dass sie ihr Ziel erreicht hatten. Breithammer stieg aus und sah hoch zum Hausdach, die Eisenkatze blickte misstrauisch zurück. Jendrik stand bereits beim Eingang und klingelte, Breithammer eilte zu ihm. Kurz darauf öffnete ein Mann die Tür.

„Deddo Dirks?"

Der Mann nickte.

„Mein Name ist Oskar Breithammer, ich bin ein Kollege Ihrer Tochter." Er zeigte ihm seinen Ausweis.

„Kommen Sie doch herein." Deddo ließ sie ins Haus.

„Wir können Diederike nicht erreichen", erklärte Breithammer. „Wissen Sie vielleicht, wo sie ist?"

„Ich weiß nur, dass sie heute zum Tee kommt."

„Gestern hat mich Diederike von Ihrem Haus aus angerufen", sagte Jendrik. „Wie lange war sie bei Ihnen? Hat sie Ihnen gesagt, wo sie danach hin wollte?"

„Gestern?" Deddo blickte ihn irritiert an. „Ich war bei meinen Eltern, Diederike war ganz alleine hier." Seine Augen weiteten sich vor Schreck. „Bedeutet das, dass sie schon seit gestern verschwunden ist?"

Breithammer schaute nach rechts. Auf der Kommode stand eine Einkaufstüte, deren Inhalt noch eingeräumt werden musste. „Was ist das?" Ganz oben lag eine Packung mit Schokoriegeln, die ihn an irgendetwas erinnerten. Als ob es ihm dadurch eher einfallen würde, nahm er die Packung aus der Tüte. „KitKat Chunky mit Erdnussbutter."

„Ach das," bemerkte Deddo abwertend. „Ich selbst

mache mir ja nichts aus Süßkram. Vielleicht, wenn jemand mal Granat mit Schokolade überzieht."

Breithammer musste an Alfred Sanders Wohnung denken. Dort hatte ein ganzer Turm aus diesen Schokoladenriegeln gestanden. Das war Freddies Grundnahrungsmittel! „Wenn Sie keine Schokolade essen, wieso haben Sie dann diese Riegel gekauft?"

„Mein Freund Peet hat sie mir empfohlen. Er hatte heute zwei Kisten davon im Einkaufswagen. Dafür braucht er Jahre, um die alle zu essen."

Breithammer blickte Deddo ernst an. „Wo wohnt Peet?"

„Das ist nicht weit - aber warum?"

„Bitte bringen Sie uns zu ihm."

Deddo, Jendrik und Breithammer stiegen ins Auto und Deddo sagte ihnen, wo sie langfahren mussten.

„Dort steht Diederikes Audi!", rief Jendrik.

„Wenn sie bei Peet ist, müssen wir uns keine Sorgen machen", sagte Deddo beruhigt.

„Das hat sie wahrscheinlich auch gedacht und uns deshalb nicht Bescheid gesagt." Breithammer überlegte, wie er am besten vorgehen sollte. Er würde zwar ans Revier durchgeben, wo er sich gerade befand, aber er würde nicht auf die Verstärkung warten. Jetzt ging es vor allem darum, schnell zu handeln. Sollte er mit Deddo zum Haus gehen, damit Peet ihnen ohne Misstrauen die Tür öffnete? Aber was, wenn er sie schon vom Fenster aus gesehen hatte? Er durfte auf keinen Fall auch noch das Leben von Diederikes Vater aufs Spiel setzen.

Breithammer rief in der Zentrale an und forderte ein Einsatzteam an. Dann zog er seine Pistole und stieg aus. „Ihr bleibt im Wagen!", wies er Jendrik und Deddo an.

Doch die beiden stiegen ebenfalls aus.

„Du kannst jetzt jede Hilfe gebrauchen“, sagte Jendrik.

„Wenn Diederike in Gefahr ist, werde ich hier nicht untätig rumsitzen“, fügte Deddo hinzu.

Breithammer wollte die Zeit nicht mit unnötigen Diskussionen verschwenden. „Na schön. Aber bleibt hinter mir.“

Die drei gingen mit zügigen Schritten auf Peets Haus zu. Jetzt, wo Deddo ohnehin dabei war, sollten sie diesen Vorteil auch nutzen. Breithammer und Jendrik stellten sich neben die Tür und Deddo klingelte. Er versuchte, möglichst entspannt auszusehen, aber sein Atem ging schnell.

Auch nach dem zweiten Läuten blieb die Tür verschlossen.

„Wir gehen nach hinten“, wies Breithammer die anderen an.

Während sie um das Haus herum gingen, hob Jendrik eine Eisenstange vom Boden auf.

„Wo ist denn Ihre Pistole?“, fragte Deddo Jendrik leise.

„Ich bin nicht bei der Polizei“, flüsterte Jendrik. „Ich bin Diederikes Freund.“

„Oh. Nett, dich kennenzulernen.“

„Seid still!“, forderte Breithammer. An der Hintertür war die Scheibe kaputt, aber jemand hatte von innen ein Holzbrett davor befestigt. Insgesamt wirkte die Tür nicht sonderlich solide.

„Aufpassen.“

Breithammer trat zweimal kräftig gegen die Tür, beim dritten Mal flog sie krachend auf. Er hielt seine Pistole ausgestreckt vor sich und ging in den Flur. „Wenn Peet

Diederike in seiner Gewalt hat, dann hat er auch ihre Waffe", warnte er die anderen.

Aus den anliegenden Räumen strahlte Licht in den Gang. Breithammer blickte zuerst in die Küche, dann ins Wohnzimmer. „Hier unten ist er nicht." Breithammer blieb nicht stehen. „Wir gehen nach oben."

Die Treppe war ein kritischer Punkt, denn man gewann nur schwer einen Einblick ins Obergeschoss. Schritt um Schritt bewegte sich Breithammer nach oben. Hier war es finster. Wenn Peet jetzt schießen würde, hätte Breithammer keine Chance. Der Kommissar fand den Lichtschalter und der Flur wurde hell. Alle Zimmertüren waren geschlossen und das Fenster am Ende des Gangs war zugenagelt.

„Diederike!", schrie Deddo. „Wo bist du?"

„Hier!", rief Dirks hinter der Tür zu ihrer Rechten. „Hier sind wir! Imke Dreyer ist auch bei mir."

Breithammer öffnete die Tür. Dirks saß auf dem Boden und strahlte ihn dankbar an. Deddo stolperte zu seiner Tochter und löste ihre Fessel, Jendrik befreite Imke. „Und Alfred?", fragte Breithammer. „Ist der hier auch irgendwo?"

„Am Ende des Flurs." Dirks massierte ihre Handgelenke.

„Komm mit." Breithammer ging wieder nach draußen.

Die Tür zu Alfreds Gefängnis war verschlossen, Breithammer feuerte zweimal in das Eisen, danach war sie es nicht mehr.

„Freddie!", rief Dirks entsetzt. Der Programmierer lag regungslos am Boden.

Breithammer stürzte zu ihm und fühlte seinen Puls. „Er ist nicht tot", stellte er erleichtert fest. „Nur ohnmächtig."

Erst jetzt fiel Dirks auf, dass es gar kein Blut gab. Dafür lag ihre Pistole am Boden. „Jetzt brauchen wir nur noch Peet."

„Vielleicht kann uns dein Vater sagen, wo er ist."

„Da gibt es eigentlich nur einen Ort", sagte Deddo hinter ihnen. Er ging ins Untergeschoss, Dirks und Breithammer folgten ihm. „Sein Seesack ist nicht da." Deddo Dirks zeigte auf Peets Garderobe.

Dirks wusste genau, was das bedeutete. „Er ist auf dem Kutter."

*

Der hellblaue Fischkutter ACC 17 preschte mit voller Geschwindigkeit durch die peitschende See. Hier draußen zeigte das Meer seine volle Gewalt und das Schiff tanzte zwischen den Wellenbergen auf und ab. Peet liebte es. Er stand am Steuerrad und seine Augen leuchteten. Wäre sein Gesicht nicht feucht von der spritzenden Gischt, würde man gleichzeitig seine Tränen sehen.

Die letzten Satzfragmente, die er mit Alfred gesprochen hatte, hallten in ihm wider. *„Es geht hier um das, was ich will!" „Das ist unmöglich!"*

Der Programmierer hatte recht. *Ich will, dass Aynur lebt. Ich will eine Familie haben.* Aber nichts, was er jemals tun würde, könnte das möglich machen. Aynur war tot und daran ließ sich nichts ändern.

Als er das begriffen hatte, konnte er nicht mehr abdrücken. Er hatte die Pistole einfach fallen lassen. Alfred war trotzdem zur Seite gekippt und hatte Rotz und Wasser geheult. *Wie habe ich das nur tun können? Wie habe ich einen Menschen ermorden können?* Er könnte niemals Diederike töten und damit auch noch Deddo um seine Tochter bringen.

Peet richtete seinen Blick nach vorne und sah die Wellen auf das Deck schlagen. Vielleicht konnte er ja im Norden Frieden finden. Die Kälte und der Anblick der Eisberge hatten ihn immer beruhigt. Er legte seine rechte Hand auf sein Amulett.

Sein Herz schlug schnell und er bildete sich ein, es wäre eins mit dem Kuttermotor. Er horchte auf das tiefe Tuckern und nach einer Weile merkte er, dass da noch ein zweites, ganz ähnliches Geräusch war. Ein leises Rattern, das zwar auch von hinten kam, aber nicht vom Motor, sondern von weiter oben.

Peet drehte sich um und suchte den Himmel ab. Weit hinten war ein Hubschrauber zu sehen.

*

Der Polizeihubschrauber flog schnell über die aufgewühlte Nordsee. Der Pilot war derselbe, der auch an der Suchaktion nach Imke beteiligt gewesen war. Dirks starrte wie gebannt auf das graue Meer und das kleine Schiff, dem sie sich beständig näherten. Von hier oben wirkte der Kutter wie ein Spielzeugschiff und Dirks musste sich erst bewusst machen, dass das die Wirklichkeit war.

„Donnerlittchen!“ Deddo war vollkommen fasziniert. „Dass der Kutter von oben so schön aussieht! Man müsste fast ein Foto machen.“ Er trug genau so einen Helm wie Dirks, die Kommunikation verlief über Funk. Er schaute seine Tochter ernst an. „Ich habe dich nie zu meiner Arbeit mitgenommen“, sagte er, „und jetzt nimmst du mich mit zu deiner."

Dirks lächelte.

„Wir sind gleich auf einer Höhe mit dem Ziel", meldete der Pilot über Funk. „Seid ihr bereit?"

Dirks blickte ihren Vater fragend an und Deddo nickte.

„Alles klar", bestätigte Dirks.

Der Helikopter minderte seine Flughöhe und die Tür fuhr zur Seite. Der Helm, den Dirks trug, dämpfte zwar die Geräusche ab, aber der Wind traf sie mit voller Wucht. Sie hielt sich noch stärker am Haltegriff fest und überprüfte, wie Deddo mit dem plötzlichen Durchzug zurechtkam. Er stand da wie ein Fels in der Brandung, die eisige Luft schien ihn zu beleben.

Sie waren beide gut gesichert. Außerdem waren sie mit der Seilwinde verbunden, denn es bestand die Möglichkeit, dass sie auf den Kutter abgeseilt werden mussten. Dirks hoffte stark, dass das nicht nötig sein würde.

„Da ist Peet", rief Deddo ihr zu. „Er hat uns bemerkt und schaut zu uns hoch."

Dirks hielt ein Megafon vor ihren Mund. „Peet! Hier ist Diederike. Es ist vorbei! Du wirst es nicht bis Grönland schaffen. Kehr um und stell dich der Polizei."

Peet reagierte nicht.

„Du machst es nur noch schlimmer, Peet! Halt den Kutter an, dann kommen wir zu dir runter. Nur Deddo und ich, verstehst du?"

Peet hob eine Waffe. Es war die blaue Parabellum-pistole von Mark Mascher. Er brüllte irgendetwas, dann feuerte er mehrmals auf sie, aber die Kugeln verschwanden im Nirgendwo.

Deddo riss seiner Tochter das Megafon aus der Hand.

„Peet, du Morsgatt! Wirf die Pistole weg! Wir beide schaffen das schon! Wir haben bisher alles geschafft!"

Aber Peet ließ die Waffe nicht fallen. Stattdessen richtete er sie auf seinen eigenen Kopf.

„Verfluchter Schiet!", schrie Deddo. „Was soll das denn?"

Dirks begriff, dass sie den Druck auf Peet verringern mussten. „Abdrehen!", brüllte sie dem Piloten zu. „Sofort abdrehen und zurück zur Küste!"

Doch es war zu spät. Der Knall war stumm und Dirks meinte, etwas Rotes spritzen zu sehen.

Leblos kippte Peet ins Meer.

26. Hoffnung

Eine Woche später stand die Sonne gleißend hell am Himmel und nur über der Küstenlinie türmten sich weiße Wolken auf. Am Horizont war der Umriss eines Tankers zu sehen. Die „Hoffnung“ tuckerte gemütlich durch die ruhige See und zeichnete ein weißes Dreieck in das tiefe Blau. Eine Möwe flog über ihnen und wartete auf Fisch, aber heute wurden die Netze nicht ausgeworfen.

Folinde trug ein Fünfzigerjahrekleid, hatte feine Lederhandschuhe an und ein Tuch im Haar. Sie packte ihren Picknickkorb aus, während Breithammer eine Flasche Sekt öffnete. Er füllte drei Gläser, Folinde und Dirks nahmen ihre entgegen.

„Möchtest du auch eins, Jendrik?“, fragte Breithammer.

Jendrik stand an der Reling und war leicht grün im Gesicht. Offenbar schützte Sportlichkeit nicht vor Seekrankheit. Er grummelte irgendetwas Unverständliches.

„Besser nicht“, übersetzte Dirks.

Sie stießen an. Dirks überlegte, ob sie etwas Passendes sagen konnte. Im Moment war sie glücklich, mit ihren Freunden zusammen zu sein, und sie wollte auf das Leben trinken. Aber wenn sie an Imke und Freddie dachte, kam ihr das nicht angemessen vor. Für Opfer eines Verbrechens war es immer schwer, zurück ins Leben zu finden. Außerdem hatte sie inzwischen das vollständige Tagebuch von Peets Tochter Aynur gelesen und im Lichte dessen fühlte sich ihr eigenes Glück wie ein unverdientes Privileg an. Die Menschen in Europa hatten jahrhundertelang für die persönliche Freiheit gekämpft und heute nahmen viele diese Errungenschaft einfach als selbstverständlich hin. „Auf die Freiheit“, sagte sie.

„Auf die Freiheit“, stimmten die anderen ein.

Der prickelnde Perlwein tat gut.

„Habe ich dir eigentlich schon erzählt, dass ich gegen eine Riesenschlange gekämpft habe?“, fragte Breithammer Folinde.

„Ach, wirklich?“, zog sie ihn auf. „Das mache ich jeden Samstag an der Kasse vom Supermarkt.“

„Nein, ich meine eine echte Würgeschlange.“

„Nur sieben Mal.“ Folinde lachte. „Aber erzähl mir die Geschichte ruhig noch ein achtes Mal.“

„Na gut, also ...“

Dirks ließ die beiden alleine und stellte sich neben ihren Vater ans Steuerrad. Deddo hatte seine Pfeife im Mund und der würzige Tabak erzeugte den Eindruck, als befänden sie sich in seinem Wohnzimmer. Für Diederike war es bereits das zweite Mal, dass sie mit Deddo auf seinem Kutter fuhr und diese Fahrt war deutlich angenehmer. Beim ersten Mal hatten sie sich vom Polizeihubschrauber abgeseilt und den führerlosen Kutter bei voller Fahrt übernommen. Eine waghalsige und halsbrecherische Aktion und Dirks war selbst überrascht gewesen, dass sie es geschafft hatten. Das Meer hatte sich unbarmherzig gezeigt und als sie schließlich völlig durchnässt in Accumersiel angekommen waren, hatten die Wellen auch die letzten Überreste von Peet vom Boot gespült. Nur die Erinnerungen blieben und die Trauer.

Sie standen schweigend nebeneinander. Es war ein schönes Schweigen. *Wenn man schweigt, kann man nichts*

Falsches sagen.

In den letzten Tagen hatten sie über vieles gesprochen und einige der Gesprächsfetzen hallten in Dirks' Kopf wider.

„Hat Mama eigentlich einen Abschiedsbrief hinterlassen?“

„Nein. Aber ich habe auch keine Erklärungen gebraucht. Ich wusste, dass ich schuld war. Es vergeht nicht ein Tag, an dem ich nicht überlege, was ich hätte anders machen können. Ich hätte sie niemals heiraten dürfen. Sie war keine Fischergattin. Ich fühle mich wie ein Dieb, der sie dem Leben gestohlen hat.“

„Warum hat Mama mich alleine gelassen? Wollte sie nicht mehr mit mir zusammen sein?“

„Du warst ihr größtes Glück, Diederike. Sie hat nur so lange durchgehalten, weil es dich gab. Ich muss dir dankbar sein, dass ich Ava so lange hatte.“

„Warum warst du niemals für mich da, Papa?“

„Du hast immer so stark gewirkt. Du hast so gewirkt, als ob du damit klargekommen wärst. Ich habe dich immer deswegen beneidet. Du hast dein Leben einfach weitergelebt.“

Dirks hatte gemerkt, dass sie ihrem Vater keinen Vorwurf machen konnte. Avas Selbstmord hatte ihn mindestens genauso beschädigt wie sie. Es war bei weitem nicht alles zwischen ihnen geklärt, aber die Basis für einen Neuanfang war gelegt worden.

Deddo nahm Diederikes Hand und legte sie auf das Steuerrad. Die Abendsonne ließ den Himmel rosa erstrahlen.

„Jendrik ist zwar eine Landratte“, brummte Deddo durch seine Pfeife. „Aber ich glaube, ihr passt trotzdem gut zusammen.“

Dirks lächelte. Sie hielt das Steuerrad noch für einen Moment fest, dann übergab sie es wieder an ihren Vater. „Ich möchte den Sonnenuntergang zusammen mit der

Landratte erleben."

Aus dem Rosa war Rot geworden und die Nordsee schimmerte silbern. Der Sonnenball berührte gerade die Meeresoberfläche.

Dirks legte Jendrik den Arm um die Schulter. „Du siehst besser aus", sagte sie zu ihm. „Weniger nach Kotzen."

Er lachte. „Es hilft, sich auf den Horizont zu konzentrieren. Trotzdem werde ich das nächste Mal Medikamente nehmen."

„Wir werden das noch sehr oft machen", kündigte Dirks an.

„Ich bin glücklich, wenn ich bei dir bin, Diederike. Ich will zu deinem Leben gehören. Es ist schön, deinen Vater kennenzulernen."

Ja, es ist schön, ihn kennenzulernen. „Wann nimmst du mich mit zu deiner Familie?"

Jendrik küsste sie auf die Stirn. „Ich hoffe, du hast nächstes Wochenende noch nichts anderes vor."

Schlussbemerkungen

Die Geschichte und die Figuren in diesem Buch sind erfunden, die Überwachung von Journalisten und Regierungskritikern in totalitären Regimen durch Spionagesoftware entspricht allerdings den Tatsachen. Inspiriert hat mich dabei vor allem die Forschungsarbeit „Repression 2.0: Das Internet im Kriegsarsenal moderner Diktatoren?“ von Dr. Anita Gohdes, die dafür mit dem Deutschen Studienpreis 2015 ausgezeichnet wurde. Das Skript kann man auf der Internetseite der Körber-Stiftung herunterladen.

Als Vorbild für die Überwachungssoftware diente mir die Spionagesoftware *FinFisher,* deren Hersteller *Gamma International* den Big Brother Award 2012 in der Kategorie Technik bekam.

Das Buch *Grönlandsagen* von Knud Rasmussen existiert wirklich (Gyldendal'scher Verlag, Berlin 1922).

Fidiakouologie gibt es nicht.

Diederike Dirks ermittelt auch in:

Der Termin in einer Kinderwunschklinik wird für eine junge Frau aus Aurich zum Albtraum.

„Friesenklinik"
Krimi, 244 Seiten

***Friesenklinik** ist ein spannendes Krimi-Verwirrspiel voller dramatischer Wendungen*

Die Leiche eines Malers wird gefunden. Das einzige, was er bei sich hat, ist eine Eintrittskarte für die Kunsthalle in Emden.

„Friesenkunst"
Krimi, 284 Seiten

***Friesenkunst** ist ein packendes Krimi-Puzzle voller Überraschungen*

www.stefanwollschlaeger.de

Printed in Poland
by Amazon Fulfillment
Poland Sp. z o.o., Wrocław